Darum geht's hier:

Eva alias Frau Schnecke ist neunundzwanzig, arbeitet in einer Privat-TV-Redaktion und ist bereits eine gefühlte Ewigkeit mit Prinz Charming und Dauer-Medizin-Student Daniel liiert. Alles scheint nach Plan zu laufen – bis auf die Tatsache, dass der Ring mit Bedeutung, der dazugehörige Kniefall und die alles entscheidende Frage noch auf sich warten lassen. Als sie zum dreißigsten Geburtstag von jetzt auf gleich von der Fast-Ehefrau zum Single mutiert, fällt ihr absolut wasserdichter Lebensplan in sich zusammen. Panik macht sich breit und aus Angst, auf der Resterampe geparkt zu werden und als alte Jungfer mit jeder Menge Katzen zu enden, wagt sie beherzt das Abenteuer und begibt sich in den Männerdschungel des 21. Jahrhunderts, um ihren Traumprinzen – oder zumindest einen freundlichen Hofnarren – fürs Leben zu finden. Dabei stolpert sie in so manches Fettnäpfchen und lernt mit BFF (best friend forever) Viola an ihrer Seite, dass das Leben jenseits der dreißig auch jede Menge Spaß machen kann. Und dann steht plötzlich *er* vor ihr – völlig ungeplant! Ist das etwa das lang ersehnte, kitschig filmreife Happy End?

FÜR SEX HABE ICH ZEIT, FÜR LIEBE NICHT

#frauschnecke

Impressum:

Für Sex habe ich Zeit, für Liebe nicht

Lektorat: Mag. Pamela Obermaier /www.textsicher.at
Fotos: © Jürgen Hammerschmid
Illustration Frau-Schnecke-Logo: © Alex Kucera
Verlag: myMorawa von Morawa Lesezirkel GmbH

© 2016, 1. Auflage
Printed in Austria

ISBN Paperback: 978-3-99049-980-1
ISBN E-Book: 978-3-99049-982-5

Für Tilda:

Baby, be a giant. Let the world be small.

#01

Älterwerden ist nichts für Feiglinge! Und ich muss zurück auf los!?

Die Aussicht darauf, dreißig zu werden, war für mich bedrohlich, wie ein Schlag ins Gesicht, BÄM! Aus der Traum von der ewigen Jugend und dem Halli-Galli-Lotterleben – jetzt mussten Nägel mit Köpfen gemacht werden. Ich, als Ober-Monk, hatte meinen Plan zu erfüllen. Bisher hatte ein „Später dann" mein Gewissen außerordentlich beruhigt, nur „später" gab's irgendwie nicht mehr. „Später dann", das war jetzt. THE TIME IS NOW – jetzt war ich dann bald mal offiziell erwachsen. Willkommen im Alptraum von Frau Schnecke! Ich würde demnächst eine 3.0-Version meiner selbst werden und diese Tatsache hatte kleine bis mittelgroße Panikattacken zur Folge. Bisher war mein „absolut wasserdichter" Lebensentwurf mehr oder minder wie geplant vorangeschritten, ich war eine Frau der Tat, eine „Macherin". Ich war Ende zwanzig, an der Kippe zu „Dirty thirty", hatte mein Studium beendet, einen spannenden Job in der Medienwelt ergattert (Fernsehen ist meine Berufung!) und war glücklich – geplanter Weise bis dass der Tod uns scheidet – mit einem zukünftigen Arzt liiert, der früher oder später sein Studium auch beenden oder im schlimmsten Fall von der Universität direkt in die Pension wechseln würde (Studiumsdinosaurier – nein, die sind trotz Studiengebühren nicht ausgestorben). Überdies bestand durchaus die Hoffnung, dass in den nächsten ein bis zwei Jahren ein Ring mit Bedeutung an meinen Finger gesteckt werden würde. Daniel, mein Freund, brauchte nur noch einen Tritt in den Allerwertesten – wie bei allem! Und ich hoffte, kurze Zeit später endlich verkünden zu können: „Wir sind schwanger!" getreu dem Motto „Zwei Streifen am Schwangerschaftstest machen dick!" *#kleinmädchenträume*

Alles perfekt, wenn man so will, oder? Doch von ganz tief drinnen machte sich ein raumfüllender Gedanke breit, der mich nicht mehr loslassen wollte. Fast wie ein lästiger Tinnitus. „Ist das Leben, das ich führe, das Leben, das ich führen will?" Mal überlegen. Hm, ich weiß es nicht. So gut ich konnte, verdrängte ich die Frage und blieb eisern auf Spur. Wie heißt es denn so schön: „Setze nie ein Fragezeichen hinter Dinge, wo das Schicksal schon lange einen Punkt gemacht hat." Eben! Selbst als mir einige Monate vor meinem Dreißiger eine übereifrige Handleserin, optisch eine Mischung aus Ö3-Starastrologin Gerda Rogers und einem Klobesen, auf einem Kirtag kundtat, dass eine einschneidende Lebenswende bevorstünde, war mein erster Gedanke dazu selbstverständlich nur: „Endlich macht mir Daniel einen Antrag!" und meine Mutter unterstrich diese Vermutung eindringlich mit einem „Wollen wir es hoffen!" Ich hatte nicht den Hauch einer bösen Vorahnung und ließ keinerlei Hinweis zu, dass es bald ganz dick kommen würde. Hatte ich doch meinen genauen, fix getimten Lebensplan. Keine Abzweigung erlaubt, also was sollte schon passieren?

Sie müssen wissen, dass mein frühkindliches Ich so einige große Pläne für mich geschmiedet hatte. Es war unter anderem vorgesehen, dass ich Karriere machen würde. Check – zumindest in meiner Weltanschauung, denn meinen Eltern wäre es heute noch lieber, ich hätte den damals soliden, aber elends langweiligen Job bei der Österreichischen Post auf Managementebene nicht hingeschmissen, um in die „rätselhafte, schmuddelige" Fernsehwelt zu flüchten.

Mein Vater (verwirrt): „Was machst du da genau bei dem Fernsehen?"

Ich (stolz): „Ich bin Sendungsverantwortliche!"

Meine Mutter (irritiert mit „Das ist nichts Gescheites"-Unterton): „Sendungs-was?"

Ich wollte jedoch nicht an meinem Schreibtisch unter Tonnen von Briefen, Paketen und Postwurfsendungen, wenn auch mit gutem Gehalt und als Referatsleitung, verenden. So kündigte ich von heute auf morgen – Strafpredigt der Erzeuger inklusive. Doch man gab sich zumindest damit zufrieden, dass ich mit abgeschlossenem Studium durchs Leben stolzierte. *#titelnarrisch*

Selbstverständlich hatte ich auch „die große Liebe" für mich vorgesehen. Da meine Kindheit von Männern wie Patrick Swayze, Richard Gere, aber auch Tom Cruise geprägt war, hatte ich ein klares Bild vor Augen: I need another hero! Die Wahl meines Zukünftigen schränkte meine Mutter allerdings frühzeitig ein, denn seit ich denken kann, riet sie zu einem Arzt, Anwalt oder Apotheker (die heiligen drei „A") und zitierte dabei frei den mittlerweile leider verstorbenen österreichischen Fernsehmoderator „Joki" Kirschner: „Geld macht glücklich, wenn man darauf schaut, dass man's hat, wenn man's braucht. Also, sei dahinter!" Über meinen LAP (Lebensabschnittspartner) alias Dr. Daniel in spe war sie daher hocherfreut, kam er doch aus gutem Haus. In ihrer Vorstellung lief er außerdem bereits als Primarius durch die Krankenhausgänge einer ehrwürdigen Privat-Klinik. Doch leider war es nicht ganz so, wie sich das meine Mutter ausgemalt hatte. Das erste Kennenlernen und die Ansage „Ich bin in zwei Jahren mit dem Studium fertig!" waren nun schon rund sechs Jahre (!) her und ich musste fremdverschuldete Verzögerungen in Kauf nehmen. Mein Zeitpuffer war dahin und ich wurde etwas nervös, wie das für einen Kontrollfreak wie mich normal ist, wenn nicht alles läuft wie gedacht. Nebst Karriere und der großen Liebe waren nämlich unter anderem noch „Footprints" in Form von zwei Kindern und einem beschaulichen Häuschen mit Garten für mich bestimmt, die aktuell aber noch auf der To-do-Liste prangten und meinen Blutdruck jedes Mal in Wallung versetzten, wenn ich nur einen Gedanken daran verschwendete. Und für die Modelfigur (Ja, verdammt! Ich stecke im falschen Körper! Meinen hat Heidi Klum!) müsste ich wohl noch so manche sündteure Personal-Trainer-Stunde über mich ergehen lassen. Kurz gesagt: Ich war spät dran und fing an, meinem Freund Stress zu machen. Daniel jedoch war von der Sorte „alles easy" und ließ sämtliche Versuche meinerseits, unser gemeinsames Leben auf die Überholspur zu steuern, an sich abprallen. Er stand beharrlich auf der Bremse. Die Lage war zermürbend und ich fühlte mich nach und nach wie ein Keks, der zerbröselte.

Genau in solch einem Moment der Frustration wagte ich aufs Geratewohl einen Seitenblick und damit nahm das Übel seinen Lauf.

Achtung, Halleluja – jetzt kommt eine Beichte und dafür gehen wir in der Timeline ein wenig zurück. Alles hatte damit begonnen oder geendet (je nachdem, wie man es sieht), dass ich völlig blauäugig in das virtuelle Zeitalter eingestiegen war. Viola, meine BFF (best friend forever) und kurz Vi genannt, hatte mir die Welt von Facebook offenbart. Ja, ich gestehe, ich war bis dahin nicht wirklich mit dem Social-Media-Universum vertraut, denn das höchste der Gefühle war für mich die Nutzung von WhatsApp. Und zu meiner Schande muss ich gestehen, dass ich damit schon teilweise heillos überfordert war. Daher war es das reinste Aha-Erlebnis für mich und ich witterte ein Stalker-Paradies, das meine Neugier ins Unermessliche hochtrieb. Ich fand es einfach super-spannend. Nicht dass Sie nun annehmen, ich hätte das Beschattungs-Gen. Ich war und bin eben nur sehr „informationssüchtig" und „verfolge" gerne das Treiben der Menschen. Und zu meiner Verteidigung sei gesagt: In meiner Jugend gab es dieses Gesetz gegen das „schattenhafte Nachstellen" noch nicht! Stalking ist, wenn zwei Menschen einen romantischen Spaziergang machen, aber nur einer davon weiß. Hätte ich das mal eher gewusst. Hmpf! Ich war halt auch mal jung und unvernünftig. Bitte fragen Sie nicht genauer nach! *#topsecret*

Ich verschickte also in Windeseile an sämtliche Freunde, Bekannte und ehemalige Liebschaften eine Freundschaftsanfrage. Mein Gott, waren die alle alt und erwachsen geworden! Im Vergleich dazu war ich noch herrlich jung und faltenfrei. Zusätzlich schlug man mir diverse Personen vor, die ich zuweilen nach einem kurzen Scan ebenfalls hinzufügte. Da ich diese Menschen nicht persönlich kannte, entschied ich nach optischen Kriterien: „Geht so", „Schnuckelig", „Oh Graus". Ich war im Facebook-Rausch!

Und dann erschien plötzlich *er* auf meiner Pinnwand im News-Feed. Man schlug mir Max als Freund vor: achtunddreißig, geschieden, aus Wien, arbeitet beim Radio und sein Profilbild mit spitzbübischem Lächeln war unwiderstehlich! Ich erkannte ihn sofort, war er doch kein Unbekannter am österreichischen Society Parkett. Und damit fing es an ... ganz unverfänglich. Ob ich wohl Facebook dafür nachträglich verklagen kann?! *#unschuldsvermutung*

Status Max: „Erster Tag ohne Zigarette. I survived!"

Mein Kommentar: „Gut gemacht. Durchhalten!"

Max und ich verstanden uns auf Anhieb wunderprächtig. Wir beide mussten wegen unserer Jobs jeden Tag früh raus. Max, Radiomoderator bei der Morning-Show, und ich, „amtierender" Sendungsfuzzi beim Frühstücksfernsehen! *#morninglory* Das schuf Verbundenheit. Nach und nach entwickelte sich eine intime Chatfreundschaft (Betonung auf Freundschaft!) und unser täglicher Kontakt wurde zum Fixpunkt. Doch es ging tiefer als vorgesehen. Unsere Chats wurden zu etwas, das man vermisst, wenn es nicht da ist. Auf das man wartet, weil man sich schon so unheimlich daran gewöhnt hat. Man will mehr davon. Ich bin da echt unbescholten reingerutscht! Bitte glauben Sie mir das! Viola kommentierte das Treiben vorausahnend mit: „Gar nicht gut! Wie das wohl ausgeht?"

Aber jetzt mal ganz ehrlich: Eine Online-Bekanntschaft konnte doch meine stabile, langjährige Beziehung nicht gefährden, die nur noch einen Ponyhüpfer vom Traualtar entfernt war. Papperlapapp! Doch tatsächlich hatte sich – obwohl ich das in keiner Weise beabsichtigt hatte – eine Affäre entwickelt. Zwar nur in Gedanken – keine Angst, ich verschweige nicht die etwaigen, schlüpfrigen Details –, aber immerhin! Glaubt man dem Magazin „Freundin", ist das übrigens bereits ein Seitensprung. Nicht, dass ich das professionell betreiben würde, aber es ist gut zu wissen. Max gab mir das, was ich bei Daniel vermisste: Aufmerksamkeit und Bestätigung!

Schon bald folgte der nächste Schritt: Max und ich tauschten Telefonnummern aus. Der WhatsApp-Verkehr war dann nicht mehr zu bremsen. Er konnte doch so bezaubernd, romantisch und charmant sein: „Ich küss dich durch den Tag!" Das ging runter wie Öl. Und mit der Aussicht darauf, bald aus der werberelevanten Zielgruppe von „Germany's Next Topmodel" & Co. zu fallen, fühlte ich mich bei solch schönen an meine Person gerichteten Worten herzerfrischend jung. *Und* ich hatte nicht einen Hauch von schlechtem Gewissen! *#böse-frauschnecke*

Nachdem mich Max durch alle Tages- und Nachtzeiten geküsst hatte (immer noch rein virtuell!), war die Spannung kaum noch auszuhalten, das Interesse auf beiden Seiten enorm und es wurde Zeit für ein Treffen. Ganz unverfänglich: alles darf, nichts muss. Wie durch Zufall flatterte die perfekte Gelegenheit in Form einer Einladung zu einer CD-Präsentation ins Haus. Neutraler Ort, viele Medienleute – wir würden also nicht weiter auffallen, und im Fall des Falles könnte man von dort auch sang- und klanglos das Weite suchen oder die Flucht ergreifen.

Viola, die mich begleitete (uns gibt's nur im Doppelpack), schubste mich an und deutete in seine Richtung, doch er war meinem Radar schon längst aufgefallen. Leibhaftig stand er direkt vor mir, ich strahlte ihn an und er erkannte mich *nicht*. Also gut, meine Facebook-Fotos sind jetzt natürlich schon so gewählt, dass sie mich in absoluter Bestform zeigen, komplett „angehübscht" und „figuroptimiert" fotografiert. Dadurch haben sie automatisch weniger mit der Realität zu tun. Denken Sie mal nach: Wer würde denn auch ein schlechtes Foto von sich online stellen? Man wirft sich ja auch nicht selbst den Löwen zum Fraß vor, oder? Aber dass ich ihm nicht mal bekannt vorkam, schüchterte mich ein. Noch dazu, wo ich direkt in seiner Blickrichtung stand. Unübersehbar! Grummel. War die Schere zwischen Retusche und Original zu groß geraten? Es war daher ein Reflex. Ehrlich. Ich nahm den erstbesten Gegenstand in Reichweite und bedeckte damit mein Gesicht. Viola beichtete mir erst viel später, dass ich dazu eine Freecard mit Aufdruck „Zu DIR? Oder zu MIR?" benutzt hatte. Erde, tu dich auf! Plötzlich war ich so nervös, dass ich es nicht schaffte, diese wenigen Meter auf ihn zuzugehen. Er ging an mir vorbei, immer wieder drehte er sich suchend um, während ich hinter meinem Versteck hervoräugte. Vi stachelte mich an: „Geh doch hin! Sei nicht so feig! Er ist zwar deutlich kleiner als du und vermutlich machst du ihn beim ersten Sex kaputt, weil er so dünn ist, aber komm schon. Ich will das sehen!" Aber ich kam gar nicht dazu, den Anweisungen von Viola zu folgen, denn plötzlich begrüßte er überschwänglich die Meute am Tisch nebenan und machte keine Anstalten, bald wieder zu gehen. Ich schwöre: Auch diesmal war es eine Affekthandlung! So schnell ich konnte, war ich unter dem Tisch verschwunden und suchte nach meiner imaginären Kontaktlinse. Eigentlich sind meine Augen topfit, aber wenn man unter einem Tisch sitzt und auf den Boden starrt, war das doch eine willkommene Ausrede, nicht? Ich kann Ihnen nicht sagen, ob Max mein Tun registrierte und sich über „die Irre" (ja, das war ich!) mokierte, die geschlagene vierzig Minuten unter dem Tisch verbrachte. Ich hatte mein Umfeld ausgeblendet. Innerlich riss ich gerade einem Gänseblümchen die Blätter aus: „Ich geh hin, ich geh nicht hin, ich geh hin, ich geh nicht hin, ... das letzte Blatt – ich geh hin!" In diesem Moment hörte ich vom Nebentisch „Ich muss morgen früh raus, macht's gut!" – und weg war er.

AAAAHHHH! Verdammt! Ich hätte mir in den A**** beißen können! Fast dreißig Jahre alt und ich kauere unter einem Tisch, weil ich mich nicht traue, diesen Mann einfach anzusprechen. Was war denn mit mir los? Ich fühlte mich zurückversetzt in meine Zeit als Teenager. Vi fand alles nur noch lustig. Danke, sehr hilfreich aber auch. Das braucht man wirklich nicht in so einer Situation! S.O.S, HILFE, EMERGENCY, ALARM! Es musste unbedingt schnell ein Notfallplan her. Das Ergebnis einer Quickie-Beratung zwischen

Viola und mir: eine WhatsApp-Nachricht an Max. Text: „Ich war zu feig. Es tut mir leid." Ja, ja, nicht sehr einfallsreich, aber es musste auch schnell gehen. Da er nicht reagierte, rief ich an und kam direkt auf seine Mobilbox. Der Abend war gelaufen. Meine beste Freundin und ich gaben uns für diesmal notgedrungen geschlagen und fuhren nach Hause, wo mich ein schlafender Daniel mit dem Playstation-Controller in der Hand erwartete. Ich hätte schwören können, er trug das gleiche versiffte Outfit wie am Morgen, als ich zur Arbeit gegangen war.

Nach diesem verpatzten Abend, den ich mir zu hundert Prozent selbst zuzuschreiben hatte, steckte ich all meine Energie in meine Arbeit. Ich brauchte Ablenkung, da ich mich Daniel gegenüber fremd und auch ein wenig schuldig fühlte, sein Vertrauen missbraucht zu haben. Von Max hatte ich nichts mehr gehört. Er las zwar meine Nachricht (WhatsApp ist in dieser Hinsicht Gold wert), aber antwortete nicht, auf Facebook war er immer offline und ich wagte es nicht, nochmals Kontakt *aufzunehmen. #feigefrauschnecke* Ich vermisste ihn ein wenig. Nein, Schwachsinn! Warum auch? Da war nichts zwischen uns! Aus! Basta!

Und dann überraschte mich Daniel unerwartet zum Geburtstag mit der Reise nach Paris und die Entscheidung war klar, eindeutig, völlig unumstößlich. Von jetzt auf gleich war meine Welt wieder ins rechte Licht gerückt worden. Diese kurze Episode mit Max war ein Ausrutscher gewesen, ein letzter Abstecher in das Leben einer unverheirateten Frau, quasi ein vorgezogener Polterabend, denn jetzt lief meine Zukunft weiter wie geplant und Vi und ich mussten unser Wissen darüber mit ins Grab nehmen. Anmerkung der Autorin: Viola wird immer meine beste Freundin sein – sie weiß einfach zu viel. *#bundfürsleben*

Doch erstens kommt es anders, und zweitens als man denkt. Mein vermeintlich wasserdichter Lebensplan wurde plötzlich löchrig wie Schweizer Käse. Denn mit einem Mal war ich hellwach, alt und wieder Single! Wie es dazu kam? Jetzt werden Sie Augen machen!

Nachdem mich Daniel zu meinem Jubeltag zu einer Reise nach Paris, der Stadt der Liebe, inklusive einer Stippvisite im fantastischen Euro-Disneyland eingeladen hatte, war ich in super-romantischer Stimmung. So viel Eigeninitiative hatte ich ihm gar nicht zugetraut, obgleich mir schwante, dass diese Reise von seinen Eltern gesponsert wurde. Und obwohl meine eigene Wahl nie auf Frankreich gefallen wäre – mein Wunschtraum ist es, einmal die Southfork-Ranch der TV-Soap „Dallas" zu besuchen –, war ich entzückt. Allerdings – au contraire – wurde das kein „Happy ever after"-Urlaub.

Um die Sache abzukürzen, kommt hier ultraknackige Version: Daniel setzte dem Wir ein Ende und ließ mich sitzen. Heiliger Strohsack, ich kann Ihnen sagen, auf dem Boden der Realität liegt eindeutig zu wenig Glitzer! Das Schauspiel lief wie folgt:

Daniel (im Beichtmodus!): „Ich liebe dich. Aber ich liebe dich nicht genug. Schnecke, es ist vorbei."

Ich (berauscht verklärt mit großen Erwartungen): „JA, ICH WILL!"

Daniel (verdutzt mit panischem Unterton): „Eva, hast du zugehört!?"

Den Rest möchte ich hier und heute nicht wiedergeben. Stellen Sie sich nur kurz diesen unvergesslichen Augenblick vor, als mir vor lauter „Das kann doch wohl nur ein Scherz sein! Bitte tu mir das nicht an!" die Minnie-Maus-Ohren mit niedlicher „rot-weiß-Dots"-Optik vom Kopf zu rutschen drohten, ich Donald Duck wüst zur Seite schubste, weil er mich just zu diesem Zeitpunkt für ein gemeinsames Selfie umarmen wollte, gefolgt von einem hysterischen „Bitte verlass mich nicht!"-Trotzanfall mit hochrotem Kopf direkt vor dem ehrwürdigen Cinderella-Schloss. Bilder – eingebrannt fürs Leben!

Ich muss an dieser Stelle zugeben, dass ich durchaus öfter mal völlig neben mir stehe und irritiert zuschaue, was ich da gerade treibe. Doch in diesem Moment war ich nicht nur mittendrin, nein, ich habe mich gleichzeitig für mich selbst fremdgeschämt und mich bedauert. Ja, das gibt's! Zu hoffen bleibt, dass kein übereifriger Tourist ein Video davon gemacht hat, sonst erklimme ich mit Sicherheit demnächst auf YouTube das „Am meisten geklickte Video"-Ranking und werde kurze Zeit später von der pointiert-frechen Sonja Zietlow im RTL-Format „Die 25" unter „Die 25 dramatischsten Frauen-Ausraster" präsentiert. Ich habe mit meinem Auftritt bestimmt so mancher heranwachsenden Prinzessin vor Ort ein Stück Illusion geraubt. Das ist Schande genug. Und wenn Sie sich jetzt fragen, ob es für Drama nicht sowas wie ein Alterslimit gibt – nö, gibt's nicht, wird's nie geben, Drama ist immer und überall erlaubt! Wie kann sich Daniel auch ausgerechnet den

Tag meines dreißigsten Geburtstags aussuchen, um mir zu offenbaren, dass es kein „Für immer und ewig" geben wird? Im Nachhinein darauf angesprochen meinte er übrigens einfach nur: „Ups! Vergessen! Die Entscheidung kam aus dem Bauch heraus!" Da bleibt einem doch glatt die Spucke weg! Wir Frauen allerdings vergessen nie – wir archivieren.

Jetzt habe ich Sie an den tiefsten Tiefpunkt – sorry, liebe Leser und liebe Lektorin, die doppelte Tiefe muss sein – meines Lebens entführt und Ihnen kurz Einblick in mein Seelenleid gegeben. Ich stehe somit „nackig" vor Ihnen und es wird daher Zeit, dass ich mich höflich vorstelle.

Ich heiße Eva, doch man nennt mich „Frau Schnecke". Das habe ich Lars zu verdanken, einer Internetliebe aus „Good Old Germany", mit dem mich ein knappes Jahr Fernbeziehung verband, ehe er sich, wie das für Männer üblich scheint, ganz elegant aus der Beziehung geschlichen hat und mir via E-Mail den Laufpass gab. Das war wohl nix! Sie denken, ich habe ein Händchen für Beziehungspaniker? Ooohhh, ja! Zuvor verpasste er mir allerdings noch den „Schnecke"-Stempel, welcher bis heute geblieben ist. Von manchen Männern bekommt man Chlamydien, ich bekam einen Spitznamen.

Ich bin zufrieden. Sie sehen: Es hätte weitaus schlimmer kommen können. Als ich mein Studium beendet hatte, ernannte mich Viola zur Frau „Magistra Schnecke". Schau, schau, Frau Schnecke war an der Uni? Ja, haben Sie vorher nicht aufgepasst? Betriebswirtschaft, what else?! Doch weil der Titel on top etwas sperrig klingt und mich nebenbei noch älter macht (heutzutage wird man nicht mehr

Magister, sondern bekommt je nach Abschluss einen unaussprechlichen „Bachelor“ oder einen zweideutigen „Master“), bleiben wir doch einfach bei „Frau Schnecke“.

Was müssen Sie sonst noch von mir wissen? Figürlich bin ich keine Gerte, sondern falle in die Kategorie „gestandenes Weibsbild“. „Hat das Blümchen einen Knick, war der Schmetterling zu dick“, hat meine Oma mir von Kindheit an gepredigt. Außerdem meinte sie immer: „Streck den Bauch nicht so raus, sonst bleibt er irgendwann mal so.“ Verdammt, sie hatte Recht: „Meinem Spiegel zufolge bin ich schwanger. Nutella ist der Vater.“ Wahrhaftig, ich habe ein paar Kilo zu viel auf den Rippen. Daher haben Männer auch noch nie mein „knackiges Apfelpopöchen“ oder meinen „Sixpack-Bauch“ gelobt – die gibt's nämlich nicht. An dieser Stelle ein herzliches Dankeschön an Spanx – die „Bauch-drück-weg“-Hose mit „Po-Lift“ ist der Hit! Bis man sie auszieht ... *#shapeware #wehewennsieausgezogen*

Ich bin also etwas breiter, dafür aber gottlob durchschnittlich gut groß. Das relativiert das Gesamtbild. Wenn ich über mein Äußeres jammere, schaltet sich in der Regel Viola aufmunternd ein und meint: „Du hast ein bezauberndes Gesicht und eine Wahnsinnsausstrahlung. Und irgendwann muss sich Frau ohnehin entscheiden, was wichtiger ist: praller Po oder faltenfreies Gesicht. Diese Entscheidung wurde dir schon mal vom Lebensroulette abgenommen.“ Diplomatisch und charmant wie eh und je! Doch das ist jetzt mal nebensächlich – springen wir zurück in das Lebenschaos von Frau Schnecke ...

Die Quintessenz zum Dreißiger: Daniel nannte es „entlieben", ich nenne es: VERDAMMT, ich bin alt, sitzengelassen worden von Dr. Dreamy, und mein Leben löst sich gerade in seine Einzelteile auf. Nicht mal meine virtuelle Affäre will was von mir wissen. Beschissener hätte es gar nicht laufen können. So war das nicht geplant gewesen! Und siehe da, plötzlich höre ich die weisen Worte meiner Oma in meinem Kopf hallen: „Willst du den lieben Gott zum Lachen bringen, erzähl ihm deine Pläne!" Na, da haben wir jetzt aber gelacht! *#not #schenkelklopfer*

Meine Eltern und Freunde haben – by the way – auf die Trennung von Daniel recht unterschiedlich reagiert. Mein Vater meinte lapidar: „Wir sind hier nicht bei ‚Wünsch dir was' sondern bei ‚So ist es'. Wird schon werden. Kopf hoch." Meine Mutter holte – wie für Frauen üblich – etwas weiter aus und startete ihre Predigt mit „Du musst unbedingt abnehmen – mit diesem Kampfgewicht lernst du so schnell niemanden kennen!", gefolgt von „Du warst so nah an einem Antrag. Du hast es vergeigt!" und schloss ihren Monolog selbstbedauernd mit „Du wirst mich nie zur Oma machen!" Viola, selbst noch auf der Suche nach Mister Right, wiederum meinte: „Ich habe dich vermisst. Get the party started." In diesem Sinn: Älterwerden ist unvermeidbar, Erwachsenwerden ist optional.

Ihre Frau Schnecke

#02

Wer nichts riskiert, hat später auch nichts zu erzählen!

Please join me! Ich bin in einer heftigen Sinnkrise gefangen und fühle mich wie gelähmt. *#deprimodus* Die Experten haben dafür sogar einen Namen: Quarterlife-Crisis. Doch das ist nur ein schwacher Trost! Sie wollen wissen, wie es mir geht? Lassen Sie es mich mit Hilfe von Filmtiteln beschreiben. Über allem steht: „Das Schicksal ist ein mieser Verräter!" Denn bei mir hieß es eben nicht romantisch „Paris – je t'aime", sondern nüchtern und endgültig „Forget Paris". Und statt „Tatsächlich Liebe" steht bei mir aktuell gerade „Suddenly Single! Alles auf neu" am Programm. Schlimmer geht's nimmer! Auch wenn ich Filme liebe, immer und zu jeder Zeit – diese Auswahl ist einfach mehr als fragwürdig. Der Realitätsschock sitzt mir somit noch fest in den Knochen und ich suche verzweifelt nach einer Exit-Strategie für mein Dilemma. Von heute auf morgen ist mein Leben ein Trümmerhaufen! Päh!

Ich betrauere nicht nur das Ende einer Liebe, sondern auch den Beginn eines neuen und völlig ungeplanten Lebensabschnitts, der mir Angst macht. Ich liebe es nun mal, die Kontrolle zu haben, und jetzt schwebe ich orientierungslos im luftleeren Raum. Gar nicht gut! Dazu kommen „gute" Ratschläge wie „Nicht vergessen zu weinen!" (keine Sorge, wenn Frau muss, dann muss sie!), „There will be sunshine after rain" (klingt logisch, aber was soll ich damit?)

und zu guter Letzt: „Akzeptier die Scheiße!" (Bitte verzeihen Sie die „vulgäre" Ausdrucksweise – das ist ein Originalzitat!)

Vielleicht sollte ich wirklich anfangen, an mir zu arbeiten, um mich in Bestform zu bringen. Gegenständlich habe ich eher Hummelhüfte als Wespentaille und ein paar Pfunde weniger würden meine Chancen auf dem freien Marktplatz der Eitelkeiten sicherlich hochschrauben. Aber nein, ich verwerfe diesen Gedanken. Es ist noch zu früh. Schokolade fragt eben nicht blöd, Schokolade versteht. Genau das brauche ich gerade. Und ich mag mein Nutella und mein Nutella mag mich. Nicht alle Beziehungen müssen kompliziert sein! Und allein sein will ich im Moment nicht. *#inlovewithnutella*

Apropos: Ich greife wagemutig nach dem letzten verbleibenden Strohhalm für mein Liebesleben und schreibe Radio-Max eine WhatsApp-Nachricht. Seit dem verpatzten Date hat er sich nicht mehr gemeldet, er weiß also noch nicht mal, dass ich jetzt wieder „young, free and single" bin. Okay, wenn wir ehrlich sind, bin ich eher eine verzweifelte alte Jungfer (rein theoretisch!), die am Abstellgleis geparkt wurde, mit wenig Hoffnung darauf, nicht als Ladenhüter zu enden. „Middleaged and left broken-hearted" ist aber eben kein so toller Werbeslogan!

Ich tippe: „Bist du böse auf mich?" Er ... schreibt, schreibt, schreibt, offline, online, schreibt, schreibt, schreibt: „Nein." Mist! – Ja/Nein-Fragen sind immer ungeschickt. Ich bin in die Falle getappt. Entweder jetzt komplett Stolz und Würde (ohnehin nicht meine besten Freunde) verlieren und eine bessere Frage nachreichen oder lieber auf Tauchstation gehen?

Viola nimmt mir die Entscheidung ab, denn sie steht plötzlich in meiner überschaubaren, herzigen Ein-Zimmer-Wohnung, die ich mir nach der Trennung auf die Schnelle gecheckt habe. Ich mache sie zwar sofort drauf aufmerksam, dass der Zweitschlüssel für Notfälle gedacht ist, aber sie kontert unbeeindruckt mit: „Was ein Notfall ist, ist Ansichtssache!" So entführt sie mich mitten in meiner Selbstmitleidsphase in eine Kino-Sneak-Preview. Mit guten Filmen kann man mich eben immer aufmuntern und aus meinem Schneckenhaus locken – meine beste Freundin weiß das. Doch dieser Film („Feuchtgebiete" ist die hässliche Schwester von „Schoßgebete" – oder umgekehrt) ist leider keine positive Überraschung, sondern eher nicht der Rede wert. Leider. Damit der Abend nicht komplett ins Abscheuliche rutscht, entscheiden wir, dass es wiedermal an der Zeit ist, sich einer mitternächtlichen Fress-Orgie hinzugeben. Wenn Sie jetzt angeekelt die Nase rümpfen, lassen Sie sich eines gesagt sein: So etwas *muss* manchmal sein und jetzt ist der exakt richtige Zeitpunkt dafür. Wir begeben uns also in die Filiale einer bekannten Fast-Food-Kette mit dem goldenen M. Es schmeckt und tut der Seele gut. Schon bei der Bestellung rinnt mir das Wasser im Mund zusammen. Ist das bei Veganern auch so, wenn irgendwo der Rasen gemäht wird? Hm, ich vertage diesen Gedanken. Wir lassen uns mit unseren reich befüllten Tabletts in einer ruhigen Ecke nieder und stoßen mit unseren Pappbechern auf unsere Freundschaft an – und darauf, dass es im Leben sicherlich mehr geben muss als die Typen vom Mars: „Auf die Männer, die wir lieben und die Penner, die wir kriegen!" Hochgepuscht von so viel „Ya-Ya-Power" beschließe ich innerlich, ganz von vorne anzufangen. Wer braucht schon Männer?! Ich sicher nicht.

In meinen Jeans vibriert es, denn ich habe meinen Blackberry (iPhone-Verweigerin) nach der Kinovorstellung noch nicht auf Normalbetrieb gestellt. Ich muss unwillkürlich an den Film „Valentinstag" und den wunderbaren Sager von Jessica Biel denken: „My closest relationship is with my Blackberry. Thank God it vibrates!" Am Display leuchtet in fetten Lettern: Max. Mein Gemüt switcht umgehend von „arme Schnecke" auf „flirty Schnecke" und mein Herz steht still. Ich zeige wortlos auf das Telefon und stehe kurzfristig unter Schock. Wild gestikulierend deutet mir Vi, endlich abzuheben. Als ich seine Stimme das erste Mal durch mein Telefon höre, geschieht etwas Unvermutetes. Eine ganze Armada von Schmetterlingen setzt sich in meinem Bauch in Bewegung. Ich versuche, möglichst lässig zu klingen. Zuerst hat es den Anschein, dass Max – wie ein eingeschnapptes fünfjähriges Mädchen – das „verkackte" Treffen (er ist der Ansicht, ich hätte ihn versetzt – gottlob kennt er nicht die schändliche Wahrheit!) noch nicht ganz vergessen hat, aber schon bald haben wir wieder Draht zueinander und es läuft richtig gut. Schließlich fragt er mich, wo ich denn gerade sei. Ich blicke auf das Burger-Pommes-Massaker direkt vor mir auf dem Tisch. Die Wahrheit ist wohl wenig sexy. Ich fasle irgendetwas von Redaktion, wichtiger VIP-Gast, Briefing, Chefsache und bin erleichtert, dass er nicht weiter nachhakt. Ich muss wie ein verliebtes Girly aussehen, denn meine

Begleitung hat vor Lachen schon Tränen in den Augen und veralbert mich mit zwei knutschenden Burger-Verpackungen. Für einen kurzen Augenblick bin ich abgelenkt. Ich höre nur noch „Magst du zu mir kommen?" Wie bitte!? Kann das sein? Hatte er mich das wirklich gefragt? Mein Mund steht offen. Das Universum hat mich erhört! „Ja, ich will!"

Weil Viola, ein wandelnder Stadtplan, die Ecke kennt, wo Max zu Hause ist und ich seelischen Beistand gut brauchen kann, erklärt sie sich - mehr oder weniger freiwillig - bereit, mich zu begleiten. Wir sprinten also zum Auto und können nur noch einen Vanilleshake retten, den Rest müssen wir - sehr zu Violas und meinem Bedauern - zurücklassen. Aber auf Kollateralschäden kann ich jetzt echt keine Rücksicht nehmen. Ich nutze jede rote Ampel zum Schminken, kaue einen Kaugummi nach dem anderen, um den Zwiebelgeschmack wegzuzaubern, und versuche, Parfum und Deo an den richtigen Stellen zu verteilen (just in case!). *#duftschnecke*

Ich werde ihn treffen! Mitten in der Nacht, in seiner Bleibe am anderen Ende der Stadt - ich bin fest entschlossen und nichts kann mich davon abbringen, diese Aktion durchzuziehen. Verrückte Frau Schnecke, oder? Aber diesmal ist die Welt auf meiner Seite und ich spüre, dass es gut wird. Vielleicht ist Max *der* Mann in meinem Leben! Viola hakt ein: „Denk dran, Schneckchen, du bist frisch getrennt. Sieh ihn besser mal als Trostpflaster, nicht als Nachfolger!" Doch ich lasse mir meine Hoffnung nicht rauben.

Nicht, dass Sie jetzt vermuten, ich nehme Vi zu meinem ersten Treffen mit Max mit. Nein, ich setze sie kurz vor dem Ziel ins Taxi – na klar auf meine Kosten! Ehrensache, oder? Manche Dinge muss Frau Schnecke dann doch allein erledigen. Sie können sich gar nicht vorstellen, wie nervös ich bin, als ich die Klingel drücke. Keine Sekunde später ist die Wohnungstür offen. Max hat wohl auf der Lauer gelegen. Wir stehen einander gegenüber. Woooow! Bei mir sprühen die Funken so stark wie ein Tischfeuerwerk, das gerade dabei ist, das zeitliche zu segnen. Nicht doch! Hat Viola Recht? Ist Max ein Lückenbüßer? Hat sich Frau Schnecke in die Idee verliebt, verliebt zu sein? Aber ich bin zu neugierig, um einfach kehrtzumachen. Was nicht ist, kann ja noch werden. *#liebeaufdenzweitenoderdrittenblick*

So sitzen Max und ich einige Minuten später in seinem Wohnzimmer und trinken köstlichen Wein aus dem Südburgenland. Die Stimmung ist entspannt. Kein animalisches „Übereinanderherfallen", aber doch eine Spur von Erwartung in der Luft. Wir reden über dies und das und lachen reichlich. Ich betrachte seine Hände, gepflegt und schön, und ertappe mich dabei, mir vorzustellen, wie es wohl wäre, wenn mich diese Hände berühren würden – überall – herrlich! Seine Art zu sprechen – klar, seine Stimme ist genial, was soll man von einem Radiomann auch anderes erwarten? – fasziniert mich. So langsam keimt eine enorme Anziehung bei mir auf und ich fange an, ihn im Gespräch zu berühren, lasse meine Haare frech in den Nacken fallen und forme mit meinen Lippen einen sinnlichen Schmollmund. Meine Flirt-Skills sind zwar eingerostet, aber da geht heute sicher noch was! Allerdings: die erwünschte Reaktion bleibt aus! Es tut sich gar nichts! So schnell lässt sich Frau Schnecke aber nicht unterkriegen. Ich rücke näher und näher. Eigentlich könnte ich mich auch gleich auf seinen Schoß setzen, aber so plump muss es nun auch wieder nicht sein. Plötzlich steht er mit den Worten „Ich schlüpf mal schnell in gemütlichere Klamotten! Puh, es ist schon Bettzeit, oder?" auf und verlässt den Raum. Jawohl – das ist mein Stichwort! Er hat meine „Schwarm"-Attacke zu deuten gewusst. Ich dimme das Licht und ohne viel nachzudenken, ziehe ich mein Shirt aus, lasse meine Jeans auf den Boden gleiten – danke Gott, dass ich die „gute" Unterwäsche trage, und dass nicht Snoopy von meinem verwaschenen Slip lächelt – und räkle mich erotisch – so gut es halt geht – auf dem Sofa. Um die Stellen abzudecken, die eigentlich Untermiete zahlen müssten (damit sind mein Bauch, mein Po und meine Hüften gemeint – niemand hat diese Teile eingeladen, bei mir zu wohnen ... Schmarotzer!) nehme ich Polster zu Hilfe und drapiere diese dekorativ rund um mich. Jetzt werden wir in die Vollen gehen – tja, mit dreißig ist man eben am sexuellen Höhepunkt und erreicht die „lustvolle Mitte".

Als Max zurückkommt, staune ich freilich nicht schlecht. Er hat nun statt seiner Jeans eine gemütliche Chillax-Hose an. Ganz wie angekündigt. Und ich liege da, bereit für das Liebesspiel. Oh mein Gott – das ist mega-peinlich! „Es war hier drinnen plötzlich so höllisch heiß!", versuche ich die Lage zu retten und fächle mir selbstbewusst kühle Luft zu: „Das war bestimmt der Wein!" Wir müssen beide lachen – einer herzhaft amüsiert mit fiesem Unterton und der andere vor Scham (That's me!). Ich bin der Witz des Tages. Damit nicht alles umsonst ist, versuche ich dennoch eine letzte Attacke. Wieso hält mich denn keiner auf? Ich nehme spontan nicht wie von „Hitch, dem Date-Doktor" empfohlen die neunzig Prozent, sondern die kompletten hundert: Ich presse meine Lippen intensiv auf die seinen und bekomme umgehend eine Abfuhr der Extraklasse. „Bitte nicht!" Die Situation ist jetzt mehr als delikat angespannt, aber Max setzt noch eines drauf und säuselt: „Du bist der Grund, warum ich jeden Tag aufstehe." Kurz schöpfe ich Hoffnung, doch schnell löst er die niederträchtige Finte auf und bittet mich höflich, zu gehen: „Nein, im Ernst, ich muss morgen früh raus. Bist du böse, wenn wir das zwischen uns gut sein lassen?" Er hat den Satz noch nicht einmal vollendet, da weiß ich bereits, was ich zu tun habe. Und schwupp – weg bin ich. *#ichwarsnicht #unterirdisch #desaster #peinlichkeitsweltrekordaufgestellt*

Jetzt liege ich schlaflos im Bett und lasse diesen „Vorfall" immer wieder vor meinen Augen Revue passieren. Es hatte doch so vielversprechend mit uns angefangen. What happend? Snief! *#falschabgebogen*

In der Zwischenzeit habe ich Vi auf den aktuellen Stand der Dinge gebracht. „Schneckchen, vergiss den Typen. Der Nächste, bitte!" Nachdem ich mit meinem Tatsachenbericht fertig war, hat sie nicht mehr aufgehört zu lachen, daher habe ich irgendwann einfach aufgelegt. Da bin ich wohl nicht nur in ein Fettnäpfchen getreten, das kann man ganz klar als tiefen Fall in die Fritteuse bezeichnen. Der Typ war aber auch fies! Es gibt halt solche und solche. Da habe ich noch einiges zu lernen. Mein neues Credo ist daher: „Mir ist nichts mehr peinlich!“ Ich denke mal, so wird es sich ab jetzt einfacher leben lassen. Mit diesem Gedanken im Kopf schlafe ich ein, und als mich mein Radiowecker nur kurze Zeit später unsanft aus dem Schlaf reißt, wünscht Max (der hat mir jetzt gerade noch gefehlt) ganz Österreich einen guten Morgen: „Das wird ein sonniger Tag!“ Und ich denke nur „I'll blame it on the weatherman“, drehe mich energisch um und döse noch ein wenig weiter.

Ihre Frau Schnecke

#03

Der frühe Vogel kann mich mal!

Verdammt! Ich habe sowas von verschlafen! Das ist alles andere als ein guter Morgen! Ich war schön, reich und sexy und dann klingelt einfach mein Notfall-Wecker, der nur dann zum Einsatz kommt, wenn ich wirklich alle anderen Weckoptionen ignoriert habe. Schnell schmeiße ich mich unter die kalte Brause. Was so eine erfrischende Dusche alles bewirkt: Eben noch übernächtig, kaputt und grantig, jetzt immer noch müde, eigentlich komplett knocked-out und nennen wir es halt mal schlecht gelaunt. Aber mit Kokos-Maracuja-Duft. Die von „Leider nein"-Flirt Max angesagte Sonne habe ich scheinbar verschlafen oder doch nur geträumt, denn als ich letztlich fertig bin und vor die Türe schreite (gut Ding braucht selbst in Stresssituationen Weile), werde ich pitschepatschenass. Mein Stimmungsbarometer sinkt weiter ins Bodenlose. Na, das kann ja was werden! Die Schlechtwetterfront mit sintflutartigem Regenguss schwebt unterdessen weiterhin direkt über mir. Was mich am Regen stört? Die Einstellung! Immer so von oben herab! Kaum bin ich im Auto, muss ich feststellen, dass solch ein Wetter auch ungeahnten Einfluss auf die Fahrkünste sämtlicher Autofahrer und Autofahrerinnen (ohne rühmliche Ausnahme!) um mich herum nimmt. Dies hat zur Folge, dass ich, ohnehin zu spät, nun auch noch einen weiteren Verzug in Kauf nehmen muss. Das ist definitiv nicht mein Tag. Ich möchte ihn bitte umtauschen!

Dann erreiche ich zu guter Letzt – aussehend wie ein begossener Pudel – den Sender. Doch ohne noch schnell einen kurzen Abstecher bei meinem angrenzenden hochpreisigen, amerikanischen Kakao-Dealer mit Sternchen im Namen zu machen, um meine alltägliche „Grande-Premium-Hot-Chocolate-Guten-Morgen"-Kakao-Dosis zu holen, geht es einfach nicht. Das ist lebensnotwendig, vor allem an Tagen wie diesen. Aber Fortuna steht mir auch hier nicht helfend zur Seite, sondern das Leben unterzieht mich einer weiteren Prüfung. Wo ich sonst nicht mal mehr meine Bestellung aufgeben muss, weil die netten Mitarbeiter mich schon als „Heavy Consumer" und Stammgast entlarvt haben, warte ich diesmal ewige zehn Minuten, bis mir die neue Barista-Dame den brennheißen Becher – natürlich ohne Manschette – in die Hand drückt. Statt EVA steht KÄFER drauf. Ich bin doch kein Baumeister-Lugner-Krabbeltierchen! Also wirklich! Es bleibt jedoch leider keine Zeit für einen filmreifen Ausraster, daher haste ich weiter und stürme in die Redaktionssitzung, wo schon alle auf mich warten. Eh klar, ich bin der Boss. Und sofort weiß ich, dass jemand meine schlechte Laune abbekommen wird. Denken Sie bitte nicht schlecht über mich – solche Anfälle kommen nicht täglich vor, es ist eher ein Schaltjahr-Ereignis. Als ich aufblicke, steht das Opferlamm auch schon direkt vor mir. Die neue Praktikantin Stefanie. Es ist übrigens ganz, ganz wichtig, dass man sie mit „f" und nicht mit „ph" schreibt. Das betont sie seit ihrem ersten Tag bei uns. Meine Fresse! Entschuldigen Sie die unfeine Ausdrucksweise gepaart mit piefkinesischer Wortwahl! Stefanie schreit aber auch förmlich danach, dass man ihr den Kopf wäscht! Und wenn sie es will, dann kriegt sie es auch. Also fauche ich sie einfach grundlos an, einfach weil ... ach, man braucht als Chef nicht immer einen Grund. Diese Göre ist einfach zu jung und zu hübsch. Ja, ich neige zu Gefühlsausbrüchen und dann sollte man mir auch besser aus dem Weg gehen. Die Ader auf meiner Stirn beginnt deutlich sichtbar zu pochen. Poch, poch! Also in Deckung! Stefanie entlockt mir während der Besprechung noch ein „Jessas" sowie ein „Das gibt's gar nicht!"-Kopfschütteln, als sie plötzlich, als am Live-Monitor ein Video der Rolling Stones zu sehen ist, aufspringt und meint: „So arg! Diese mumifizierten Männer haben das Lied geklaut!" Ich fühle mich unendlich retro oder antik oder was auch immer! Sie nicht auch? Außer dieser „Nahidioterfahrung" sonst keine weiteren Vorkommnisse. Nachdem alle Themen für die morgige Sendung verteilt sind und damit das Meeting von mir als beendet erklärt wird, verlassen alle fluchtartig den Raum. Ich denke mal, man hat bemerkt, dass mit mir heute nicht gut Kirschen essen ist. Aber egal. Ich muss nicht lieb sein, ich kann mir meine Schokolade nämlich selber kaufen. So sieht's aus im Schneckenhaus! *#egozentrischhochdrei*

Ich lasse mich erschöpft in meinen Schreibtischsessel sinken, um mich endlich meinem süßen Heißgetränk hinzugeben. Meinen „Kakao to go" im Sitzen zu trinken ist nämlich richtig rebellisch. #fuckthesystem Doch weit gefehlt. Aaaahhhh! Das ist kein Kakao, das ist Kaffee – man will mich quälen! Eindeutig! Pfui. Plötzlich ein Lichtblick: Mein Lieblingsmoderator schaut lächelnd zur Tür herein. „Hallo meine Augenweide! Wie geht's dir?" Noch bevor ich meinem Frust Luft machen kann, kommt ein: „Was ist denn mit dir passiert?" Und nach einer kurzen stillen Pause: „Ach so! Ungeschminkt." Als er das zornige Funkeln in meinen Augen sieht, sucht er schnell das Weite. *#wennblicketötenkönnten*

Wenn einem all diese Dinge innerhalb so kurzer Zeit passieren, glauben Sie nicht auch, man sollte es für heute gut sein lassen? So langsam wäre mir eine Entführung durch Außerirdische oder die Showtruppe der Chippendales eigentlich sogar recht willkommen. Doch gefangen im Arbeitsalltag dauert heute alles länger als es muss. Zu gerne hätte ich, dass jemand meinen Bürotag so kommentiert wie ein Fußballspiel: „Ooouuuh, ganz mutige Aktion jetzt gerade mit dem Tacker und der Locher zeitgleich. Doch daraus wird nichts und einmal schlampig umgedreht, ist es Abend und ich bin allein im Office.

Ich belohne mich, um diesem Tag eine positive Umkehr zu ermöglichen, mit einem Abstecher in eine nahegelegene Bar. Kaum angekommen, kommt ein Mann auf mich zu und drückt mir eine prächtige rote Rose in die Hand, lächelt mich an und sagt: „Jetzt hast du nur noch zwei Wünsche frei." Ich bin ja sonst nicht der Typ für plumpe Anmachsprüche, aber ich fühle mich geschmeichelt. Zumindest der Abend scheint noch einen versöhnlichen Ausklang zu bieten. Und auch wenn er nicht mein Typ ist – eventuell ist er eine Ablenkung und die kommt mir sehr gelegen. Pusteblume! Wenn Sie von einem Mann, den Sie noch nie gesehen haben, plötzlich eine Rose bekommen, dann ist das *nicht* die Impulse-Parfum-Werbung aus Ihrer Kindheit und er ist *nicht* der Traummann, auf den Sie schon immer gewartet haben! Nein! Es ist der Typ, der Ihnen so beiläufig die Geldtasche klaut. Ich kenne jetzt übrigens eine Polizeiwachstube von innen und weiß, dass heute Stefan, Kurt und Rudi Dienst haben. Alle drei sehr niedlich, sehr zutraulich und viel zu jung für mich! Muss man denn heutzutage nicht mehr volljährig sein, um bei der Polizei anzuheuern? *#kinderarbeit*

Auf dem Nachhauseweg schaue ich bei meiner Freundin Susan, auch als „die Häusliche" bekannt, vorbei. Eigentlich hat sie mich, nachdem ich eine kurze Schilderung meines Tages abgeliefert habe, zu sich „zitiert", mit den Worten: „Meine Mama ist gerade bei mir. Komm vorbei! Wir sorgen dafür, dass dein Tag gut endet." Gesagt, getan, es kann nur besser werden. Susan sieht übrigens aus wie aus einem Modemagazin (Typ Christy Turlington), hat immer gute Laune, ist für so manch andere „Desperate Housewife" ein Schreckgespenst an Perfektion und gleichzeitig ein niedlicher Tollpatsch. Sie gehört, neben Viola, zu meinen besten Freundinnen fürs Leben: meinen „Mädels". Die Suche nach dem „ultimativen" Mann hat sie bereits hinter sich. „Günter – ohne H aber mit viel Oho" – so der Lieblingsspruch des Göttergatten!

Wie auch immer, ich lümmle nun also mit einem Kakao (yes, endlich!) auf dem Sofa und bringe Susan samt Muttertier auf den aktuellen Stand meines Liebeslebens. Die Susan-Mutter stellt mir mitten in meinen Erzählungen ein fettes Tausend-Gramm-Nutella-Glas vor die Nase und drückt mir dazu einen Esslöffel in die Hand. „Liebeskummer lohnt sich nicht, my Darling!", summt sie vor sich her. Diese Frau hat echt Lebenserfahrung und ich jetzt einen penetranten Ohrwurm sowie einen Zuckerschock. Als ich mich verabschiede, meint Susan noch aufmunternd: „Andere Mütter haben auch schöne Söhne!" Ich sage: „Mit Sicherheit!" Und denke: „Solche Informationen sind mir einfach zu ungenau und helfen mir nicht weiter. Ich brauche Fotos, Handynummer, Facebook, Instagram, Autokennzeichen, …".

Ihre Frau Schnecke

#04

Ich bin nicht sonderbar, ich bin eine limitierte Auflage!

Ich muss Ihnen jetzt mal mehr von Viola erzählen. Sie ist momentan die einzige Konstante in meinem Leben und meine beste Freundin seit schon immer. Mit ihr habe ich eine Vergangenheit. Zum Beispiel als wir uns auf der Maturareise in das Hotelzimmer von sehr süßen Schweden schummelten, um ihnen aufzulauern. Wir waren erfolgreich, das sei an dieser Stelle festgehalten. Oscar, der Schwede – immer in meinem Herzen! Oder aber als wir die Weihnachtsfeier der Militärakademie crashten und dort auf ausgehungerte Jungmilitärs trafen. *#wasineinerkasernepassiertbleibtineinerkaserne*

Sie sehen, wir haben es ordentlich krachen lassen. Größentechnisch liegt Viola in der Kylie-Minogue-Range und ist daher deutlich kleiner als ich. Sie ist etwas schüchtern, weil laufend von unbegründeten Selbstzweifeln geplagt, und hat einen Hang zu auf den ersten Blick unattraktiven, aber dafür intelligenten und lustigen Männern. Vi ist mein Beistand im Männerdschungel, denn momentan sind wir gemeinsam auf der Pirsch. Besser gesagt wage ich die ersten Gehversuche nach langer Abstinenz und fühle mich komplett blank. Daher ist es für mich elementar, jemanden an meiner Seite zu wissen, der mir hilft, noch ein wenig Coolness zu bewahren. Ich liebe diese Frau. Wäre sie ein Mann, ich würde sie vom Fleck weg heiraten! *#dasisteinantrag*

Gestern war es dann soweit. Ich ging erstmals seit der Trennung aus und traute mich in Begleitung meiner besten Freundin in einen Aufriss-Schuppen. Sehr mutig! Während Vi nach ihrem Ausweis gefragt wurde (gute Gene!), wurde ich darauf aufmerksam gemacht, dass die „Ü-30"-Party immer donnerstags stattfindet. Gleich ein Dämpfer zu Beginn - Frau dankt! Endlich drinnen, habe ich mich an der Bar festgekrallt und versuche nicht unangenehm aufzufallen. Ich bin mir sicher: Ich habe jetzt genau das richtige Alter. Ich muss nur noch herausfinden, wofür.

Als dann auf einmal ein junger, schnöseliger Kerl (aufgestellter Kragen, Stecktuch im Sakko) auf mich zusteuert, werde ich tomatenrot und bin am Rande eines Herzinfarkts. Ich habe kurzfristig den Song „Mrs. Robinson" aus dem Film „Die Reifeprüfung" im Ohr. Doch knapp vor mir macht er eine scharfe Links-Kurve und landet direkt bei einer rothaarigen Schönheit in engen Hotpants und Zwölf-Zentimeter-High-Heels, die er von da an anschmachtet. Da kann ich einfach nicht mithalten! Als vor drei Jahren (oder waren es doch fünf?) die Dellen auf meinen Oberschenkeln zu tiefen Gräben avancierten, gestand ich mir ein, dass Hotpants, Mini-Röcke oder andere freizügige Outfits nichts in meinem Kleiderschrank zu suchen haben. Diese Regel habe ich bis heute nie gebrochen und werde es auch der Allgemeinheit zuliebe niemals tun. Und in High Heels kann ich nur angelehnt an einer Wand überleben, denn an „gehen" ist damit nicht zu denken. Ich bin dann doch eher der Casual-Sneakers-Typ und outfittechnisch ist meine zeitlose Trend-Farbe Schwarz.

Ich verfolge eine Zeit lang das bunte Treiben. Vi ist so nett und hat uns einen „Aussichtspunkt“ gesucht, wo wir – ähnlich wie Waldorf & Stettler aus der „Muppet Show“ – ungestört beobachten und kommentieren können. Da fällt es mir plötzlich wie Schuppen von den Augen (ja, diese Redewendung ist spießig, aber wahr!): So wird das nichts! Und daher steht mein Entschluss schnell fest. Wie in alter Manier werde ich selbst auf die Jagd gehen, denn ich bin lieber die Jägerin als das Freiwild. Noch dazu wenn man einem angeschossenen Reh gleicht, dem jeder nur noch den Gnadenschuss geben möchte. Hier und heute werde ich in keinem Fall fündig werden, denn der Männermix ist viel zu beliebig. Mir schießt der Gedanke in den Sinn, dass es praktischer wäre, in meiner – der *Medien*-Welt – zu bleiben und dort den Mann fürs Leben zu suchen. Von wegen Gleichgesinnte, selber Lebensrhythmus und so. Mein Ausflug in die Medizinerkreise ist wohlbekannt eine Niete gewesen, daher lieber Finger weg! Auf zu neuen Ufern!

Der eigene Sender fällt flach (Never fuck the office!) – schade, denn dort sind so einige Schnuckis unterwegs. Vielleicht mal bei der Konkurrenz reinschauen, was es an Frischfleisch gibt? Oder doch noch einen Versuch beim Radio wagen? Doch wie komme ich am besten an diese Kerle ran? Da erinnere ich mich irrplötzlich an eine Artikel, der unlängst erschienen ist: „Die Junggesellen der Medienwelt“ HAUPTGEWINN! Ich rufe den Bericht auf meinem Handy auf, klicke mich durch und da war *er* auch schon gefunden. Mal wieder ein Radiomann, mal wieder ein kleiner Mann, aber mit sensationell schöner Stimme. Sie sehen: Aussehen ist nichts,

Stimme ist alles! Jetzt heißt es nur noch an die Handynummer kommen und das sollte für mich wohl kein Problem sein. Viola muss mit mir in der Sekunde das Lokal verlassen, um kurz noch in der Redaktion vorbeizuschauen. Ein schneller Blick in die Casting-Datenbank (jeder Radiofuzzi will mal ins Rampenlicht und Fernsehstar werden!) und da ist sie auch schon: seine Telefonnummer. Nach einem kurzen Background-Check (Google, Facebook, Instagram sowie die Serienmörderdatenbank) steht fest: Der Typ ist sauber und offiziell immer noch nicht vergeben! Eine WhatsApp-Message (mit dem Text „Ich hoffe, wir sehen uns bald mal wieder!") später, sitzen meine beste Freundin und ich ungeduldig in meinem Auto und warten auf die Rückantwort. Der Köder ist draußen.

Mein Telefon klingelt. Ach, Männer sind doch so berechenbar. „Hallo, mein Name ist Paul und ich glaube, du hast dich in der Nummer geirrt." – „Wirklich??? Oooh nein, das tut mir aber leid. Ich hoffe, ich habe dich nicht geweckt." „Kein Problem. Du klingst sehr nett." – „Du auch!" ... Bla bla bla und schon habe ich ein Date zum Eis-essen. Gleich beim ersten Versuch in die Falle gegangen - ich kann's noch! Meine Damen, wir Frauen müssen einfach selbst die Initiative ergreifen, sonst kommt man zu nix. Meine Herren, die Jagdsaison hat begonnen! *#jagdfieber*

Man kann es drehen und wenden wie man will. Erste Dates sind Interviews, nicht mehr und nicht weniger. Als Paul und ich gerade eben bei Eisschokolade und Bananensplit (igitt, aber wenn er das mag!) die erste Fragerunde starten, steht fest: Manche Dinge ändern sich einfach nie. Obwohl ich früher recht geschickt darin war, in solchen Flirtsituationen das Frage-Antwort-Spiel zu beherrschen, kann ich hier noch etwas lernen. Ich muss mich übrigens total zusammenreißen, um nicht durchblicken zu lassen, dass ich ihn online gestalked habe.

ER: „Also mein Bruder ..."

ICH: „Peter oder Stefan?" Grins!

Paul hat ganz klar die Gesprächsführung an sich gerissen, doch anstelle von schönen einleitenden Basic-Fragen (Sternzeichen, Urlaubspräferenzen, die erogenen Körperzonen, ...), kommt er gleich zur Sache. Darauf bin ich hier und jetzt nicht ganz vorbereitet. Fragen über Politik und Wirtschaft sowie über Ernährungskonzepte hatte ich nämlich bisher nie im Repertoire. Doch für Paul sind das die allerwichtigsten Themen an diesem Nachmittag (gähhhn!) und gleichzeitig ist das sein erster Minuspunkt auf meiner „Mag ich ihn oder mag ich ihn nicht"-Stärken-Schwächen-Matrix. Geben Sie zu, Sie führen auch eine solche Übersicht beim ersten Date! Ich habe wirklich mit fast allem gerechnet, aber eine Diskussion über die Regierungsparteien, die bevorstehende Wahl und eine Debatte zur Weltwirtschaft beim ersten Date? Vegetarier, Veganer oder Frutarier? Ist das wirklich prickelnd? Das ist doch zu starker Tobak. Mal im Ernst – er moderiert im Radio die Horoskop-Show und nicht die Nachrichten oder das Weltjournal! Wieso macht er jetzt einen auf News-Anchor Armin Wolf? Gekonnt versuche ich auf softere Themen zu wechseln, aber er hat sich daran richtig festgebissen. Eine echt schwierige Situation.

Fragen nach Lieblingsmusik, Lieblingsfilm, Lieblingssexstellung – davon sind wir meilenweit entfernt. Auch in Richtung Kunst oder Kultur geht gar nichts. Er will unbedingt wissen, für welche Partei mein Herz schlägt. Soll ich ihm sagen, dass ich noch vor ein paar Jahren die Partei nach der Trend-Farbe des Jahres ausgewählt habe? Mal lieber nicht. Andererseits was wäre denn, wenn Paul mein neuer Lebensabschnittspartner wird und wir gemeinsam als Pärchen zur Wahlurne schreiten?! Wenn ihn Politik schon jetzt dermaßen fasziniert, dann wird er das nicht sprunghaft ablegen und mich mit Sicherheit irgendwann als Politik-Null enttarnen. Wir sollten diese Beziehung nicht auf einer Lüge aufbauen. Paul allerdings jetzt über mein Unwissen aufzuklären, wäre der finale Todesstoß. Daher frage ich ganz unvermittelt mitten in seinen Wortschwall hinein: „Kommst du mit?" Er ist etwas irritiert: „Wohin?" Und ich antworte kokett: „Auf dumme Gedanken." Einen Augenaufschlag später ist ein extrem gekünsteltes Lächeln auf seinem Gesicht zu erkennen. Kein Treffer! Ich gebe mich geschlagen, die Chemie stimmt einfach nicht zwischen uns. Doch Paul scheint sich festgebissen zu haben, denn er versucht tatsächlich noch einen letzten Anlauf, um das Blatt zu wenden und erzählt mir von seinem Versuch des Selbstanbaus von Gemüse auf seiner Dachterrasse zur Eigenversorgung, ganz wie Matt Damon in „Der Marsianer". Seine Initiative in Ehren, aber ENDE! Jetzt mal halblang, der Typ ist so gar nicht mein Fall. Geben wir – geile Stimme hin oder her – an dieser Stelle einfach auf. Wir wissen doch beide, dass wir zusammen nicht alt werden. Und mir ist jetzt auch klar, wieso der Typ noch niemanden gefunden hat! Fällt wohl unter die Kategorie „Mängelexemplar". *#ausschussware*

Als ich nach diesem „Eiszeit"-Date (im wahrsten Sinn des Wortes!) nach Hause komme, mixe ich mir einen Gin Tonic und stoße mit mir auf eine weitere schräge Erfahrung in meinem Leben an. Und ich frage mich: „Wann genau ist aus Sex, Drugs und Rock'n roll denn eigentlich Laktoseintoleranz, Veganismus und das „Hohe Haus" geworden?" Aber egal, denn am Ende ergibt alles einen Gin!

Ihre Frau Schnecke

#05

Kann ich so nicht beurteilen, müsste ich nackt sehen!

„Du bist wieder am freien Markt?" Ich weiß sofort, wer am anderen Ende der Leitung ist. Diese Stimme vergisst man einfach nicht. Der „kleine Psycho" namens Leopold – mein bester Freund, der sich immer auf Tauchstation begibt, sobald ich liiert bin und erst wieder aus seinem Versteck gekrochen kommt, wenn er wittert, dass ich bereit bin, mit ihm als eine Art „Wingman" (die weibliche Form ist dann wohl „Wingwoman") auf die Piste zu gehen. Leopold ist zwar ein cooler, lustiger Typ und auch durchaus ansehnlich, aber er ist auch wahnsinnig gutgläubig, zartbesaitet und gerät dadurch immer wieder schnell in Situationen, die – na, sagen wir es mal so – „eigenartig anmuten" können. Daher ist es im Grunde keine schlechte Idee, dass er sich Schützenhilfe checkt, um nicht in allzu prekäre Momente zu geraten. Raten Sie übrigens mal, wo er arbeitet? Beim Radio! Dort muss wohl was im Wasser sein ...

„Und, was machst du heute noch?", tastet sich Leopold langsam vor.

ICH: „Ich schmeiße mich in meine Wohlfühlklamotten."

ER: „Und dann?"

ICH: „Wie, und dann? Leopold, spuck aus, was du willst!"

Und so langsam kommen wir der Sache näher. Irgendein Freund von einem Freund von Leopold, der einen Freund kennt, dessen Freund wiederum eine neue Wohnung bezogen hat, feiert ein Einweihungsfest. Angeblich ist zu dieser Party auch die neue Flamme von Leopold geladen und er braucht Beistand. Warum denn eigentlich nicht? Feiern lenkt von meinem Lebenschaos ab!

Pünktlich eine Stunde nach Start der Party sind Vi und ich dann auch endlich da. Denn mit meiner BFF eine fixe Zeit zu vereinbaren, ist reine Nervensache. Als ich sie abhole, hantiert sie noch mit dem Lockenstab herum und meint: „Setz dich, ich bin gleich fertig." „Gleich" ist ein dehnbarer Begriff in Violas Welt. Aber egal. Leopold ist auch schon zugegen, als wir schlussendlich ankommen. Doch anstatt einer Party gleicht die Situation eher einem Wartezimmer beim Urologen. Während die anwesenden Herren brav nebeneinander auf dem Sofa sowie auf Stühlen verteilt sitzen, sind eine mir unbekannte junge Dame, Vi und ich die einzigen weiblichen Geschöpfe in der Runde. Die Herren passen allesamt so gar nicht in mein Beuteschema. Weniger Kategorie „photogeshopt" wie Brad Pitt oder Ryan Gosling, nein, mehr Pornodarsteller-Optik wie Sachsen Paule oder Ron Jeremy. Geschmackssache, aber von mir gibt's ein ganz klares „Igittich!" Und jetzt höflich formuliert: Diese Kerle sind nicht im Entferntesten interessant. Da ist zum Beispiel Franz, der ältere (dagegen ist Yoda ein Bub), schwitzende Hobbykoch. Unweigerlich stelle ich mir vor, wie seine Schweißperlen in den Kochtopf tropfen und sich mit dem Bratensaft mischen. Würg! Somit hinterlässt Franz auf Anhieb keinerlei sympathischen Eindruck, sondern eher ein Ekelgefühl. Wobei Viola ihm zu gefallen scheint, da er ihr zärtlich das Gesäß tätschelt, als sie sich auf das Sofa neben mich setzen möchte. Wie von der Tarantel gestochen ändert Vi den Kurs und steuert auf die Küchentheke zu, um dem Grapscher zu entkommen. Lustiger Anblick – Viola kann richtig schnell sein, wenn sie nur will!

Leopold unterhält sich währenddessen blendend mit der uns unbekannten Dame in der Runde, was von allen anderen Herren nicht allzu gerne gesehen wird. Irgendwas ist da im Busch. Allerdings kann ich noch nicht ganz festmachen, was. Wieso läuft eigentlich keine Musik? Wieso starren uns alle Männer so dermaßen penetrant an? Leider sitzt Vi zu weit weg, um mit ihr die Lage analysieren zu können. Außerdem ist sie schwer damit beschäftigt, Anbagger-Versuche eines – in meinen Augen extrem schmierigen – „Peitscherlbuben" (ich hoffe, sie kennen den Ausdruck noch – wenn nicht, dann befragen Sie doch mal die „Neuzeit-Kristall-Google") abzuwehren, der ihr Knie tätschelt. Der sollte mal seine Drecksfinger lassen, wo sie hingehören. Hier wirken generell alle überaus zutraulich. Denn das Kitzeln auf meinem Rücken stellt sich etwas später als die Hand meines Sitznachbarn Udo heraus. An einem anderen Abend, mit anderen Menschen und in einer anderen Konstellation hätte man sagen können: Viola und ich haben einen „Run". Aber in dieser realen Horrorvision wirft meine beste Freundin mir nur einen angewiderten Blick zu und formt mit den Lippen unser Codewort „Mistelzweig", was so viel heißt wie „Lass uns hier ganz schnell abhauen!"

Aber wir haben die Rechnung ohne Leopold gemacht. Er versinkt förmlich im Dekolleté der von allen Männern angebeteten (oh Wunder – die Auswahl ist nicht riesig!) dritten Dame in der Runde. An ein schnelles Wegkommen ist also nicht zu denken. Es sei denn, wir wollen unseren Freund seinem Schicksal überlassen. Noch ist alles erträglich und irgendwie will ich jetzt auch wissen, wie das Spektakel weitergehen wird. Doch das Blatt wendet sich schnell, als es an der Tür läutet und eine weitere Frau zu uns stößt. Eindeutig zweideutig – Sie werden gleich verstehen, was ich meine. Die gute Dame ist nämlich alles andere als schüchtern und passt perfekt in diese Szenerie. Madame Marke „Boxenluder" ist „quickie" an der Bierzapfanlage und „legt Hand an". Keine Sekunde später verschwindet sie im Schlafzimmer und kommt mit einem Sado-Maso-Lederband um den Hals wieder zurück. Das alles geht so schnell, dass ich es fast übersehen hätte. Als sie dann erneut an der Bar steht und einer der Männer ihr ohne zu fragen an die Brüste fasst, sehe ich mich erschrocken und pikiert um. Alle Männeraugen in eine Richtung. Die erwartungsvollen Blicke machen mich schlichtweg nervös. Was geht denn da ab? Ich habe Gänsehaut. Nicht die gute Variante, sondern die schauderhafte!

Wissen Sie, Frau Schnecke ist ja nicht durchwegs prüde, aber schon ein wenig verklemmt auf ihre alten Tage. Vor allem dann, wenn sie nicht weiß, wo sie hier gelandet ist. Leopold bekommt von alldem mal wieder nichts mit. Er ist so der Typ, der immer auf seiner sonnigen Wolke umherwandelt. Er hat uns zwar hierher gebracht, aber sicherlich nicht mit der Absicht, uns an diese sexhungrigen Monster zu verfüttern. Zumindest hoffe ich das für ihn!

Auf die Busenattacke steigt übrigens gleich ein weiterer Typ mit ein und wie selbstverständlich sind es zu guter Letzt drei Typen und das vermeintliche Boxenluder, die im Schlafzimmer verschwinden. Nein, nein, die Tür bleibt offen, wo denken Sie denn hin? Man hört also eigenartige Geräusche („So let's do it like they do on the Discovery channel!"), lautes und leises Gestöhne und das, was ich mir unter „Dirty Talk" vorstelle. Bei mir wäre das zwar eher sowas wie „Mach mir die Putzfrau!", aber hier gibt man deutlich mehr Zunder. Da noch immer keinerlei Musik läuft, sind wir nicht nur live dabei, sondern quasi mitten drin. Oh mein Gott! MISTELZWEIG! Vi gibt mir unmissverständliche Zeichen und selbst Leopold löst sich endlich von seiner Gespielin und läuft rot an. Aha, hatte er es also doch gewusst und tut nur überrascht? Ich ziehe Vi und Leopold sachte in den Vorraum. Das bemerkt keiner der Anwesenden, denn die Truppe lauscht ohnehin der einzigartigen Showeinlage. Wir verlassen – obwohl Leopold murrt und seinen Flirt unfreiwillig zurücklassen muss – die Orgie.

Im Auto stelle ich Mini-Psycho zur Rede. Doch er kann nicht verstehen, warum ich denn so ein Problem mit dem habe, was wir heute erlebt haben. Viel mehr beschäftigt ihn, dass er die hübsche Unbekannte („Leopold, die war nicht hübsch, die war billig!") stehen hat lassen müssen. Viola steht noch unter Schock, lauscht meiner Strafpredigt für Leopold und schüttelt zeitweise verdattert den Kopf, wenn Leopold zum wiederholten Male meint: „Das war eine ganz normale Party! Stellt euch nicht so an!".

Die weitere Heimfahrt verbringen wir drei schweigend. Keiner von uns erwähnt mehr, was wir da gesehen und erlebt haben. Eines ist mir klar: Ich werde in Zukunft jederzeit, immer und ohne Skrupel die Partyauswahl von Leopold hinterfragen. Wenn das ein Einweihungsfest war, frag ich mich, was da genau „eingeweiht" wurde. Ich höre mich zwar jetzt an wie meine Mutter, aber ich steh dazu. Fürs Protokoll: Frau Schnecke ist eine schrullige Dreißigjährige und die Welt ein Irrenhaus. Ich war soeben in der Zentrale!

Ihre Frau Schnecke

#06

Läuft bei mir – zwar rückwärts und bergab, aber es läuft ...

Bisher war jeder Versuch, einen Mann kennenzulernen, ein Reinfall! Auch wenn wir hier noch von einer überschaubaren Anzahl sprechen, ist da noch deutlich Luft nach oben! „Du musst dich erst mal warmlaufen", meint Vi. Sie hat mit Sicherheit Recht und deshalb habe ich mir mutig ein Blind-Date gecheckt.

Also eigentlich ist es mir passiert. Und das kam so: Ich habe einen Freund gebeten, mir Tickets für ein neues angesagtes und daher ausverkauftes Theaterstück zu besorgen, was er auch gleich tat, indem er einfach den befreundeten Hauptdarsteller um Hilfe bat, der uns tatsächlich Regiekarten organisierte. Wie lieb! Als ich artig „danke" sagen wollte, bekam ich dessen Handynummer mit einem „Sag es ihm selbst!"-Hinweis. Also rief ich bei Andreas an, seines Zeichens ein sehr charismatischer und gut aussehender Mann mit großer optischer Ähnlichkeit zu Robert Downey Junior, und er meinte nur: „Nicht der Rede wert. Ich würde mich freuen, dich mal persönlich kennenzulernen." Total selbstsicher verwertete ich diese Auflage und lud ihn zum Lunch ein. Whoop Whoop!

Gestern fand dieses „halbseitige" Blind-Date (klingt wie eine schlimme Behinderung!) statt. Es war ein komisches Gefühl, aber auch wahnsinnig aufregend. Als ich viel zu früh und mit zitternden

Händen am Treffpunkt ankam, war mir mulmig zumute. Doch jetzt war ich schon mal da und was konnte schon Schlimmes passieren!? Also hielt ich nach einem Tisch Ausschau, der einerseits nicht mitten im Geschehen stand (ich brauche keine Zuhörer, wenn ich versuche, möglichst sexy und interessant zu klingen) und mir andererseits die Möglichkeit gab, ihn beim Eintreffen abzuchecken. Damit mir der mühsame Augenblick erspart blieb, bei seiner Ankunft aufzuspringen und „Hier bin ich!" zu rufen, hatten wir vereinbart, dass ich ein auffälliges rotes Merkmal an mir tragen würde. Künstler lassen sich gerne auf solche Spompanadeln ein. Was genau, hatten wir geheimnisvoll offengelassen. Sie denken jetzt sicherlich an ein T-Shirt, einen Schal, eine Kette oder gar an die klischeehafte, kitschige rote Rose. Meine Lieben, Sie wissen doch: Mir ist nichts peinlich. Viola hatte die fulminante Idee, eine Clownsnase wäre mal was anderes. Und wie es zwischen guten Freundinnen so ist, glaubt man es der anderen, wenn sie sagt, das sei cool und lustig und trendy. Warum verschweigen einem gerade die besten Freundinnen in solchen Momenten, dass man aussieht wie ein Idiot? Und wieso setzt der eigene Verstand komplett aus? Solche und andere ungeklärte Fragen des Lebens verfolgen mich seit drei Jahrzehnten wie der Hund das Würstchen. *#aktex*

Als ich ihn kommen sah, mutierte ich in Windeseile zum Clown und sagte mir dabei immer und immer wieder den Satz vor: „Er findet es lustig und romantisch, nicht psycho!" Er erkannte mich sofort – ich war auch die einzige Frau mit „Red-Nose-Day"-Nase im Gesicht – und begrüßte mich mit einem breiten Lächeln. Das Eis war gebrochen. Ich nahm die Nase ab, ließ sie in meiner „XXL-erstes-Date"-Tasche verschwinden und hoffte, er würde das Bild aus seinem Gedächtnis bekommen ... von wegen erster Eindruck und so. Mein Dating-Bag ist übrigens der Hammer – da ist alles drinnen, was man für ein Rendezvous braucht, inklusive eines „One-Night-Stand-Tool-Kit". Mary Poppins – die versaute Version (x-rated) – hätte ihre reinste Freude damit!

Wir wurden immer wieder mal beim Essen unterbrochen. „Sind Sie nicht der Herr aus dem Fernsehen?", „Woher kennen wir Sie?", „Wir sind große Fans!", „Wo haben Sie den Hund gelassen?" Das war ja sowas von nervig! Habe ich vergessen, Ihnen zu erzählen, dass mein Date einige Zeit lang Kommissar und das Herrchen eines allseits beliebten Fernseh-Schäferhunds war? Jetzt wissen Sie es.

Wir haben gequatscht, gelacht und den Tag zusammen verbracht. Es war nahezu perfekt. Aufgrund eines Schlechtwettereinbruchs besuchten wir im Kino gleich zwei Vorstellungen hintereinander („Einmal zusammen lachen, einmal zusammen fürchten, bitte!"). Ich fand seine spontane Art genial. Doch die Verabschiedung ließ viele Fragen offen: Werden wir uns wiedersehen? Wird sich daraus eine Freundschaft entwickeln? Oder bahnte sich hier der Beginn einer romantischen Beziehungskiste an? Keiner von uns beiden machte Anstalten, auch nur eine Richtung vorzugeben. Deshalb war ich nach dem Treffen ein wenig ohne Wind in den Segeln. Als ich nach Hause ging, war ich unklar darüber, ob wir uns wiedersehen würden. Und ich mag solche ungeklärten Fragen so gar nicht. Man fühlt sich zwar gut, weil der Tag einfach schön war, aber dennoch fehlt was – nämlich die Richtung!

Jetzt sitze ich gänzlich ohne Plan herum, starre mein Handy an und warte. Und Sie können mir glauben: In Summe habe ich in meinem Leben schon ewig gewartet! In drei Jahrzehnten kommt da nämlich einiges zusammen – und ich weiß, wovon ich rede, wenn ich von „Warten auf Godot" spreche.

Während ich so dasitze und mir die Zeit vertreibe, stelle ich hirnrissige und surreale Gedankengänge an: Er sitzt sicherlich zu Hause, denkt an mich und traut sich einfach nicht anzurufen, weil er sich nicht sicher ist, ob ich seine Gefühle erwidere. Oder er hat überraschend Besuch von einem Freund bekommen, hofft aber inständig, dass dieser bald geht, damit er mich anrufen kann. Aber es könnte auch sein, dass sein Handy auf dem Heimweg durch ein Kanalgitter gefallen ist und er nun verzweifelt versucht, meine Nummer rauszufinden. Diese Überlegungen könnte ich jetzt ewig weiter spinnen. Doch in meinem Alter dauert die Hoffnungsphase nicht mehr so lange wie noch vor zehn Jahren. Früher hatte der Typ noch eine Woche nach dem Date eine Überlebenschance. In meinem Alter ist nach maximal vierundzwanzig Stunden der Ofen aus. Sie müssen wissen, dass meine Date-Partner auch ein gewisses Alter haben, und von einem Mann über dreißig erwarte ich, dass er innerhalb eines Tages seine Entscheidung getroffen hat, ob er mich wiedersehen will oder eben nicht. Für alle jene unter Ihnen, die den Film „Er steht einfach nicht auf dich" gesehen haben, muss ich nicht weiter ausführen. Für alle anderen: Wenn er sich nicht meldet, dann steht er einfach nicht auf dich! Diese bittere Pille muss man leider schlucken. Ein Mann findet tausende Mittel und Wege, seine Kumpels zu erreichen, wenn ein Spielerwechsel im Fußball über die Bühne geht, und Männer sind auch schnell mal mit der Nummer einer Sexhotline vertraut. Warum soll er also gerade jetzt verlernt haben, wie Mails, Kurznachrichten und ein Anruf funktionieren? So ist es und nicht anders!

Ich will Ihnen und mir aber nicht ganz die Hoffnung nehmen, denn es gibt bei jeder Regel die glorreiche Ausnahme, doch ich denke, wir wissen, dass diese selten vorkommt. Ebenso wie vierblättrige Kleeblätter. Es kann natürlich auch sein, dass aus einem Date eine langjährige Freundschaft wird. Das nennt man dann in meiner Sprache eine Graustufe. Schwarz steht für „Er will nix", weiß für „Wir heiraten und sind glücklich bis ans Lebensende" und grau verbannt einen in die Freundeszone. Heute ist ein Tag, wo ich ausnahmsweise mal kein Schwarz tragen will und Grau steht mir nicht. So starre ich also mein Handy an, schaue parallel auf die alte Kuckucks-Uhr, die mich verhöhnt. Tick-Tack-Tick-Tack. Bald ist die Frist um. Ich glaube, unter diesen Mann kann ich getrost schon mal ein Häkchen für „erledigt" dranmachen. Aber die Hoffnung stirbt zuletzt. Also drücken Sie mir bitte, bitte die Daumen! Es wäre einfach *zu* schön.

Nach drei unerlaubten Verlängerungen der maximalen Wartezeit meldet er sich und macht es offiziell: Ja, man könne sich mal wieder treffen. Ja, das erste Treffen sei nett gewesen und ach ja, die Ex-Verlobte ist wieder aufgetaucht. Gegen diese Waffe ist man machtlos. Denn wenn die Liebe über einen Flirt (zumindest war es das für Frau Schnecke) siegt, dann muss man gewähren lassen. So habe ich nun also für meinen Club „Good friends – no sex" wieder ein Mitglied mehr. Warum – jetzt mal ehrlich! – haben alle anderen Frauen immer das Glück, eine Aufenthaltsgenehmigung im Land der ewigen, großen Liebe zu bekommen, während ich mit einem Touristenvisum durchs Leben laufen muss? Das ist doch unfair! In der Friendzone heißt es nämlich nur „schauen", aber nicht „angreifen". Don't touch this! Gemein! Unglaublich gemein! *#ichmöchtemichoffiziellbeschweren* „Wer Liebe sucht, findet sie im Duden zwischen Leiden und Lust" – das Zitat des Tages.

So blicke ich nun auf eine lange Zeit des Wartens zurück. Eine Erkenntnis reicher, denn zumindest ist es irgendwie auch schön, zu wissen, dass man dem Typen nicht ganz egal ist. Er hätte nämlich auch ein hartes „Als ich dich das erste Mal sah, wusste ich, du bist es nicht!" vom Stapel lassen können. Aber nein, hat er nicht, ich bin ihm sogar sympathisch, sonst hätte er sich doch gar nicht mehr gemeldet, oder? Das reicht mir jetzt erstmal. Dennoch schicke ich einen kleinen Gruß samt Bitte an das Universum: „Hallo, unerwartete glückliche Wendung! Ich wäre soweit!"

Ihre Frau Schnecke

#07

Lächle, denn du kannst sie nicht alle töten!

Heute habe ich eine unglaubliche Erfahrung gemacht und Sie müssen daran teilhaben. Ich, Frau Schnecke, neunundzwanzig plus und ledig, war in einem Möbelhaus. Das allein ist noch nicht weiter tragisch oder besonders, aber mein Erlebnis hat mir nicht gerade Rückenwind beschert, sondern meine derzeitige Lebenskrise (kein Mann will mehr als Freundschaft - wären Sie da nicht auch ein wenig ratlos!?) verstärkt. Ich hatte eine klare Vision, einen Auftrag oder wie auch immer Sie es nennen wollen: ein Sofa kaufen. Ich bin es schon etwas leid, dass man in meiner Single-Bude das Bett als Lümmelecke nutzen muss, ein altersgerechtes Sitzteil muss her. Shopping is better than psychotherapy!

Frohen Mutes ging ich also in den Möbelshop meines Vertrauens, spazierte zwischen dem schwarzen Junggesellenledersofa, dem rot-gepunkteten Familien-Mega-Traum und der goldenen, verschnörkelten Chaise Longue für die junge Blondine aus reichem Haus umher und suchte das passende „Chill-Out-Teil" - yo, baby, yo - für mich. Sie sehen, ich kann mich sprachlich der heutigen Jugend anpassen! Bitte mal kurz eine Runde Applaus für Frau Schnecke! *#neuzeitjargon*

Leider ist es gar nicht so einfach, etwas in Grün zu finden. Scheinbar stehen heutzutage nicht allzu viele Menschen auf vollflächig grasgrüne Couchlandschaften. Obwohl ich diesen „Anti-frohe-Farben"-Trend persönlich nicht verstehen kann, ging ich mit der Masse und verlagerte meine Suche auf etwas Gemütliches in der zeitlosen Couleur Grau. Mit ein paar Kissen in bunten Farben könnte man sicherlich was draus machen. Durch diese Planänderung war schnell ein geeignetes Modell gefunden, also startete ich meine Tests. Federung – optimal. Liegekomfort – bequem. Stoffgefühl – sensationell.

Nachdem ich rund eine halbe Stunde alle möglichen und denkbaren Positionen auf dem Sofa ausgetestet hatte und ich gerade dabei war, mir zu überlegen, wie man auf diesem Ding wohl am besten Sex haben könnte, stand plötzlich ein Kamerateam des ORF neben mir. JESSAS! Ich lief rot an – irgendwie fühlte ich mich ertappt und hoffte inständig, dass man mir meine Gedanken nicht angesehen hatte. Ein glubschäugiger junger Mann redete wie ein Wasserfall auf mich ein. Das sei hier ein Gewinnspiel für ein tolles, innovatives Nachmittagsformat und ich könne eine Reise nach Zypern gewinnen. Ich müsste nur mitmachen und es wäre auch nicht schlimm. Aaaahja, als hätte ich keine anderen Probleme. Andererseits: Eine Reise nach Zypern wäre doch auch irgendwie nett und bei meinem überzogenen Bankkonto (laut meines Kontoauszugs unterstütze ich ständig ein Hilfsprojekt im Amazon!?) genau das Richtige: Sommerurlaub for free. Was tut man nicht alles und wer würde das schon im Fernsehen entdecken – lief ja ohnehin im Nachmittagsprogramm, auch als Pensionisten-Schiene bekannt. So sagte ich beherzt zu.

Kaum hatte ich mein Einverständnis gegeben, zog man mich aus dem Möbelgeschäft hinaus. Eine Styling-Lady, die versuchte, meine Augenringe (besser als gar kein Schmuck!) in den Griff zu bekommen und ein wenig Glamour in mein Gesicht zu zaubern, folgte mir ab sofort schattengleich. Parallel zupfte ein Kind (es war der „Produktionsassi", sicher nicht älter als vierzehn Jahre alt) an mir herum und fing zu guter Letzt an, meine Haare zu toupieren. Es fühlte sich an, als hätte ich ein Nest am Kopf. Leider hatte ich keine Chance, einen schnellen Blick in einen Spiegel zu erhaschen, da mich die Fernseh-Crew wie eine Marionette in der Gegend hin- und herschob und mich schlussendlich an einen Kaffeehaustisch setzte, wo mir eine Kamera ins Gesicht gehalten wurde und ich auf die unschuldige Frage „Hallo, wollen Sie gerne bei einem Gewinnspiel mitmachen?" mit einem aufrichtigen, spontanen und absolut ungeprobten „Ja!" zu antworten hatte. Wie ein dressierter Affe tat ich, wie mir befohlen und war heilfroh, als dieser Dreh vorüber war. Nun kam der Moderator zu mir – ein Typ, den ich noch nicht mal vom Sehen kannte und das heißt etwas, bin ich doch selbst im TV-Business und kann mir Gesichter ganz gut merken. Mein erster Gedanke war sofort „Der muss neu sein!", denn an so einen Mann hätte ich mich erinnert. Geniale Stimme (schon wieder ertappt – Stimmenfetischistin!), wahnsinnig schöne Augen, aber leider nur 1,68 Meter groß.

Kurzer Exkurs: Frau Schnecke muss sich offenbaren: Ich mag scheinbar kleine Männer! Ich finde, die haben Charakter. Sie sind süß, aber nicht im unmännlichen Sinn, und könnte ich es mir aussuchen, hätte ich gern einen Kleinen mit vielen Haaren – so ein Äffchen. Zur Not eignen sich kleine Männer auch als Dekoration fürs Nachtkästchen! Aber nun zurück zur Geschichte ...

Ich war also vom Fleck weg ein Fan dieses Mini-Mods (Abkürzung für „kleiner Moderator"). Und ich spürte, dass auch er mich nett fand. Zumindest so irgendwie oder aber er war einfach freundlich. Ja, das konnte natürlich auch sein! Aber es war noch zu früh, um das genau sagen zu können. Nachdem er mich in den Ablauf eingewiesen hatte, ging es los. Ich hätte wohl besser zuhören sollen, anstatt ihn mit meinem „Du-bist-aber-süß"-Bambi-Augenaufschlag anzustarren, denn als das Kameralicht anfing, rot zu leuchten, wusste ich nicht, was nun zu tun war. Der Mini-Mod stellte mir eine Frage über Zypern, sah mich erwartungsvoll an und ich grinste selten dämlich und brachte kein Wort heraus. Kalter Schweiß machte sich auf meiner Stirn breit – nicht zu vergessen: Das alles lief *live* im Öffentlich-Rechtlichen. Nachdem ich die erste Frage so was von vergeigt hatte und dabei auch noch knallrot angelaufen war, kam ich wieder zu mir. Gottlob hielt dieser Mann – er dürfte wirklich neu sein und wenig Erfahrung haben – seine Moderationskarten so geschickt schief, dass ich sowohl die Fragen als auch die Antworten und seine Moderationsstichworte lesen konnte. Ich musste nur nah genug an ihn heranrücken und das war für mich kein arges Zugeständnis.

Die nächsten Fragen waren schnell und souverän beantwortet beziehungsweise abgelesen und ich sah mich schon mit Viola in Zypern am Strand liegen: in der einen Hand einen exotischen Cocktail, mit der anderen Hand das kuschelige Haar auf der durchtrainierten Brust eines gut gebräunten Einheimischen kraulend. Your Body is my Touchscreen!

Leider hatte mir keiner gesagt, dass die letzte und alles entscheidende Aktion bei diesem Gewinnspiel keine Frage, sondern ein Geschicklichkeitsparcours sein würde. Ganz ehrlich, da hätte ich gleich zu Beginn aufgeben können! Frau Schnecke und Geschicklichkeit ist wie Frau Schnecke und Sex – da spielt sich im Moment nicht viel ab! Ich konnte nun also schreiend davonlaufen und dem ORF damit Material für ein neues Milieustudien-Format namens „So psycho ist Österreich wirklich" geben oder das Ding hier durchziehen und versuchen, dabei so wenig wie möglich dumm dazustehen.

Ich entschied, zu bleiben und dabei zumindest etwas Würde zu bewahren. Der Mini-Mod erklärte mir die Aufgabe und ich war beruhigt, als ich sah, was genau ich zu bewältigen hatte. Ich musste über eine Langbank (das kennen Sie sicherlich noch aus dem Turnunterricht – oh Verzeihung, heutzutage nennt man das „Sport"!) laufen, danach zwischen diversen Aufbauten durchkraxeln und schlussendlich mit überdimensionalen Regenstiefeln in ein aufblasbares Wasserbecken steigen, wo jede Menge Wasserbälle umherschwammen. Mein Herz frohlockte. Das schaff ich! Zypern, wir kommen! Okay, Frau Schnecke hat's nicht so mit zuhören, denn ansonsten hätte ich wohl wieder mal nicht das entscheidende Detail überhört. Ich musste den Parcours mit verbundenen Augen bewältigen und ein Helferlein am Telefon (frei von mir wählbar!) durfte mich durchlotsen. Geh bitte, was soll das denn jetzt wieder?! Ich gab nun also alternativlos (mir fiel sonst niemand ein) die Nummer von Viola bekannt und man rief sie live in der Sendung an und erklärte ihr das Spiel. Ich konnte das süffisante Lächeln voll Schadenfreude in der Stimme meiner besten Freundin hören (sicherlich verschickte sie parallel Nachrichten an die Mädelsrunde und archivierte das Debakel auf der Festplatte ihres DVD-Recorders), doch ich war gleichzeitig auch froh, dass sie Zeit hatte, in der Nähe eines Fernsehers war, und mich unterstützte. Mit Violas klaren Ansagen war ich zwar in „null komma nix" im Wasserbecken, räumte dabei jedoch die halbe Dekoration ab. Der Elefant im Porzellanladen quasi. Die Zypernreise konnte ich mir nun aufmalen. Als das Kameralicht endlich erlosch, fiel mir ein Stein vom Herzen. Gerade wollte ich zum Mini-Mod laufen, um ihn nach einem Date zu fragen (was hatte ich denn nach dieser Aktion hier noch zu verlieren?), als ich über ein Kabel, das ein unachtsamer Kameraassistent liegen hatte lassen, stolperte. *#blackout*

Als ich wieder zu mir kam, waren der Mini-Mod und ein Mann in Rot-Kreuz-Uniform über mich gebeugt. Ich musste wohl träumen! Weiter hinten sah ich die TV-Crew mit besorgten Gesichtern stehen. „Geht es Ihnen gut?" fragten der Mini-Mod und der Rot-Kreuz-Mann gleichzeitig. Mal überlegen: Zwei Männer über mich gebeugt, ich waagrecht liegend und alle Aufmerksamkeit auf meine Person gerichtet ... Hm, bis auf die Tatsache, dass wir in der Öffentlichkeit waren und die zwei Herren zu viel anhatten, war es eigentlich ganz okay. *#dreierimgedanken* Ich antworte: „Ich glaub schon!" Der Mini-Mod half mir auf und ich konnte dabei sein Parfum riechen. Oder war es das Waschmittel? Na egal, er roch einfach unbeschreiblich gut und mein Kopf – der scheinbar den Boden unsanft berührt hatte – tat auf einmal gar nicht mehr so weh. Wenn Männer gut riechen, kann ich nicht mehr klar denken ... *#vernebelt*

Ich ließ mich von ihm stützen und nahm dabei eine weitere Gelegenheit wahr, ihm ganz nah zu sein. Nachdem sich der Kameraassistent bei mir mit Tränen in den Augen entschuldigt hatte und der Produktionsleiter im Namen des Fernsehsenders um Vergebung bat (scheinbar wollte man damit eine drohende Klage meinerseits abwehren!), lud mich der Mini-Mod zum Essen ein. Ich musste GAR NICHTS dafür tun! Juhu!!! Ich ging also schnell auf die Toilette, um mich wieder in Originalzustand zu bringen. Dort bekam ich fast einen Tobsuchtsanfall, als ich sah, was die Maske aus meinen Haaren gemacht hatte – das war kein Nest, das war eine Katastrophe biblischen Ausmaßes! Und so war ich live im TV zu sehen gewesen?! Ich hatte Müh und Not, meine Haare zu entwirren, aber es gelang. Den Gedanken, wer das alles gesehen haben könnte, versuchte ich beiseite zu wischen. Nur zwanzig Minuten später war ich wieder Frau Schnecke und bereit für ein Date mit Mini-Mod!

Rätselraten: Wer war wohl nicht mehr da, als ich frisch gestyled von der Toilette retour kam? Ja, richtig – der Mini-Mod höchst persönlich. Er war einfach gegangen. Zwei Überbleibsel des ORF-Teams bestätigten mir, dass er das Shoppingcenter bereits verlassen hatte. Wie frech war denn das? Zuerst die große Einladung zum Essen aussprechen und sich dann einfach aus dem Staub machen. Arg! Frau Schnecke war geknickt und mit der Gesamtsituation extrem unzufrieden! Noch tiefer konnte mein Selbstbewusstsein an diesem Tag nicht mehr runter rutschen! Da bei großem Frust am besten eine Fressorgie hilft, rief ich mal wieder Vi an und wir verabredeten uns für ein „All you can eat Männer sind doof"-Essen bei mir daheim. Statt Romantik bei Pasta, Rotwein und hausgemachtem Tiramisu mit Mini-Mod beim Nobelitaliener ums Eck würde es eben Pizza, Cola light und Mohr im Hemd vom Lieferservice mit Viola vor dem Fernsehapparat werden. Dabei hatte ich so eine feine und herzerweichende Vision von Susi und Strolchi im Sinn gehabt! Wie schade!

Doch zuvor erinnerte ich mich an meine Mission, mit der ich aus dem Haus gegangen war: ein Sofa kaufen! Ich ging also erneut in das Möbelgeschäft, steuerte meinen zuvor schon durchgetesteten Favoriten an und versuchte, mit dem klaren Ziel, heute noch ein Sofa zu erstehen, Verkaufspersonal ausfindig zu machen. Keiner da! Ich spielte „Such den Verkäufer". Dabei beobachtete ich, wie ein Pärchen das Geschäft betrat. Ah – da war nun auch plötzlich ein Verkäufer. Witzig, hatte ich den übersehen? Doch anstatt mich zu bedienen, obwohl mir eindeutig „Hier bin ich! Ich will was kaufen!" auf der Stirn geschrieben stand, umgarnte der Verkäufer das junge Pärchen und würdigte mich keines Blickes. Hallo!? Mir fehlten die Worte und ich wünschte, ich könnte mich einfach auf den Boden schmeißen und wie ein kleines Kind mit Händen und Füßen auf den selbigen trommeln und dabei laut losheulen. Doch der Tag war einfach schon zu aufregend gewesen, als dass ich heute, hier und jetzt, noch eine Szene hätte machen wollen. Ich nahm zur Kenntnis, was ich schon immer gewusst hatte: „Single" ist ein Schimpfwort und man gehört als Single einer Randgruppe an. Na danke aber auch! Besten Dank! *#diskriminiertefrauschnecke*

Auf dem Weg nach Hause machte ich noch kurz Halt, um ein paar DVDs für meine Sammlung zu erstehen. DVDs kann man nämlich nie genug haben, müssen Sie wissen! Als ich angestrengt die Neuerscheinungen durchforstete, fiel mir plötzlich ein junger Mann auf, der sich kopfüber in eine Ausverkaufsschütte beugte. Lecker! Ich ging um ihn herum und dachte, wie romantisch es doch wäre, wenn ich beim DVD Kaufen meine neue große Liebe kennenlernen würde. Schon war ich in meiner Fantasiewelt und hörte die Hochzeitsglocken läuten. „Es war Liebe auf den ersten Blick, als eure Mutter und ich gleichzeitig nach der letzten ‚Dirty Dancing'-Jubiläums-DVD griffen und uns in die Augen schauten. Magisch." Ja, so würde der Hottie hier unseren Kindern die erste Begegnung schildern. Doch als dieser Typ, der mir Aquaplaning auf meiner Zunge bescherte, schließlich den Kopf hob, war die Enttäuschung groß. Einer meiner Ex-Freunde (es gibt tatsächlich einige, denn Frau Schnecke war doch auch mal jung) stand vor mir. Sexy – ja, unglaublich gut angezogen – ja, ein Psycho durch und durch – ja! Aaaach! Wie soll Frau Schnecke jemand neues kennenlernen, wenn sie doch immer auf denselben Typ reinfällt!? Mit Männern verhält es sich nämlich wie mit Nagellack. Es gefallen einem immer die gleichen und zu Hause merkt man dann erst, dass man so einen schon hatte. *#dilemma*

Das war es dann wohl für heute – also ziehe ich Resümee: 1. Kein Sofa für Frau Schnecke mangels Aufmerksamkeit des Verkaufspersonals. Lösung: Sofa übers Internet bestellen oder Fake-Freund organisieren, damit man bedient wird. 2. Mini-Mod war, noch bevor es angefangen hatte, getürmt. Mal schauen, wie der Sender-Kundendienst mit Beschwerden dieser Art von hysterischen Singlefrauen umgehen kann! Grrrr. Ich habe nie behauptet, dass ich nicht rachsüchtig bin! 3. Frau Schnecke hatte ihre „Fifteen minutes of fame" und ist jetzt ein TV-Star für die Großelterngeneration. Ob ich damit meine Oma und ihre Altersheim-Clique glücklich gemacht habe und nun bei meinen Besuchen Autogramme geben muss? 4. Ganz wichtiges Vorhaben: Neues Traum-Mann-Profil zurechtlegen, um Rückfall auf vergangene Liebschaften zu verhindern und sich damit neuen Männertypen zu öffnen. Tschak-ka! Gemeinsam schaffen wir das!

Ihre Frau Schnecke

#08

Es gibt Tage, da denkst du, es ist einfacher, ein Einhorn zu finden, als den Mann fürs Leben!

Heute entführe ich Sie ins Abenteuerland „Singlebörse". Jaha, Sie begleiten mich! Da müssen Sie jetzt durch – oder wollen Sie, dass ich ewig einsam und allein bleibe und zum Trostpreis mutiere? „Wir verlieren täglich Kunden. Das freut uns. Denn wir verlieren sie paarweise." Das ist doch mal eine Ansage, die es zu prüfen gilt und daher bin ich jetzt hochoffiziell ein Web-Single – übrigens einer „mit Niveau". Wenn es in der richtigen Welt – so von Angesicht zu Angesicht – nicht klappen will, dann ist das wohl mein letzter Ausweg. Das kostet übrigens richtiges Geld, aber hey, was soll's, denn mein Konto ist ohnehin ein kleines Griechenland und meine Devise: „I'm living the champagne style on a lemonade budget!"

Die Anforderungen an meinen Traummann habe ich für mich überarbeitet und hier präzise formuliert: Er muss groß sein! Der ganze Mann, nicht nur sein bestes Ding. Er muss Haare haben. Am Kopf. Der Rest des Körpers darf metrosexuell getrimmt sein. Er muss erfolgreich sein: im Job! Also, wo sind nun die großen, aufstrebenden Herren mit voller Mähne, die bereit sind für die wahre Liebe samt Nestbau?

Nicht mal eine Stunde nach Registrierung darf ich mich über vierundvierzig Messages in meiner Inbox freuen. Ich bin beliebt! Ich hab's drauf! Yes! Doch zu früh gefreut, denn das ist hier eine wahre Freakshow – zum Fürchten!

Da ist zum Beispiel Adrian, der „Riskmanager". Ich hoffe auf einen Typen wie Ben Stiller im Film „Und dann kam Polly" (allerdings größentechnisch in der XXL-Version), doch nur einen Klick später ist mir klar: Wir sind hier nicht beim Wurlitzer – Wünsche werden nicht erfüllt. Dieser Mann ist ein Lookalike von Josef Broukal (muss man mögen!), Marke „verklemmter Buchhalter", und seine Hobbys sind schauderhaft: Fischen, Bergsteigen und er liebt die Oper. „Ich suche eine Frau, mit der ich gemeinsam schweigen kann." What!? Gähn! Next please! Aber flott.

Michael, ein Investor Schrägstrich „gut Betuchter", hat wohl vergessen (Alzheimer? Demenz?) zu erwähnen, dass er schon auf die siebzig zugeht. Sein Foto – er sitzend im Alt-Herren-Lehnstuhl vor einer gediegenen Blümchentapete – macht kein Geheimnis draus. „Ich suche eine liebevolle, zärtliche (Übersetzung: Der tägliche Blowjob darf nicht fehlen!) Frau an meiner Seite, die mir einen erfüllten Lebensabend (Übersetzung: Kümmert sich um alles inklusive Begräbnis) beschert." Lieber Hugh Hefner aus der Finanzwelt, leider muss ich für diesen Job absagen. Meine Altenpflegerinnen-Skills sind eingerostet (okay, nicht vorhanden!) und auch wenn es reizvoll wäre, von einem älteren Mann hofiert zu werden, drängt sich in meinem Kopf ständig der Gedanke an sein „schrumpeliges Genital" auf. Michaels einziger Pluspunkt sind übrigens die vielen Haare – vor allem in Nase und Ohren!

Der nächste in der Reihe ist Hans. Ein attraktiver, selbstständiger Ingenieur, der nicht müde wird, seinen Titel herauszustreichen. Der arme Kerl muss sich beim Studium echt schwer getan haben. „Ich suche die EINE. Es muss Magie sein." Oh wie herzallerliebst! Ein Romantiker! Oder doch schwul? Er liebt Sonnenuntergänge (Wer nicht – der Grinch vielleicht?), Familie ist ihm wichtig, er will Kinder (zwei oder mehr – mir reicht schon mal eines!) und er ist „anpassungsfähig" (meine Oma würde dazu sagen: „Wie a Blattl im Wind"). Wo ist der Haken? Dieser meldet sich in Form einer anderen Userin, die wohl schon das Vergnügen mit Hans hatte und sich als „die Ex" entpuppt. „Liebe Eva, ich möchte dich vor Hans warnen. Er ist zu Beginn der perfekte Mann. Liebst du das Meer, wird er es auch lieben. Bist du ein Fan der Oper, wird er dich dorthin entführen. Für dich wird er sogar zum Vegetarier. Du wirst in ihm deinen Traummann sehen. Doch dann kippt es plötzlich. Er wird dir Kontakt zu deiner Familie untersagen, denn nur ‚Psychos' telefonieren täglich mit dem Elternhaus. Über deine besten Freundinnen wird er lästern, bis du den Kontakt einstellst. Er ist irre eifersüchtig." WOWOWOWO! Ich lese gar nicht weiter, denn es wird mir ab hier schon zu heiß. Grad nochmal davongekommen. Ich gehe sicherheitshalber auf „User blockieren" und der unbekannten Wohltäterin schicke ich ein kurzes „DANKE" retour.

In dieser Art geht's dann weiter und weiter. Meine Illusion, dass eine Singlebörse eine Art Speisekarte ist, wo man sich was Feines „aussuchen" kann, wird mir im Eiltempo schnell genommen. Man bekommt, was noch da ist: den schäbigen Rest!

Nichtsdestotrotz – ich habe schließlich dafür bezahlt – wage ich einen letzten Versuch: Stefan, der „Sportscout". Seine Nachricht an mich ist selbstbewusst und süß, sein Foto vielversprechend und da wir beide gerade online sind, wird sogar ein wenig gechattet. Doch schon bald macht der Typ sein Anliegen klar und jagt ein wenig solides Foto durchs Netz. Dieses landet ohne Vorankündigung auf meinem Laptop. Als ich die Datei öffne, springt mir der „kleine Stefan" in voller Pracht entgegen. Klein ist diesmal ausnahmsweise untertrieben, denn das Ding ist gigantisch. Laut Stefan sind das „vierundzwanzig Zentimeter pure Lust". Da das gute Stück auf dem Foto nahezu die Oberschenkellänge erklimmt, bekomme ich Angst. Sogleich bahnt sich ein zweideutiger „Dirtychat" an und da Stefan ein netter Kerl zu sein scheint, fasse ich mir ein Herz und täusche zum Spaß erstmals einen virtuellen Orgasmus vor, was gar nicht so einfach ist, wenn man das „tippen" muss. Wobei mein Rat hierfür ist, einfach lange auf Vokalen wie a oder o zu verharren („aaaaaaaaaaaaaaaaa" oder „ooooooooooooooo"). Das wirkt! Ganz schlecht in diesem Zusammenhang ist übrigens das I („iiiiiiii"). Das verschreckt eher! Nach dem vermeintlichen Höhepunkt verabschiede ich mich heimlich, still und leise und gehe offline, denn ich denke nicht, dass dies der Anfang einer „nicht enden wollenden" Liebe ist.

Ich habe jetzt alle Mails gelesen, alle Kandidaten geprüft, und da ich mich nicht noch einmal von einem überdimensionalen Penis überraschen lassen möchte, lege ich mein Online-Single-Dasein hier und jetzt fürs Erste auf Eis. Das Abo läuft noch sechs Monate, ich kann es mir also immer noch überlegen, zurückzukehren. Diese Episode als Filmtitel? Ganz klar: „Einer flog über das Kuckucksnest!"

„Versuch es doch mal mit Tinder!", ködert mich Viola, als ich ihr von meinen Gehversuchen im WorldWideSingleWeb erzähle. „Tinder? Was ist das? Was kann das?" – „Das ist eine App. So lernt man sich heutzutage kennen. Gebührenfrei! Try it!" Na, dann mal los. Aber ehrlich – das ist jetzt der letzte Versuch für heute ... Ich merke schnell: Tinder ist für Frauen gemacht, die keine Lust oder Zeit haben, auszugehen, um jemanden kennenzulernen: also für mich. Hier kann man ungeduscht, ungeschminkt und unrasiert vom Sofa aus „Männer shoppen". Vergibt man in dieser App ein Herz, kommt der Mann quasi in den „Warenkorb", vergibt man ein X, dann landet er im „Mistkübel". Perfetto! Wenn ich ein Herz vergebe, und das Gegenüber tut es auch, dann erhält man ein „It's a match". *#egodusche* Detail am Rande: Tinder zeigt einem, noch bevor man auf das Herz geht, die gemeinsamen Facebook-Bekanntschaften an. Stalkingpotential. Ich bin begeistert und laufe Gefahr, zur „Tinderella" zu werden.

Siehe da, auf einmal habe ich ein „It's a match": Friedrich, der Biologe. Weder sein Name noch sein Beruf beeindrucken mich, aber sein Bild – oh yes, in Surferpose – ist klasse. Keine gemeinsamen Bekannten – wohl besser so. Daher vergebe ich auch ein Superlike! Wir chatten sogleich und da wir nicht weit voneinander entfernt wohnen (ich habe einen Fünf-Kilometer-Umkreis eingestellt, wie ich bemerke), schlägt er ein Treffen vor. Ich sage freudig zu und zwei Stunden später date ich meine erste Tinder-Eroberung. Leider schaut er einerseits seinem Foto nicht im Geringsten ähnlich (die „Jesus"-Patschen, die er trägt, sind allein schon Grund genug, um schreiend davonzulaufen), und andererseits ist es mit ihm unglaublich öde (fad, langweilig, trivial – alles gleichzeitig). Wir haben so viel gemeinsam wie Heino, Lady Gaga und der Hund Lassie. Daher entschuldige ich mich alsbald und will mich schnell vom Acker machen – Vorwand: monatliche Frauenprobleme. Beim Verabschieden jedoch zieht mich „Fritzi", wie er sich vorgestellt hat – da fand ich Friedrich besser – zu sich und küsst mich dermaßen sabbernd, dass mein Shirt auf der Vorderseite triefnass ist. Extrem ekelig. Mit seiner Zunge fährt er mir so tief in den Mund, als wolle er kontrollieren, ob ich noch meine Mandeln besitze. Also jetzt reicht's wirklich. Baba und fall nicht! *#tiefpunkt*

Das einzige, das mich nach solchen Erfahrungen nicht den Glauben an mich selbst verlieren lässt und mir ein wenig Mut macht, ist die Tatsache, dass auch andere Ladys im Trüben fischen: Iris – sie gehört ebenfalls zu meinen Mädels – hatte da vor einigen Jahren ein ganz besonderes Exemplar Mann am Start. Habe ich Ihnen schon von Iris erzählt? Sie ist die ewige „Pretty in Pink", Mülltrennung ist ihre Religion und sie liebt Tiere über alles. Mit einem Greenpeace-T-Shirt – selbstverständlich aus Bio-Stoff und in Österreich gefertigt – machen Sie ihr eine große Freude. Iris ist Romantikerin aus Passion! Ich habe kaum jemanden intensiver beim Film

„The Notebook" schluchzen hören. Sie glaubt an die echte, große und ewige Liebe. Doch auch dieses Weltbild wird hier und da mal ein wenig vom Leben gerüttelt. Lesen Sie selbst ... Ich erzähle diese Geschichte übrigens immer mit der Überschrift: „Spitz wie Nachbars Lumpi". Neugierig?

Bei Iris und Sebastian – seine Freunde nannten ihn zärtlich „Lumpi" – war es Liebe auf den ersten Tropfen. Ich glaube, das muss ich genauer ausführen. Sie fragen sich sicherlich, wieso nennt sich ein Mann, der einen so schönen Namen wie Sebastian hat, freiwillig „Lumpi"? Diese Frage sei gestattet. Wir wissen es allerdings auch nicht! Es begab sich im Trummelhof im 19. Wiener Gemeindebezirk. Iris betrat das Lokal, ein junger, hübscher, blonder, großgewachsener Mann stand direkt beim Eingang und sie musste, um an die Bar zu gelangen, an ihm vorbei. Nur leider war der Typ ein wenig „patschert" und vergoss seinen Weißwein auf das nagelneue, pinke (eh klar!) Oberteil von Iris. Noch bevor sie zu keppeln anfangen konnte, packte er seinen jungenhaften Charme aus, lächelte sie an und sie war verzaubert (bitte entschuldigen Sie die geschwollene Ausdrucksweise, aber da weder Viola noch ich live mit dabei waren, sind wir auf die Schilderungen von Iris angewiesen und diese Frau ist hoffnungslos pathetisch und sieht das Thema „Liebe" absolut verklärt mit rosa Herzen und Schleifen dran). Als der (potentielle) Prinz, ähm, also Sebastian, auch noch anbot, mit ihr nach Hause zu fahren, damit sie sich etwas Trockenes überziehen konnte, war er als „Retter in der Not" auch schon der „Mann für diesen Abend". Selbstverständlich war Iris viel zu anständig, um dieses Angebot anzunehmen und meinte nur: „Das bisschen Spritzer auf dem Shirt macht doch gar nix!" (Wenn Sie Iris näher kennen würden, wüssten Sie jetzt, dass das gelogen war.) Stunden vergingen und Iris und Sebastian turtelten in einer Tour. Endlich der erste Kuss und am Ende kam es, wie es kommen musste: Iris und Sebastian verließen zusammen die Örtlichkeit und es kam zum Säfte-Austausch. Um es mit den Worten von Fanta 4 zu sagen: „Gib mir deinen Saft, ich geb' dir meinen ..." Ja, ja, Frau Schnecke kann es auch dreckig!

Am nächsten Morgen – oder wie man in Singlekreisen sagt: „zwei Orgasmen später" – bekam der Prinz ein fulminantes Frühstück von Iris ans Bett gebracht. Sie sehen also: Das war nicht nur ein einfacher One-Night-Stand, sondern die Deluxe-Variante! Nicht schlecht, nicht schlecht! Ich persönlich mag es ja lieber, wenn die Herren sich nach dem Akt noch verziehen – ein One-Night-Stand ist Sex und aus die Maus. Das ganze Drumherum bringt nichts und kostet doch nur Zeit. Doch irgendwie wusste Sebastian es nicht zu schätzen, denn er schlang in Windeseile sein Frühstück hinunter und wollte ohne jedes weitere Wort den Tatort verlassen. Iris, noch an eine aufkeimende Liebesgeschichte glaubend, startete ein Kuss-Manöver, das von Sebastian plump abgeschmettert wurde. Stattdessen gab es einen festen Händedruck und als Verabschiedungssatz ein „In unserer Familie steht man nicht auf Zuneigungen dieser Art. Es war eh nett!" und weg war er. Zurück blieb eine verdutzte Iris. Manche Männer haben leider die Sozialkompetenz eines Kühlschranks, da kann man nichts dagegen machen. Doch selbst nach diesem Auftritt damals hat Iris den Glauben an die einzig wahre Liebe nicht verloren. Hut ab! Oder besser gesagt: Einfach unverbesserlich.

Im Nachhinein, wenn man das so liest, passt „Lumpi" doch viel besser als Sebastian und man muss es gar nicht lange erklären. Leider gibt es mehr Lumpi-Kandidaten (Beziehungspaniker, Gefühlsverweigerer & Co.), als man sich vorstellen kann. Die Nadel im Heuhaufen zu finden, ist eine echte Meisterleistung. Vielleicht gehe ich es daher zunächst ein wenig anders an. Ablenkungssex wäre schön, aber bitte „sabberfrei". Das Runde muss ins Eckige. Oder anders gesagt: Ich muss ins Bett!

Ihre Frau Schnecke

#09

Wenn man ganz genau hinschaut, kann man in meinem Lächeln das „F*** DICH" erkennen!

Man bringe den Spritzwein! Es ist vollbracht. Frau Schnecke hatte Sex und jetzt einen fulminant-beharrlichen Grinser im Gesicht. Endlich ist der Bann gebrochen!

Nachdem ich Viola kundgetan hatte, dass mir fürs Erste ein Sexabenteuer reicht, war sie Feuer und Flamme gewesen und so kam es nicht von ungefähr, dass sie mich einfach mal unaufgefordert verschleppt hat. Ich hatte es mir gerade mit einem Glas Nutella (ich denke, ich habe schon erwähnt, dass ich dafür sterben könnte und wäre Herr Ferrero noch am Leben, *er* wäre mein Traummann!) und der neuen GOT-Staffel („Game of Thrones" für die Unwissenden, *#winteriscoming*, You know nothing, John Snow!) gemütlich gemacht, da wurde meine Idylle zerstört. Ich hatte keine Chance, denn wie ein Überfallskommando war Vi – mit Iris im Schlepptau – plötzlich in meiner Wohnung. Langsam gewöhnte ich mich daran, dass meine Bude ungefragt gestürmt wurde. Während mir Vi Lockenwickler ins Haar drehte, fuchtelte Iris mit diversen Pinseln in meinem Gesicht herum. Danach legte man mir sogar ein Outfit für den Abend zurecht. Das hat meine Mutter zum letzten Mal gemacht, als ich fünf war – noch Fragen? Wir schafften die Rekordzeit! Vierzig

Minuten und siebzehn Sekunden. Ich war so gut wie neu und zu allem bereit. Meine Freundinnen scheinbar ebenso, denn mein ewiges „Sudern" nervte wohl ein wenig und sie waren der Ansicht, es sei dringend notwendig, dass es mir mal jemand „besorgt". Bitte keinen Druck aufbauen, bitte nicht!

Wir betraten unser Stammlokal. Iris stürmte sofort zum Kellner, umarmte und küsste ihn. Keine Sorge – das ist ihr brandneuer Freund. Er hat die erste Checklistenrunde bestanden. Sie ist sonst nicht ganz so zutraulich, vor allem nicht ohne Alkohol. Viola und ich blieben etwas dahinter zurück. Das Geschmuse muss man sich ja nicht so ganz von der Nähe ansehen. Wir sind schließlich nicht im Zoo. Aber es hatte auch etwas Gutes, dass Iris sich den Barmann geangelt hatte: Die Getränke waren gratis. Ohne Worte stellte man Viola und mir einen Spritzer vor die Nase. Die Quelle schien auch nicht zu versiegen. Das nenn ich mal Service! *#komasaufen*

Weil Iris mit „Anhimmeln" beschäftigt war und nur ab und zu ein Glucksen und ein „Ist er nicht süß!?" von sich gab, konnten Viola und ich ungeniert unserem alten Ausgeh-Ritual frönen. Wir standen also nebeneinander an der Bar und schwiegen uns an. Das ist das Allerbeste! Das geht auch wirklich nur mit meiner BFF. Ich bin nämlich tatsächlich nicht zum Quatschen aufgelegt, wenn ich in einem lauten Lokal bin. Ich will mich nicht dauernd anbrüllen lassen müssen. Außerdem musste ich die Lage sondieren – schließlich ist Ausgang mit einer Jagd gleichzusetzen und ich halte nichts von Triebverzicht. Ich hatte ein klares Ziel vor Augen.

Na, aber hallo – wenn das kein Blickkontakt war – mitten ins Gesicht! Ich sag nur blondes, wuscheliges, dichtes Haar, tiefblaue Augen, in denen man versinken möchte, ein strahlendes Lächeln wie aus der Fernsehwerbung, ein super-sexy Outfit (bitte nicht schwul, bitte nicht schwul!) und ein Körper, wo ein „Anfassen verboten!"-Schild der blanke Hohn gewesen wäre. Ich möchte diesen Mann bitte sofort ausprobieren! Und sogleich stellte ich mir vor, wie dieser wunderbare Typ mir die Kleider vom Körper reißt, wir uns Haut an Haut aneinander reiben – Gedanken sind frei. Ich habe nie gesagt, dass Frauen keine dreckigen Fantasien haben! Also schauen Sie jetzt nicht so verdattert drein!

Mister „Oh la la" stand mitten in meiner Schusslinie – na dann. Ich ging also so erotisch wie nur möglich mit einer Art Topmodel-Hüftschwung auf ihn zu. (Da ich grobe X-Beine habe, wirkte das zwar sicher eher wie ein Watscheln, aber lassen wir diese Beschreibung doch mal in Glanz erstrahlen.) Als ich vor ihm stand, biss ich mir sanft auf die Unterlippe, schob mir eine Locke gekonnt verführerisch aus dem Gesicht und berührte mit meiner Hand seinen Oberarm (das nennt man die „Anker-Methode" – schon mal gehört!?) und fragte ganz direkt: „Schwul? Verheiratet?" Das traf ihn sichtlich unerwartet. Aber mal ehrlich: Ich musste das fragen – sonst hielt ich mich am Ende noch unnötig lange mit ihm auf! Ich bin nicht mehr so jung, Zeit ist Mangelware und ich hab da so meine Prinzipien. Anstatt brav und artig zu antworten, zog er mich an sich heran und küsste mich (mit Zunge!). Nicht schwul! Jippi Jippi Yeah, Krawall und Remmidemmi! Von da an weiß ich nichts mehr. Nach ungefähr vier Stunden hat mich Viola grob mit einem unüberhörbaren und mürrischen „Wir gehen jetzt! Sperrstunde!" aus dieser ekstatischen Trance geholt. Also was jetzt – will sie, dass mein Sexleben wieder Feuer fängt, oder nicht? Es war doch gerade so schön. Gouvernanten-Alarm! Als ich mich umblickte, war das Lokal tatsächlich leer und ich mit Mister „Oh la la" innigst verkeilt. Was tun mit dieser angebrochenen Nacht? Na gut, dann gehen wir halt mit ihm nach Hause.

Ich genoss diese Nacht in seiner Penthouse-Wohnung mitten in der City in vollen Zügen und der Champagner floss in Strömen. Er war unglaublich – mehr als einmal! Er war sanft, er war wild und das hier schrie nach Wiederholung. Einzig das Überangebot an Spiegeln neben und über seinem Kingsize-Bett war mir ein Dorn im Auge. Es war schier unmöglich, die üppige Polsterung meines Körpers wegzuschummeln, stattdessen formulierten diese Ungetüme meine Körperrundungen noch mehr aus. Während ich daher versuchte, meine Augen möglichst geschlossen zu halten, um meinen eigenen Anblick zu vermeiden, stieg die Erregung bei meinem Spielgefährten gigantisch. Nur ab und zu gönnte ich mir ebenfalls einen verstohlenen, voyeuristischen Blick auf das Pärchen, das es porno-like miteinander trieb und lief dabei jedes Mal rot an. Das waren ja wir! Hihihi. *#schlüssellochgucker #youporn*

Ich verließ den Ort des Geschehens noch in der gleichen Nacht – ich wollte nicht aufdringlich, sondern unabhängig und geheimnisvoll wirken. Wobei ich im Gedanken bereits mein Hab und Gut in seiner Wohnung verteilte und mir ausmalte, wie wohl unsere Kinder aussehen würden. Valentin, von Beruf Sohn und daher stinkreich (niemand ist perfekt, aber meine Mutter würde sich über diesen Schwiegersohn sicherlich freuen!), Audi-TT-Fahrer mit Modelpotential, lud mich für den nächsten Abend zu sich ein: ein romantisches Dinner mit Fortsetzung dieser wilden Sexnacht. Frau Schnecke ist wieder im Spiel.

Nun sitze ich im Büro und versuche zu arbeiten, doch ich bin mega-aufgeregt. Dabei habe ich mich perfekt für diesen heutigen Abend vorbereitet. Ich trage super-sexy Unterwäsche (Victoria's Secret – erstmals in meinem Leben! Die größte Größe, die ich kriegen konnte! Ich bin zwar bekanntlich der „barocke" Engel, aber der Wille zählt), ich bin an den richtigen Stellen rasiert („I am a venus, I am on fire, I am your desire") und parfümiert (DKNY, mein Lieblingsduft – im Mix mit dem neuen Escada-Parfum limited Edition. Ich liebe Parfummischungen!) und ich habe – nach einer rasanten Shoppingtour, die ich zwischen ein paar Beitragsrecherchen reinquetschen konnte – nun auch das genialste Outfit gefunden, um es gleich nach dem Essen wieder auszuziehen. Ein Traum in Schwarz in Form eines Kleides! Hört, hört. Ich trage ein Kleid – das hat Seltenheitswert! Doch dieses hat mich förmlich angesprungen und gebettelt, es zu kaufen. Das Beste dran: Es macht mich wie durch Zauberhand ein paar Kilo leichter. Rund um meine Hüften schiebt sich ein pinker, etwas breiterer Gürtel mit ein bisschen Bling-Bling, der sensationell mit meinen neuen hochhackigen Bling-Bling–Schuhen harmoniert. Gehen kann ich damit allerdings nur bedingt. Fragen Sie nicht, was das alles gekostet hat! Ist okay, Konto. Ich bin auch nicht immer ausgeglichen! *#lassunsfreundebleiben*

Heute ist *mein* Tag, denn meine Haare wollen genauso, wie ich will (lockig, aber nicht zu aufgesetzt!) und mein Make-up hat vor zehn Minuten (in der Hausmaske – es ist schon ein Vorteil, beim Fernsehen zu arbeiten!) die finale Auffrischung bekommen. Danach habe ich noch meinen Körper vergoldet – mit essbarem – ja, sowas gibt's – Glitzerpuder, welches ich großzügig über mich verteilt habe. Alles perfekt! Die vollkommene Göttin – bereit für einen Abend mit ... – mir allein. Schnief!

Die Absage kam per WhatsApp (ruft denn heutzutage keiner mehr an!?): „Unser Treffen geht sich leider nicht mehr aus. Sorry, bin ein bisschen verpeilt. Alles Liebe. Sitz schon im Flieger Richtung Malta. Kurzurlaub!" Geht's noch? Erstens: Wie kann man einen Urlaub „übersehen", drauf vergessen oder what the f***? Zweitens: Wie kommt man dazu, dass man *mir* nur eine knappe Stunde vor dem vereinbarten Date absagt? Ich bin ohne Worte. Wie soll ich jetzt reagieren? Das ist doch schamlos frech! Ich bin eine gestandene Frau, die man nicht so mir nichts, dir nichts auf die lange Bank schiebt. Soll ich anrufen? Die Mailbox vollquatschen? Ruhig bleiben? Szene machen? Guter Rat ist gerade extrem teuer! Ich kann einfach nicht anders, als etwas zu unternehmen, ich bin leider ein Hitzkopf, eine emotionale, tickende Zeitbombe – wehe, wenn ich losgelassen werde. Ein Trotzkopf aus der ersten Liga. Engerl und Teuferl auf meinen Schultern liegen im heftigen Clinch miteinander. *#schlammcatchen*

Ich besinne mich und klingle zuerst mal bei Emma durch. Sie ist neben Vi, Susan und Iris ein weiteres Mitglied meines Weiberhaufens. Ihres Zeichens Juristin, wie Susan ebenfalls eine gestandene Ehefrau und mein Yoda in Rechtsfragen. In unserer Runde ist sie als „Die Intelligente" verschrien und gilt als Philosophin. Sie kann irre überzeugend sein, vor allem, wenn es um die Verwendung des dritten und vierten Falls geht. Und wir Unwissenden glauben ihr einfach *alles*. „Süße, möchtest du es nicht einfach auf sich beruhen lassen und warten, bis er wieder im Lande ist?" – „Nope." Da Emma meine Jugendsünden und mich nur zu gut kennt, folgt sogleich der Hinweis: „Als deine Freundin und Anwältin – ich nehme an, ich arbeite pro bono? – möchte ich dich hiermit auf das Stalkinggesetz hinweisen. Das gibt's seit 2006 in Österreich und sagen wir mal, einige deiner früheren Aktionen sind damit nun nicht mehr ganz legal." Ich verstehe: Mein Spielraum ist jetzt deutlich kleiner. Früher war einfach alles besser! Nach kurzer Beratung und rechtlich top abgesichert, entscheide ich mich für einen „süßen" Racheakt. Denn man glaubt es kaum, aber es ist nicht verboten, ein Auto mit Nutella einzureiben oder dem fahrbaren Untersatz eine Schlagobersgarnitur zu verpassen. „Das hinterlässt keine nachhaltigen Schäden und ist damit tatsächlich ein Kavaliersdelikt. Aber es pickt wie Sau!", schießt Emma die fachkundige Beratung ab. Sie halten mich jetzt für kindisch und denken, ich übertreibe, stimmt's? Ich kann nur leider nicht anders. Ich muss mich abreagieren und wenn Sie mich dafür zum Sport schicken wollen, sind wir ab jetzt keine Freunde mehr, denn ich halte es wie Winston Churchill: „No sports!"

Ich flüchte also spätabends – die Kollegen sind alle schon beim Afterworks anzutreffen – komplett „aufgemascherlt" aus der Redaktion, eile zur nächsten Tankstelle, um die benötigten Utensilien zu besorgen und mache mich auf den Weg zu Mister „Oh la la". Für diese Absage hat er sich eine Abreibung verdient und die bekommt jetzt sein Auto. Es ist erst vorbei, wenn es vorbei ist. Und wenn er sich nach seinem Urlaub wieder bei mir meldet, Blumen schickt oder eine Nacht mit mir verbringen will, sag ich einfach, ich war's nicht. Frau Schnecke ist ja sooo gefinkelt! Vielleicht wird sogar einmal eine Straße nach mir benannt, oder eine Schule. Oder eine psychiatrische Einrichtung. Man wird sehen. *#itsnotoveruntilitsover*

Zufrieden und befriedigt cruise ich nach diesem „Attentat" in meinem Schneckenmobil nach Hause. Als mir vor der Haustüre klar wird, dass mein Wohnungsschlüssel in der Redaktion liegt, hilft alles nichts – ich fahre nocheinmal zurück ins Büro. Das ist schon wieder *so* ein Tag! ACHTUNG BITTE: „Die kleine Eva möchte aus dem Chaos hier abgeholt werden!"

Im Aufzug treffe ich auf einen mir unbekannten, durchaus attraktiven Mann. „Du kommst mir bekannt vor!", raunt er mir entgegen. „Du schaust zu viele Pornos!", blocke ich sofort ab. Doch es liegt plötzlich eine ziemliche Spannung in der Luft. Unaufgefordert bringt der Unbekannte den Aufzug zum Stehen, drückt mich an die Fahrstuhlwand und küsst mich leidenschaftlich. Ich finde, es zwar ein wenig aufdringlich, aber es gefällt mir auch irgendwie ganz gut. „Du bist unglaublich sexy", flüstert er mir ins Ohr und seine Hand ist bereits unter meinem Kleid verschwunden. Ich lasse es geschehen und habe das erst Mal in meinem Leben Sex mit einem fremden Mann in einem Aufzug. Ich bin eine verwegene, heiße Frau. *#naughtygirl #bösesmädchen #ilike*

Am nächsten Morgen erscheint mir alles wie ein Traum. Ein Blick in den Spiegel verrät: Es ist tatsächlich passiert! Der Beweis ziert meinen Hals: ein dicker, fetter Knutschfleck in Purpur. Es wird daher heute ein Rollkragenoutfit fürs Büro und bei Rückfragen täusche ich eine beginnende Verkühlung vor. Hust, hust! Alles kein Problem! Als aber plötzlich während der Redaktionssitzung am Vormittag die Tür des Konferenzraumes geöffnet wird, verfalle ich in Schockstarre. Mein Aufzugaufriss von letzter Nacht steht im Türrahmen und stellt sich strebermäßig vor: „Ich bin Simon, der Neffe des Senderchefs und ab heute für die nächsten sechs Monate euer Mädchen für alles. Ich meine natürlich: Trainee!" Gleichzeitig vibriert mein Handy und eine WhatsApp-Nachricht erscheint am Display: „Honey, ich vermisse dich!" Valentin schickt Urlaubsgrüße. >>DAS GRAS WIRD GEBETEN, ÜBER DIE SACHE ZU WACHSEN! DAS GRAS, BITTE!!!<<

Ihre Frau Schnecke

#10

Ich habe keine Lösung, aber ich bewundere das Problem!

„Du könntest das Land verlassen?", sinniert Viola über meine prekäre Gesamtsituation. „Ich hoffe, das ist nicht alles, was dir dazu einfällt?", antworte ich schroff und hibbelig und beende die telefonische Seelsorge Schrägstrich Beratungshotline abrupt. Toyboy Simon muss ich auf elegante Weise loswerden, bevor irgendjemand im Job davon Wind bekommt. Sonst kann das für mich ein übles Nachspiel haben. Nur wie? Viola hat zu diesem Zweck ein offenes Gespräch empfohlen und ich denke, es wird mir nichts anderes übrig bleiben, als mich dieser Situation zu stellen. Wie befohlen bitte ich daher Simon in mein Büro. Offiziell heiße ich ihn in der Redaktion willkommen! Er schließt die Tür hinter sich und sogleich geht's los: „Du willst bestimmt einen Nachschlag! Du verruchtes Babe!" Ich kichere und fast hätte er mich wieder um den Finger gewickelt. Doch ich bin gerade noch Herrin meiner Sinne und sage schnell: „Nein, Simon, ich möchte diese Sache zwischen uns aus der Welt schaffen. Es war ein Fehler!" Skeptisch und mit hochgezogener Augenbraue gibt's von meinem Toyboy nur ein „Okay" als Antwort. Wie, das war alles? So schnell und einfach? „Das wäre ohnehin nicht lange gut gegangen, Mrs. Robinson. Du bist geil und sinnlich, aber halt schon ein wenig Wechseljahre-Retro. Diese Stefanie könnte mir gefallen." Jetzt wird's mir zu persönlich.

Wir hätten es bei dem „Okay" belassen und abbrechen sollen. „Danke Simon, das wäre dann alles", katapultiere ich ihn zur Tür hinaus. Praktikantin Stefanie, die „Dumpfbacke", ist die perfekte Liga für ihn. Dennoch bin ich ein wenig zickig, dass er mich „alt" genannt hat. Schließlich bekomme ich immer noch einen kleinen Adrenalinstoß, wenn ich im Fernsehen den Hinweis „Diese Sendung ist für Zuschauer unter 18 Jahren nicht geeignet" sehe. Ich stehe in der Blüte meines Lebens. FRECHHEIT!

Aus diesem melancholischen Moment reißt mich ein Anruf von Valentin: „Ich bin gerade gelandet und habe Sehnsucht nach dir, Honey." Egoaufbau gestartet! Sein Kurzurlaub war wohl nur ein Ein-Tages-Trip. Schickeria – er gehört definitiv zur Hautevolee! „Du könntest mich abholen und dann machen wir uns einen schönen Tag." Das lass ich mir nicht zweimal sagen und mit einem „Ich bin bei einem wichtigen Termin und die nächsten Stunden nicht erreichbar! Es kann länger dauern", bin ich sogleich auf dem Weg zum Flughafen. Das Wiedersehen übertrifft meine Erwartungen, denn wir fahren nicht Direttissima zu ihm nach Hause, sondern machen Stopp im Stundenhotel „Orient". Champagner, Lunch am Zimmer und Sex bis zum Abwinken. Ich fühle mich auserlesen und unanständig. Wir reizen die maximal übliche Logierzeit aus und verlassen das Hotel erst am Abend. Als wir bei Valentins Penthouse vorfahren, erstarrt sein Blick, er springt blitzartig aus dem Auto und läuft zu seinem Audi TT. Ups, vergessen! Nutella-Attacke! Die Folge ist ein cholerischer Anfall, ein wirklich verzweifelt wirkender Valentin, der den Tränen nahe ist. „Diese Bitch!", schreit er. Ich laufe hochrot an, doch merke schnell, er meint nicht mich. Ich taste mich vor: „Valentin, alles okay?" – „Du musst bitte fahren." Wie? Was? Wieso? „Meine Verlobte scheint das mit uns rausbekommen zu haben. Sie ist irre eifersüchtig! Sicher ist mir in diesem Moment ein Privatdetektiv auf den Fersen!" Na, na, übertreiben wir mal nicht oder bin ich hier gerade mitten in einer Episode der US-Serie „Revenge" gelandet? Doch was mich viel mehr beschäftigt: „Verlobte?" Nach und nach kommt die Wahrheit ans Licht. Valentin legt Beichte ab: Er ist seit einigen Monaten mit der bildhübschen und amtierenden Miss Schweden verlobt. Sie ist – genau wie er – viel auf Reisen, sodass sie es bislang nicht geschafft haben, zusammenzuziehen. Irgendwie muss sie nun jedoch spitz gekriegt haben, dass er nicht immer treu war. „Sie weiß genau, wie sehr ich an diesem Wagen hänge! Das ist ganz böse Rache!", schluchzt er und tätschelt währenddessen die schokoladenverschmierte Motorhaube. Sehr unmännlich, wenn ich das hier mal anmerken darf. Fast habe ich sogar den Eindruck, er möchte von mir getröstet werden.

ER (flehend): „Eva, ich will dich auf jeden Fall wieder sehen!"

ICH (baff): „Aber ..."

ER (unermüdlich): „Ich möchte, dass du Teil meines Lebens bist."

ICH (nüchtern): „Du meinst, du möchtest, dass ich deine Affäre bin?"

ER (bemüht aufrichtig): „Sag nicht sowas! Du bist etwas Besonderes!"

Er berührt dabei zärtlich meine Wange. Hirn sagt nein, Bauch sagt ja, Bauch gewinnt. „Ja, ich will dich auch wiedersehen!". Bitte schimpfen Sie nicht mit mir, ich will dieses intensive Gefühl einfach nicht missen und wenn das heißt, dass ich jetzt fürs Erste „nur" die Affäre bin, dann muss ich das in Kauf nehmen. Nach einem Ausweg kann ich noch immer suchen. Ich habe selbstverständlich nicht gebeichtet, dass ich die Attentäterin war. Das wäre ja glatter Affären-Selbstmord. *#pst*

So genieße ich nun schon ein volles Monat lang das Schatten-Dasein an der Seite von Valentin. Tagsüber macht er sein „Business" (was auch immer das ist) und ich mache meinen Normalo-Job, aber abends geht die Post ab zwischen uns. Die Heimlichtuerei mit den herrlich durchtriebenen Nächten hat etwas Prickelndes an sich. Ich habe meine liebe Mühe, meine Beine nach dieser sex-intensiven Zeit aus der gegrätschten Haltung zu bekommen. Ich gehe wie ein Profifußballer oder als hätte ich zu lange im Sattel gesessen. UND: Frau Schnecke ist bis über beide Ohren verliebt! Doch meine Mädels sind nicht begeistert: „Jetzt ist Schluss mit lustig! Verliebte Schnecken können nicht klar denken. Das ist meine Meinung. Diese Affäre ist eine Sackgasse", äußert sich Vi geraderaus und forsch. Wir sitzen – Emma auf der Rückbank – in meinem Schneckenmobil und fahren in einen kurzfristig eingeschobenen, viel zu teuren (was kostet die Welt?) SOS-Mädels-Wellness-Urlaub. Grund dafür: Eine Intervention, ganz im Stil von „How I met your mother"! Die Ladys haben sogar ein Schild gebastelt, auf dem „Intervention" in großen Lettern draufsteht, umringt von einer Blümchen-Zierleiste. *#unverkennbar* Da hat sich mit Sicherheit Iris künstlerisch ausgetobt, leider ist sie jedoch nicht mit von der Partie.

Meine Freundinnen sind mit dem Umstand, dass ich nun eine Affäre bin, alles andere als happy. Schon während der Autofahrt muss ich Hasstiraden über betrügende Männer über mich ergehen lassen, ebenso Geschichten über den Ursprung des Gebots „Du sollst nicht begehren deines nächsten Weib". Wobei Weib durch Kerl ersetzt wird. Die beiden lassen echt nichts aus. Ich sitze derweilen nur brav nickend im Auto und kralle mich am Lenkrad fest. Das kann ein langer, sehr langer Trip werden! Welches Strafmaß steht auf eine Affäre? Hausarrest? *#hoffeaufbegnadigung*

Kaum im Hotel angekommen, geht's schnurstracks zum Abendessen. Eine Flasche Wein und die Gefühle brechen aus mir raus. „Ja, ich liebe ihn. Nein, das hat keinen Sinn. Ach geh, das ist doch nur eine Affäre, ich kenne ihn ja nicht mal wirklich und das hat nichts zu bedeuten. Morgen mache ich schluss. Aber ich will ihn doch noch behalten." Je mehr Wein, desto konfuser die Antworten, und ich muss zugeben: Ich bin mir nicht ganz klar darüber, was ich eigentlich will. Für die beiden Damen an meiner Seite steht es hingegen schon fest: „Du setzt dem Ganzen ein Ende."

Ohne Lösung des Problems, aber mit vollen Bäuchen und einem ordentlichen Damenspitz machen wir es uns an der Bar gemütlich. Endlich kommen auch andere Themen an die Reihe und der Fokus ist nicht mehr nur auf mich gerichtet. Halleluja! „Strawberry Daiquiri, bitte!" Während ich meinen Cocktail ordere, lächle ich dem Kellner schelmisch ins Gesicht, Kopf leicht geneigt. Wie man das schon jahrelang immer mal wieder vor dem Spiegel daheim geübt hat! Reaktion: Null-komma-Josef. Schade, der Typ springt nicht an. Dabei wäre er die ideale Ablenkung! Hier und jetzt. Emma und Vi einstimmig: „Blödsinn, der taut noch auf." Nie im Leben! Aber da ich den Mädels die Illusionen nicht rauben will, sage ich nichts. Als der Kellner erneut kommt, eine Schale mit Nüssen in unsere Tischmitte stellt und dabei fragt, ob wir noch Wünsche offen hätten, setze ich zu einem erneuten Versuch an, um mit ihm auf Tuchfühlung zu gehen. Ich erspare Ihnen die genaue Beschreibung dieser Abfuhr. Er reagiert einfach nicht und übergibt klammheimlich unser Tischservice an einen Kollegen. Selbst Emma und Vi müssen einsehen, dass dieser Kerl meinem Flirtcharme never ever erliegen wird. „Vielleicht warst du einfach zu forsch! Das kommt bei dir schon mal vor", meint Emma. *#hörensagen*

Ich leere zügig und frustriert meinen Cocktail. Alkohol ist keine Lösung, aber ein guter Sanitäter in der Not und ich mag das Gefühl, wenn es langsam im Körper kribbelt. Jetzt tritt ein schnuckeliger, junger (sehr junger!) Typ an unseren Tisch ran und sprüht vor Charme. Genau so stelle ich mir meine „Kellner-Beute" für heute Abend vor. „Haben die Ladys noch einen Wunsch?" – „So allgemein dürfen Sie die Frage nicht stellen oder haben Sie länger Zeit?" Schwuppdiwupp und schon grinst er und wir sind mitten in einer äußerst angenehmen Konversation. „Ich erfülle Ihnen gerne auch andere Wünsche, Sie müssen es mich nur wissen lassen." – „Das Angebot sollten Sie sich mal gut überlegen, junger Mann." Es ist genial. Ich steh einfach drauf, wenn

Männer schlagfertig sind – und schon ist meine Affäre für den Moment vergessen und ich flirte wie wild. Als ich schlussendlich dann doch noch meine Bestellung bei ihm aufgebe, wage ich mich vor: „Und wenn ich Sie jetzt nach Ihrer Telefonnummer frage, wäre das zu dreist?" – „Nein, im Gegenteil" – mit diesen Worten und einem „big smile on his face" geht er zur Bar zurück.

Sie können sich sicher vorstellen, was Viola, Emma und ich machen, als Schnucki (geben wir dem Kellner doch einen Namen, denn ehrlich gesagt: Er ist auch ein Schnucki.) uns den Rücken zudreht! Na klar, wir kichern! Wie Teenager-Gören – es ist unfassbar lustig. Die Stimmung ist allerdings schnell wieder am Boden (oder im Keller, zumindest bei mir!), als unsere Cocktails gebracht werden und keinerlei Anzeichen einer Nummernübergabe zu beobachten ist. Ruppig und enttäuscht nehme ich meinen Cocktail und mache einen großen Schluck. Seufz! Verständnislos schaut Viola auf mein Glas und meint nur: „Warum tust du denn jetzt so auf enttäuscht? Schau mal auf die Unterseite deines Glases." Unbelievable, but true – da ist ein Zettel: eine Nummer, ein Name. Ich bin im Rennen. Wie geil! Plötzlich Schichtwechsel und er steht erneut an unserem Tisch. „Ich wollte mich von den Ladys verabschieden. Ich wünsche noch einen schönen Abend." Leicht panisch und betrübt sage ich: „Ähm. Ja. Okay. Fein. Wo kann man denn hier heute Abend noch was erleben?" und dabei zwinkere ich ihm zu. „Also, ich kann die Disco hier im Ort empfehlen. Eventuell schau ich da auch noch mit meinen Jungs hin." Das klingt doch mal – mit viel Fantasie – nach einer Einladung. „Oh wie nett. Na vielleicht sieht man sich. Wie ist denn so der Altersdurchschnitt in diesem Lokal?" Er merkt, worauf ich anspiele. „Jedes Alter ist willkommen. Ich bin neunzehn und habe dort immer meinen Spaß." NEUNZEHN?! Der ist noch nicht mal ein „twentysomething"! Oh Gott – ich bin über zehn Jahre älter! Ich war schon aus der Volkschule raus und im Begriff, ein Teenager-Balg zu werden, als er gerade mal geboren wurde. Wie auch immer! Nachdem er sich mit einem Lächeln verabschiedet hat (er sieht so unglaublich gut aus und ich hoffe, dass der Alkohol nicht meine Sinne beeinträchtigt!), entwerfen die Mädels und ich einen Schlachtplan.

Eigentlich sind wir randvoll mit leckerem Essen und abgefüllt mit Cocktails, sodass das Bett schon laut nach uns ruft. Andererseits sind wir unternehmungslustige Frauen, zwei suchen ein Abenteuer und eine von uns, Emma, sammelt Stoff für ihre privaten Sozialstudien. Wäre Emma nicht so penetrant nervig, wären Vi und ich wohl ins Land der Träume abgerauscht. Aber als wir gemütlich auf unserem Doppelbett chillen und Emma vor diesem hin und her schleicht und immer wieder meint „Was tun wir jetzt? Gehen wir jetzt?", bleibt uns nichts anderes übrig, als kurz vor zwei Uhr morgens unsere Luxuskörper in Schale zu werfen.

Als der Taxifahrer uns mit einem breiten Lächeln vor einem Schuppen absetzt und uns seine Nummer für den Notfall zusteckt, gibt es kein Zurück mehr. Was unser Chauffeur übrigens meint, ist klar: Man würde uns in dieser Disco (optisch glich sie mehr einem Stadel) nicht nach unseren Ausweisen, sondern eher nach unseren Kindern fragen. Dennoch: Wir, die drei hochgestylten, alternden Tussen, betreten das Lokal. Als ich das Publikum vor Ort sehe, bereue ich meinen Schal (silber-schwarz und kein Sonderangebot!), meinen Schmuck (Erbstück!) und meine silbernen Glitzer-Pumps. Was habe ich mir nur dabei gedacht? Das hier ist eine richtig tiefe Dorfdisco und wir die Aliens darin. Drei Deppen, ein Gedanke, doch als wir gerade kehrt machen wollen, ertönt die Hymne „Don't stop me now" von Queen und Viola brüllt ins Geschehen: „Das ist ein Zeichen!" Ja, das sehe ich ähnlich. Das ist das Zeichen dafür, dass wir wirklich alt sind. Ich kenne von allen Liedern, die in den nächsten zwei Stunden gespielt werden, die Originalversionen - ganz ohne „featuring bla bla & Co". Doch hier laufen diese Songs leider im Mix mit irgendwelchen Technoscheiben.

Als ich mich einigermaßen gefasst und mir einen fixen Platz an der Bar gesichert habe, erinnere ich mich an die Mission. Da war doch noch was gewesen. Schnucki? Wo war er denn nur? Ich schreibe eine Nachricht: „Sind jetzt in der Disco." Keine Reaktion. „NEIN! Das glaubst Du nicht!" Viola erstarrt und boxt mich in die Seite. „Das ... das ... ist doch dein Kellner da drüben, oder?" Uiuiui. Tatsächlich. Das ist er. Mitten auf der Tanzfläche. T-Shirt, Jeans und einen Kopf kleiner als ich. Wie konnte mir dieses Detail entgehen? „Ich hab's!", bringt sich Emma stolz ein: „Du bist nie neben ihm gestanden. Du bist immer gesessen. Wie hätte uns auffallen sollen, dass er kleiner ist als du? Egal. Horizontal sind wir doch alle gleich groß." Ha, ha, sehr lustig! Er hat mich noch nicht gesehen, er ist mit Freunden da. Vielleicht kann man das „Erkennen" vermeiden. Ich nehme also auf einem Barhocker Platz, um nicht zu groß zu sein, falls es doch zu einem „Hallo“ kommt, und übe mich in Tarnung. Haare vors Gesicht – sieht nicht gut aus, hilft aber! Da kommt eine WhatsApp-Botschaft von Schnucki: „Ich bin auch da!“. Ja, ja – das sehe ich doch. Puh. Ich schreibe zurück: „Ich bin an der Bar. Aber zu alt für dich.“ Ich kann ja schwer schreiben: „Aber du bist zu klein und ich zu groß.“ Das ist nicht nett. Umgehend kommt die Antwort: „Glaubst?“ Was ist denn das für eine Frage? „Naja, neunzehn versus dreißig. Comprende?“ „Da hab' ich schon ältere kapt!“ (Nein, meine Lieben, ich habe mich nicht vertippt – Schnucki schreibt „kapt“ wirklich so falsch und wenn Sie Emma je drauf ansprechen, wird sie sich immer wieder dran stören. *#rechtschreibnazi*) Ich weiß nicht mehr, was ich darauf noch schreiben soll. Ich bin alt, er ist jung – es scheint ihn nicht zu stören. Und wegen dem Größenunterschied … muss ich mich halt bücken! „Na dann“, antworte ich. Ich suche heute ohnehin nur Amüsement.

Jetzt steht er plötzlich neben mir, moi ist der süß! Ein bezauberndes Lächeln (schöne und gepflegte Zähne – ganz, ganz wichtig!) und er ist gleich auf du und du. Meine Freundinnen sind in Bruchteilen einer Sekunde eine Staubwolke und Schnucki und ich allein mit uns inmitten der Partymeute. Er redet und redet – keine Ahnung, worüber. Ich verstehe bei diesem Krach kein einziges Wort. Irgendwann ist es mir zu viel und ich küsse ihn. Es ist: okay. Wir küssen weiter. Es ist immer noch nur okay. Um es von „okay“ zu „gut“ zu entwickeln, muss ich eingreifen. Ich drehe seinen Kopf und mache so eine Art Lehrstunde mit ihm. Da dringt eine bekannte Melodie an mein Ohr – eindringlich und penetrant. Es ist

„Teach me Tiger", gesummt von Emma und Viola. Tz! Das bekommen die Mädels zurück. Irgendwann kommt die Frage aller Fragen: „Hast Lust?" Wie charmant, oder? Naja, Lust schon, aber Skrupel. Da ich mir das Zimmer (Familienzimmer, um genau zu sein!) mit Emma und Vi teile, muss ich sie wohl in die Entscheidung einbinden, wenn es drum geht, Schnucki dort eine Nachhilfestunde zu geben. Doch er schlägt vor, dass wir in seine WG fahren. Ich muss das Wort „WG" wohl zu laut und fragend wiederholt haben, denn alle um mich rum stehenden Menschen blicken mich plötzlich fragend an. Okay, dann etwas leiser: „Du willst mich in deine WG einladen? Bist du dir sicher?" – „Ja, warum nicht? Ich wohne mit meinen Brüdern zusammen." Na das wird ja immer besser. Aber egal. No risk, no fun.

„Wie weit ist es denn zu dir nach Hause?" frage ich, als ich mit meinen Hochhakigen ins Wanken gerate. „Nicht weit." *Das* kann nur ein Mann sagen, der keine hohen Schuhe mit glatter Oberfläche trägt. Einen endlosen Kilometer später sind wir schließlich am Ziel. Gott sei Dank, meine Füße! Und nicht zu vergessen – es ist bereits vier Uhr früh. *#altefrauengehöreninsbett*

Er schiebt mich in sein Zimmer, schließt die Tür hinter uns ab und macht Musik an. Viel zu laut – vielleicht habe ich aber auch einen Hörschaden von dem Discogedröhne! Man weiß es nicht. Ich umschreibe die folgende Szene, einverstanden? Kiss Kiss, Bang Bang. That's it. Es ist fein. Es ist gefühlvoll. Ich mag es. Allein die Frage nach dem „Wie war ich?" hätte Schnucki gutsein lassen können, aber ich denke, dass er sich nur ein „Ja, das hast du gut gemacht – obwohl Du erst süße neunzehn bist" abholen möchte. Da will ich mal nicht so sein.

Nachdem das Nachspiel – das daraus besteht, dass Schnucki auf mir einschläft – in meinen Augen sein Zeitlimit erreicht hat, wecke ich ihn zuerst sanft, dann unsanft auf. Etwas schlaftrunken verlässt er den Raum in Richtung Badezimmer, während ich meine Sachen zusammensuche. Als ich damit fertig bin, stehe ich ratlos herum. Wie sollte ich den Abschied gestalten? Ich will mal fix nicht hier schlafen. Das Zimmer ist zwar fein (megagroßer Fernseher, die neue Playstation und sonst alles, was das Technik-Herz begehrt), aber ich will dann doch lieber abgeschminkt im Hotel übernachten. Das ist auch besser für die Haut und in meinem Alter darf man sich da nicht mehr blöd spielen. Ich tapse also ins Badezimmer und erlaube mir ein paar Augenblicke „Schnucki nackt unter der Dusche", dann flüchte ich aus der WG.

Als ich auf das Taxi warte, whatsappe ich mit Vi. Inzwischen ist es fast sieben Uhr früh und meine Freundin ist nicht begeistert, dass ich sie geweckt habe. „Du kannst doch nicht einfach so gehen. Der Typ ist noch jung. Schreib eine Nachricht, du Vamp, und komm heim! Also ins Hotel. Ich schlaf jetzt." Sie hat wohl Recht. So ganz ohne Verabschiedung, das ist doch wohl etwas hart. Ich schreibe also: „Erstmal DANKE. Es war sehr nett. Vielleicht sieht man sich wieder." *#brückensollmannichtabbrechen*

Die Moral dieser Geschichte: Ich habe meine Affäre nicht vergessen, nur verdrängt. Aber ich werde sie beenden, ich will nicht die Nummer zwei sein. So ein Ausflug mit meinen Mädels rückt so manchen Blickwinkel etwas gerader und schärft den Fokus. Außerdem muss ich aufhören, mich wilden Sexabenteuern hinzugeben, um endlich die wahre Liebe zu finden. Alle sagen immer, dass man Liebe an jeder Ecke findet. Ganz ehrlich: Mein Leben muss wohl ein Kreis sein!

Ihre Frau Schnecke

#11

Feiere deine Ecken und Kanten! Diamanten sind auch nicht rund ...

Es war sehr nett, es hat mich sehr gefreut! Aber ab sofort fokussiere ich mich auf mein Ziel: Traummann finden.

Liebe Herzblatt-Susi, bitte fasse den Status quo mal kurz zusammen: „Also, liebe Eva, da war Sexpartner Nummer eins: Valentin, der reiche Schnösel, der dich gerne als Affäre in seinem Leben behalten und dich mit Champagner-Orgien verwöhnt hätte. Danach folgte Simon, der One-Night-Stand, der sich an deiner Reife störte, allerdings ohnehin in die Kategorie „never fuck the office" fiel und damit ohne Verzug aussortiert werden musste. Und last but not least Schnucki, der etwas zu klein geratene Sexgespiele Nummer drei, bei dem man noch die eine oder andere Nachhilfestunde hätte investieren müssen."

Wir sind uns also einig: Das richtige Kaliber „Mann" war hier noch nicht dabei. Amor, gib den doofen Pfeil her, ich mache das ab heute selbst! *#amateur #allesmussmanselbstmachen*

Doch zuvor heißt es reflektieren beziehungsweise zu sich selbst finden! Uiuiui, das tut richtig weh! Ich bewaffne mich mit einem weißen Blatt Papier (ohne Linien, ohne Kästchen, ganz einfach weiß) und einem Stift und mache mich mutig daran, Struktur in meine Gedanken und mein Leben zu bekommen. Wer bin ich? Frau Schnecke. Was will ich? Raus aus der Singlefalle! Aber wie? Das weiß ich nicht. Immer mal wieder blitzt ungefragt eine Erinnerung herein. Rückblenden! Ausschließlich die schönsten Momente mit meinem Ex Daniel. Plötzlich gibt's großen Herzschmerz, denn ich vermisse ihn oder zumindest das Gefühl. Oder eigentlich nur das geregelte Leben. Ich will nicht einsam und allein sterben, sondern wieder ein Teil von einem Wir sein. Ich tippe hastig eine WhatsApp-Nachricht an ihn: „Wie geht's dir?" Unerwartet schnell gibt's Antwort: „Ich wollte mich ohnehin bei dir melden. Danke, es geht mir gut. Ich habe eine neue Freundin." T I E F P U N K T ! Wieso läuft Daniels Leben einfach unverdrossen weiter? Wieso erzählt er mir brühwarm von seinem Glück? Ich antworte: „Oh, das freut mich aber für dich." Eine glatte Lüge! *#fallnieaufdiebutterseitedeslebens*

Nach diesem Schock, der mir das tragische Ende meiner Beziehung nochmals deutlich vor Augen führt, höre ich viel zu laut „Feel" von Robbie Williams und singe dreistimmig (falsch, gehörschädigend und mit Inbrunst) mit: „I just wanna feel real love ..." Tränenreich und selbstbemitleidend. Will ich Daniel zurück? Nö. Wieso heule ich dann? *#rausausderopferrolle*

Es läutet und mein Nachbar steht vor der Tür: „Geht es ein bisschen leiser? Die Kinder müssen schlafen!", fragt er zuerst zornig, wiederholt die Frage danach sanftmütig, als er meine Tränen sieht. Mal ehrlich: Ich wünschte, ich hätte Zeit für den Nervenzusammenbruch, den ich verdiene! Aber selbst das ist scheinbar zu viel verlangt. „Oh, Entschuldigung, ich mache die Musik gleich aus."

Ich bestelle Vi zu mir, wir müssen Kriegsrat halten. „Jetzt freu dich doch für ihn!", will mich meine beste Freundin aufmuntern. „Ich finde es schön, dass er sich wieder verliebt hat. Ein wenig schnell, aber schön." – „Auf welcher Seite stehst du?" – „Auf der dunklen Seite der Macht, denn du hast Kekse!", versucht sie die Situation zu entspannen und mir ein Lächeln zu entlocken. Doch es misslingt – ich überhöre es absichtlich, denn ich will jetzt mit Mitgefühl überschüttet werden! „Ich werde nie den *einen* finden, keiner dieser Kerle passt in mein Schema oder erfüllt meine Checkliste! Ich will mich nie wieder mit einem Mann einlassen! Das ist immer nur Sex! Nie was Bleibendes!" – „Also wirklich, wenn man dir zuhört, bekommt man Depressionen und will sich betrinken. Versuch doch einfach mal, unvoreingenommen an die Sache ranzugehen. Easy! Gib der Männerwelt eine reelle Chance, fall nicht gleich mit der Tür ins Haus und check nicht zuerst Kontostand, Erbschäden, Karrierechancen, Kinderliebe und Hausbauerqualitäten, sondern lass es auf dich zukommen. Und ab und an gehören Tränen dazu. Das wissen doch alle berühmten Schriftsteller von Shakespeare bis Frau Schnecke, oder etwa nicht? Wie war das nochmal? Ohne die Nacht wüssten wir nichts von den Sternen – oder so ähnlich." Vi entpuppt sich als Stehgreif-Philosophin.

Eines ist klar: ich MUSS was ändern. Denn stellen Sie sich mal vor, Sie sind der nette Mann von nebenan, der auf die sich selbst bemitleidende, alternde Frau Schnecke (DAS BIN ICH!) trifft, die am liebsten Trübsal bläst und nach dem ersten „Hallo" bereits das Aufgebot bestellt. Das geht gar nicht! Da sucht mit Sicherheit der kühnste Held das Weite. Ich muss mich daher selbst überarbeiten, aber dringend!

Ich verordne mir ein Ernährungs- und Fitnessprogramm sowie eine Sexsperre. Die gewonnene Zeit nütze ich, um mich selbst kennenzulernen. Keine Angst, Sie werden nicht auf Sexgeschichten verzichten müssen. Notfalls habe noch einiges von anno dazumal im Köcher. Also dann – los geht's – bringen wir das Schneckenhaus auf Vordermann!

Mein Vorhaben sogleich umsetzend, checke ich noch am selben Tag mit Viola beim Aqua-Aerobic ein! Mein Outfit: Ein Badeanzug mit Röckchen dran, um die ärgsten Schluchten auf meinen Oberschenkeln und die gebirgsartige Wucherung, die man Po nennt, zu verdecken. Ich sehe aus wie eine fette Ballerina, aber laut Vi auch richtig „herzig". Wenn das mal keine Lüge ist. Eine Kampfamazone im Ganzkörperbadeanzug (kein Vergleich zu meinem grazilen Ballerina-Outfit!) und in Sportschuhen (wer bitte zieht im Wasser Sportschuhe an!?) stellt sich als unsere Trainerin vor. Mein erster Gedanke: „Aha – so schaue ich also aus, wenn ich regelmäßig Wassergymnastik mache? Ich glaube, ich lasse es lieber bleiben!" Die gute Dame hat nämlich nicht nur einen Schwimmreifenbauch, Bingo-Wings-Oberarme und Knubbel-Beine, nein, sie hat alles in allem keine wirklich gute Figur. Unsere Mitstreiterinnen, durchschnittlich fünfzig Jahre oder mehr am Buckel, von Beruf Hausfrau oder Rentnerin, beobachten uns Neuankömmlinge argwöhnisch. Zugegeben: Vi und ich sind mehr damit beschäftigt, mit den uns ausgeteilten Fisch-Flossen-Handschuhen Wasserspiele aufzuführen, als die Übungsabfolge nachzumachen. Aber allmählich bekommen wir den Dreh raus und strampeln, hüpfen und schwimmen um unser Leben. Ich wusste bis zu diesem Zeitpunkt nicht, dass man im Wasser schwitzen kann, aber es geht und es ist wirklich anstrengend! Als die Stunde vorbei ist, beschließen Viola und ich – nennen Sie uns ab sofort bitte „die Wassernixen" – noch eine Einheit dranzuhängen, ganz nach dem Motto „Hüfts nix, schods nix". Zu unserer Verwunderung wechselt die Trainerin und es übernimmt eine Sportstudentin in Ausbildung, eine wahre Augenweide. Es ist Liebe auf den ersten Blick. Süße zweiundzwanzig, die Brüste prall und fest (keine Schwerkraft – die Dinger tun, wie ihnen befohlen!), lange, dunkle Zöpfe, und ein Lächeln, das einfach nur verzaubert. Wie der Zufall will, sind Vi und ich die einzigen Kursteilnehmerinnen, die verlängern wollen, und daher genießen wir ein privates Training. Wie konnte ich nur jemals in Frage stellen, ob dieser Sport etwas für mich ist? Wenn nur der Hauch einer Chance besteht, dieser fleischgewordenen Venus figurtechnisch näherzukommen, dann werde ich ab sofort Tag und Nacht schwimmen und strampeln, was das Zeug hält. Diese Frau ist der Traum schlechthin. Bei jeder Bewegung wackelt ihr Körper an den richtigen Stellen. Sie hat eine so dermaßen positive Ausstrahlung, dass man sie ständig abknutschen will. Ich liebe diesen Anblick! Leider geht die Stunde viel zu schnell vorbei. Vi und ich bedanken uns artig und verlassen das Hallenbad in Richtung Umkleide. Dort platzt es aus mir raus: „Wahnsinns-Frau!" – „Oh mein Gott – die ist der Killer! Unglaublich sexy!", ergänzt Viola. Wir glucksen unaufhörlich und als wir zum Ausgang kommen, immer noch im Gespräch über die Schönheit vertieft, ertönt plötzlich ein „Na, ihr habt aber Gas gegeben". Da ist sie wieder! Ich fühle mich richtig ertappt und laufe hochrot an. Meine Freundin checkt die Lage und übernimmt: „Hoffentlich sehen wir uns bald mal wieder!" Na darauf kannst Du mal wetten! Ich gehe dämlich grinsend weiter und laufe dabei gegen den Kassenschalter. Aua, wie peinlich! Ich schwöre, der war eben noch nicht hier. Wenig später, als Vi und ich im Auto sitzen, schwärmen wir uns gegenseitig von dieser genialen Frau vor. „Ich glaube, ich bin verliebt! Ich stehe auf Frauen!", offenbare ich. Viola schmunzelt: „Ich glaube eher, der Sexentzug zeigt schon die erste Wirkung!"

Die nächsten Tage quäle ich mich von gesunder zu noch gesünderer Gemüse-Mahlzeit (mein Name ist Hase) und kippe literweise Wasser (ich bin auf akutem Red-Bull-Entzug!) hinunter. Ein striktes Diät-Leben ist kein Zuckerschlecken und ich brauche Ablenkung. Sex wäre perfekt, aber mein selbst auferlegter Zölibat ist hierbei hinderlich. Allerdings gibt es bei jeder Regel auch eine Ausnahme. Es steht nirgendwo geschrieben, dass Cybersex verboten ist, oder? Zur Not muss ich mal schnell die Statuten anpassen.

Like a virgin mache ich mich in die Untiefen des Internets auf und nach kurzer Suche finde ich eine Seite, die meinen Ansprüchen zu genügen scheint: adultfriendfinder.com. Hier steht gleich auf der Startseite geschrieben: „Auf der Suche nach Sex?" Ich fühle mich ertappt. Ja, das bin ich! Außerdem lächelt mir das Foto eines Arbeitskollegen entgegen. Die Bildunterschrift amüsiert mich köstlich, Kollege Klaus sucht scheinbar nach „Sklavinnen" für seine Gelüste. Sowas aber auch! Im Arbeitsalltag der schüchterne Pantoffelheld, doch hier wird dann locker-flockig die Peitsche geschwungen. Sachen gibt's ...

Klick, klick und in Windeseile bin ich im Sex-Live-Chat. Nachdem ich ein „Servus" in den Chatraum „Fick mich" (der Titel ist nicht von mir so gewählt, das Ding heißt wirklich so – ich schätze mal, bei der Namensgebung hatte ein Mann die Finger im Spiel) tippe, öffnen sich unzählige Nachrichtenfenster mit Chatanfragen. Ich beginne zu sortieren, abzulehnen oder anzunehmen. Als Frau ist man hier Freiwild. Für eine Absage muss man immer zwingend eine Begründung angeben – wie doof ist das denn bitte? Zuerst schreibe ich Dinge wie „Die Chatanfrage war leider zu plump und direkt" oder „Ich empfehle eine weniger eindeutige erste Kontaktaufnahme. Leider muss ich ablehnen" oder „Der Ton macht die Musik. Bitte auf die Wortwahl achten" und so weiter. Doch nachdem sich diese Fenster vermehren wie die Karnickel, muss ich ein wenig rationalisieren und direkter werden: „Wer ficken will, muss freundlich sein!" Doch schnell arbeite ich nur noch mit Copy-Paste mit der Standardantwort: „Danke, aber nein danke!"

Mit BlueEye22 eröffne ich einen privaten Chat. Er ist höflich, eloquent und nicht dramatisch pervers. Also schalten wir uns gegenseitig die „Cam"

– Sie merken, ich bin schon voll und ganz im Cybersex-Jargon drinnen – frei. Auf meinem Bildschirm erscheint ein passables Exemplar Mann. Mir drängt sich allerdings die Frage auf, wieso ein Typ mit solch guten optischen Grundanlagen nicht einfach in freier Wildbahn auf Jagd geht. Aber egal, zu viel Hintergrundinformationen sind beim Cybersex nicht von Nöten. Wir chatten (jetzt mit Bild, aber ohne Ton)! Er macht Komplimente und nennt mich „Süße". Es dauert nicht lange und er zieht sein Shirt aus, dann seine Shorts – und ich verstehe immer noch nicht, warum dieser Typ keine Freundin hat. Er ist ein wahrer „Feschak" und nackt bekommt er sogar noch ein paar Bonuspunkte on top. „Frau Schnecke, Sie wollen nur schmutzigen Cybersex mit ihm!" Jaha, ich konzentriere mich! Kein Background-Check von Nöten, nur pure Lust! Plötzlich Kommando retour, seine Shorts sind wieder an, im Hintergrund sieht man eine adrette Dame langsam auf den Bildschirm zukommen und er schreibt: „Shit, meine Freundin ist gerade reingekommen. Wir müssen abbrechen." Also doch: eine Freundin! Und ich – abserviert, noch bevor das Vorspiel begonnen hat. Wobei ich persönlich ohnehin der Meinung bin, dass das Vorspiel maßlos überschätzt ist. Ich hupe ja auch nicht zehn Minuten, bevor ich mit meinem Auto in die Garage reinfahre.

Doch noch ist nicht aller Tage Abend und ich wage einen zweiten Versuch – wieder mit Cam. Er zeigt sein Gesicht nicht (ich tue es ihm gleich) und er nennt mich „Herrin". Ich kann mich nicht zurückhalten, die Situation ist zu schräg und ich pruste laut los! Er will, dass ich ihm Befehle gebe. Probieren wir das mal aus: „Sag was Schmutziges!" Während in meinem Kopf als Antwort: „Bad, Küche, Klo" herumschwirrt, greift dieser Mann ganz, ganz weit in die perverse verbale Trickkiste. Wenn er es so will, dann soll er es kriegen. Ich lasse ihn so einige Dinge tun, die ich hier nicht exakt wiedergeben kann, ohne mich ein Leben lang dafür zu genieren. *#fsk99* Aber ich kann Ihnen sagen, der Typ ist abartig und macht wirklich *alles* mit. Als er zum Finale laut „Ich komme, Herrin!" brüllt, ist das Experiment Cybersex für mich vollendet. Das lag ganz, ganz hart an der Schmerz-Perversitäts-Grenze. Jetzt muss Prosecco her. Prickeln im Glas statt Prickeln im Bauchnabel. Dieser edle Tropfen fällt übrigens unter „Medikamente" und ist daher nicht nur erlaubt, sondern unbedingt erwünscht. Prost! Ich trinke auf meinen Plan – ich kann kaum erwarten zu erfahren, woran er scheitert! Hola, die Waldfee. Prosecco macht mich ja immer ein wenig gleichgültig, aber das ist mir egal.

Ihre Frau Schnecke

#12

Wenn dich dein Leben nervt, streu Glitzer darüber!

Hier schreibt die grantige Frau Schnecke, gebeutelt von Entzugserscheinungen! Früher war alles besser. Nicht, dass Sie glauben, ich hätte eine Depression aufgrund meiner Diät. Keine Spur davon. Im Gegenteil, es läuft „eh gut", allerdings nicht auf der Waage. Aus reiner Fadesse habe ich mir überlegt, womit mich der perfekte Mann wirklich glücklich machen könnte. Wäre nämlich *ich* ein Mann (kein normaler 08/15-Stereotyp, sondern ein einfühlsamer McPerfect), hätte ich unzählige Ideen. Wirklich, es ist kinderleicht. McPerfect könnte mich charmant an der Hand nehmen und mit mir einen Kinomarathon bestreiten. Drei Filme hintereinander, ein großes Cola light, Nachos oder Popcorn und danach was Süßes und ich wäre der glücklichste Mensch. Oder er macht mit mir einen Streifzug durch das Fertighausbesichtigungsparadies „Blaue Lagune", um Häuser anzuschauen, die man sich ohnehin nicht leisten kann. Ich gebe zu: Es hat etwas Masochistisches, aber davon zu träumen und so zu tun, als ob man darin wohnt, finde ich einfach galaktisch aufregend. Ich hätte auch nichts dagegen, wenn mich ein Mann einfach für einen Tag in eine andere Stadt entführt und sei es auch nur nach Graz, Linz oder Salzburg. Im Prinzip ist mir alles recht, nur bitte, bitte nicht nochmal nach Paris – Sie wissen warum!

Es geht um Spontaneität, es geht um Kreativität und es geht darum, mit etwas überrascht zu werden, das man sich schon immer gewünscht hat. Aber dazu müssten die Kreaturen vom Mars erstmal zuhören lernen und dann die vier Buchstaben in die Höhe bekommen. Ich habe ein Beispiel für Sie. Als ich noch mit meinem Ex-Ex-Freund liiert war, habe ich mir nichts sehnlicher gewünscht, als einen silbernen Armreif (ohne Schnörksel, nicht glänzend, sondern matt, und mit einer Gravur in Richtung „Für immer der deine"). Als ich eines Tages den perfekten Armreifen im Schaufenster sah, gab ich Vi den Hinweis, sie solle dem Ex-Ex einen Tipp geben. Vi setzte das sofort in die Tat um, packte meinen Freund und befahl: „Genau *diesen* will sie haben!" Zu Weihnachten bekam ich ein Päckchen vom Juwelier. Doch als ich die Verpackung geöffnet hatte, lag da ein Armreifen, allerdings eine in sich gedrehte Variante, an Hässlichkeit kaum zu überbieten und gar nicht mein Stil, glänzend und Weißgold und ohne Liebesbekundung an der Innenseite. Mir fiel die Kinnlade runter. Wie genau muss man Wünsche bei einem Mann deponieren, damit sie verstanden werden?! *#sinnlosesunterfangen*

Mittlerweile bin ich älter, damit fordernder, und sage ganz genau, was ich möchte. Ich insistiere förmlich darauf. Das verträgt die Männerwelt aber nicht wirklich. Wie soll man also tun? Sagt Frau es indirekt, verspielt und blumig, checken sie es nicht. Sagt Frau es direkt, nehmen sie die Beine in die Hand und sind auf und davon. *#ichgehmalschnellzigarettenholen*

Apropos: Ich bin bereits in Phase zwei des Entzugs. Wie sich das äußert? Ach, ich hatte gestern einen realen, bunt ausgemalten und emotional aufgeladenen Traum. Ich bin mir sicher, dass Sie jetzt ein Bild von einem großen Teller Pasta Bolognese (meine Leibspeise), einem eiskalten Red Bull (bitte, lieber Herr Mateschitz, adoptieren Sie mich endlich!) und einem Nutella-Glas, in dem ganz keck ein Esslöffel (alles andere wäre ineffizient) steckt, vor sich haben. Gleich daneben sehen Sie die glücklichste aller Schnecken: mich. In meiner Fantasie sehe ich nebenbei bemerkt nicht das peinliche, kleine Nutella-Glas, das man in drei Löffeln leert, sondern die mächtige Feiertags-Special-Edition, die man nur mit zwei Händen fassen kann. Lecker! Das ist der Himmel für mich und genau das Menü, das Frau Schnecke in Ekstase bringen könnte. Aber es ging bei meinem Traum dann doch um Sex und es war so real, dass ich heute Früh ganz verwirrt war. Gottlob – dafür bin ich ehrlich dankbar – war es keiner dieser Träume, wo man plötzlich wieder mit dem Ex liiert und alles eitel Sonnenschein ist, um dann zu erwachen und beinhart in die harte Gegenwart zurückgeholt zu werden. Nein, es war ein Traum, nachdem man sich denkt: „Warum ist das nicht wirklich passiert? Damned!"

Und jetzt ab in die Traumsequenz: Ich war zu einem Polterabend geladen, die Laune war mediummau. Wie auch immer ich auf diesen gekommen war – keine Ahnung, darüber sollen sich Traumdeuter Gedanken machen. Vi war selbstverständlich auch mit von der Partie. Selbst im Traum können wir nicht ohneeinander. Teil eins des Junggesellinnenabschieds war bereits absolviert: die Sextoy-Party war zwar umsatzstark, aber stimmungstechnisch keine Granate. Ich hatte die obligatorischen Handschellen und einen Vibrator in Delfinform erstanden. Nun ging es weiter auf ein Bierzeltfest, so eine Art „Wiesn". Der blanke Horror für Frau Schnecke. Viele betrunkene Menschen tanzten auf wackeligen, eng gestellten Bierbänken, dazu spielte es laute Umtata-Mukke. Demonstrativ hatte ich als einzige kein Dirndl an. Aus Prinzip! Im Traum sowie im echten Leben gilt: no way! Die gute Sache ist, dass so ein Kirtag gegen Mitternacht wie von selbst dicht macht. Meine Chance, zu entkommen. Doch als die Gesellschaft gerade dabei war, sich aufzulösen, stand er unvermittelt vor mir: Typ Andreas Gabalier, nur besser trainiert, weniger Haargel, weniger Lebenseinstellung „Frau an den Herd". Okay, also eigentlich ganz anders als der Volks-Rock'n'Roller. Whatever ... Jedenfalls verwickelte er mich in ein Gespräch und wir wurden beide schnell zutraulich. Ein Armstreif da, eine kurze Berührung dort – und schon kam es zu einem leidenschaftlichen Geknutsche. Bilderbuchkennenlernen! Wir verließen das Bierzelt und gingen raus in die Morgendämmerung. Romantik pur! Dass man solche Dinge wirklich so genau träumt, überrascht mich immer wieder. Er rief seine Mutter an. Ich schwöre, ich bin keine Kinderverzahrerin, er hatte ein passables Alter, geschätzt Ende dreißig – dennoch hat er zu Hause angerufen. Eventuell Ödipuskomplex? Wir werden es nicht erfahren. Wir gingen ein paar Straßen entlang und standen plötzlich in einer langen Schlange vor einem Hotel. Eh klar, dass ich sogar im Traum in der längsten Schlange anstehen musste, oder? *#murphyslaw* Als wir kurz darauf an der Rezeption (im Freien!? Mein

Kopf ist ein „Wonderland"!) standen und uns der Mann hinter der Theke den Preis für das Zimmer nannte, musste ich mich schrecklich ärgern. Fünfhundert Euro für ein Doppelzimmer? Um diesen Preis kann ich ein Monat lang meine Ein-Zimmer-Wohnung mieten. Ich verhandelte fuchsteufelswild die Benutzung des Spa-Bereichs sowie ein Sechs-Gänge-Menü in das Paket und das für einen Gesamtpreis von zweihundert Euro. Das soll mir mal wer nachmachen! Der Mann an meiner Seite umarmte mich und wir gingen ins Zimmer. Tuuuut tuuuut tuuuut! Sie werden es nicht glauben, dann hat mein blöder Wecker geklingelt! Obwohl Wochenende ist! Ich habe abgeschaltet und gerade noch den Anschlusstraum geschafft. Das war's wert. Das war der beste Sex, den ich seit langem hatte. Klingt gut, wenn man die Tatsache weglässt, dass es nicht real war.

Ich war also heute von der Früh weg gut drauf, relaxt und entspannt und würde ich rauchen, hätte ich große Lust gehabt, mir „die Zigarette danach" anzuzünden ... Doch so ein Single-Sonntag ist auch irgendwie fad. Und wie geht's Ihnen so? Lassen Sie uns über das Leben reden – wie wäre es mit dem Wetter? Das perfekte Small-Talk-Thema. Auch wenn ich mich jetzt unbeliebt mache, ich muss zugeben: Ich vermisse den Winter. In der kalten Jahreszeit kann man sich mit dicken Pullovern und Westen verhüllen und wirkt neben den ganzen Beautys herrlich normal und angepasst. Doch jetzt im Sommer hat Frau Schnecke keinen Auftrag! Ich erhasche im besten Fall noch einen kurzen Mitleidsblick. (Du bist zu fett für diesen Sommer) Nein, keine Angst. Das stört mich nicht wirklich, denn im

Winter läuft's für mich eigentlich dann ohnehin immer ganz gut. Denn irgendwas geht in uns Menschen vor, wenn es draußen kalt ist, Weihnachten sich nähert und der Sommer noch so weit entfernt scheint, denn da werden Männer (aber auch Frauen) zutraulich, wollen kuscheln und suchen sich ein Nest. Dann schlag *ich* zu. Gefinkelt, ich weiß. *#ichhabsdrauf*

Wenn ich mich zurückerinnere, lag der Beginn meiner wirklich ernsthaften Beziehungen immer im Winter, das Ende jedoch fast jedes Mal in den warmen Monaten. Das stützt meine Theorie, dass man im Frühling – wenn alles blüht und gedeiht – nach etwas Neuem und Unkompliziertem sucht. „Unkompliziert" ist derzeit ein Alarmwort für mich. Auf die Frage an Daniel, was denn das Besondere an seiner neuen Freundin sei, kam doch glatt „Ach, sie ist unkompliziert". MÄNNER, GEHT'S EUCH NOCH GUT?! Am Anfang sind wir ALLE unkompliziert. Erst wenn man nach einem langen Arbeitstag nach Hause kommt und seinen Freund mit selbstgedrehtem Joint und Spiel-Konsole antrifft, während neben ihm das Chaos herrscht und er eigentlich für die Uni lernen sollte, ist man nicht mehr unkompliziert. Ich habe außerdem ein starkes Gefühl, dass es in meinem Alter in Beziehungen heißt: „Kacke oder geh vom Topf". (Der Sager kommt aus dem Film „Der Junggeselle". Kein Filmhighlight, aber ganz witzig, wenn man hunderte Bräute hinter einem Mann herlaufen sieht. Also eine DVD für zwischendurch.) Das muss ich ausführen: Ich bin der Meinung, dass man in meinem Alter Nägel mit Köpfen machen muss. Entweder alles oder nichts. Halbe Sachen kann man sich nicht mehr leisten. Frau Schnecke beginnt zu verwelken. Ich bin besser drauf, merken Sie es? Ich übe mich in Sarkasmus. Und meine Todesursache wird sicherlich mal „Sarkasmus im falschen Moment" sein. *#wollenwirwetten*

Es ist im Übrigen faszinierend, womit man sich so einen lieben, langen Tag beschäftigen kann. Ich habe heute nichts anderes getan, als mir zu überlegen, ob ich nicht aus meinem Leben ein Buch machen sollte. Viola war gleich enthusiastisch bei der Sache. Wir haben uns ein Frau-Schnecke-Imperium erhirnt. Stellen Sie sich ein Hochhaus vor, an dem ganz oben mein Schneckenlogo prangt. Sieht schon fein aus. Ein Luftschloss, aber man wird ja wohl noch träumen dürfen. Irgendwann zwischen dem Gedanken, welche Merchandisingartikel es im Webshop geben wird, sowie welche Handelskooperationen (ob Nutella wohl auf einen Deal einsteigen würde, dass jedes Glas das Frau-Schnecke-Logo ziert?) umsetzbar sein könnten, und natürlich der Frage, ob die Geschichten von Frau Schnecke auch als Podcasts Abnehmer finden würden, stellte Viola folgende Überlegung in den Raum: Was würde wohl auf dem Klappentext über die Autorin auf einem Frau-Schnecke-Buch stehen? Was schreibt man in maximal drei Sätzen über sich selbst? Darf man die Tatsachen etwas zurechtrücken? Ein bisschen Glitzer oben drauf? Es könnte dort geschrieben stehen: Frau Schnecke hat nach langer Suche den Traumprinzen gefunden und glaubt seither wieder an die große Liebe. Die ehemalige Chefin des Frühstücksfernsehens lebt mit ihrem Mann, einem erfolgreichen Primarius, und zwei entzückenden, hochbegabten Kindern zurückgezogen in einem prächtigen Landhaus mit Pool etwas außerhalb von Wien. Derzeit schreibt die gutaussehende Unternehmerin an ihrem zweiten Buch, in welchem sie die erfolgreiche Übernahme der Marke Nutella durch die Frau Schnecke GesmbH & Co KG schildert.

Gut, gut – schreiben wir es, wie es wirklich ist: Frau Schnecke lebt allein und zurückgezogen in einem Vorort von Wien. Sie jongliert das Team des Frühstücksfernsehens und das Schreiben ist ihr Ausgleich zum harten TV-Alltag. Unter dem klingenden Namen „Schnecke allein zu Hause" plant sie die Gründung einer Selbsthilfegruppe, die sich gegen Diskriminierung von Singles über dreißig engagiert.

Puhhh, wenn ich mir das so anschaue, schreib ich lieber doch kein Buch. Denn wenn, dann soll auf dem Klappentext stehen: Frau Schnecke, im Herzen immer jung geblieben, lebt als glücklicher Single in einem Vorort von Wien. Ihr Job hält sie auf Trab und dennoch findet sie Zeit, ihre getreue Fangemeinde mit Anekdoten aus dem Leben einer Frau ab dreißig zu unterhalten. Frau Schnecke hat die Suche nach Mr. Right noch nicht aufgegeben und das Leben wieder für sich entdeckt. Ein zweites Buch mit dem Titel „Frau Schnecke – besser geht's nicht" ist derzeit in Arbeit. Ja, so mag ich das!

Ihre Frau Schnecke

#13

Hier kann jeder machen, was ich will!

Ich habe ohne viel zu überlegen – also ganz gegen Frau-Schnecke-Art – eine Entscheidung getroffen: Ich werde mich räumlich verändern. Ich gehe nicht ins Ausland, dafür bin ich ein viel zu großer Schisser oder nennen wir es lieblich „Angsthase", aber ich werde ein neues Zuhause beziehen und ein Sozialexperiment starten. Mein Projekt heißt: Frau Schnecke zieht in eine WG (Wohngemeinschaft). Mehr als eine ordentliche Realitätswatschen kann es im schlimmsten Fall nicht werden. Oder was meinen Sie?

Der entsetzte Blick von Viola ist unbezahlbar: „WG?" Sie will sich gleich nochmals rückversichern: „DU und ANDERE Menschen in EINER Wohnung? Wissen diese Leute schon, dass man den Parkettboden bei dir nicht ohne Gästepatschen betreten darf? Oder dass man nach jedem Händewaschen die Armaturen trockenreiben und glänzend polieren muss? Ist diesen armen Individuen wirklich klar, dass sie sich mit einem Monk der ersten Liga mit Faible für strenge Regeln und einem überentwickelten Putzfetisch einlassen? Hast du sie vor dir gewarnt? Du bist nicht kompatibel mit anderen Menschen!"

Also, jetzt mal halblang. So dramatisch schlimm bin ich nun auch wieder nicht. Ups, gerade ertappe ich mich dabei, dass ich Violas Kette entwirre. Sie fühlt sich bestätigt und fragt: „Sag mir einfach nur, warum!?" Tja, eigentlich weiß ich es auch nicht. Irgendetwas hat mich da geritten. Und ich verspreche, es war kein Mann. *#spassmusssein* Ich sehe die Neuorientierung als Entwicklung und Aufbruch zu einer neuen Lebensphase. Raus aus dem alten Fahrwasser! Break the rules! Change the game! Das war doch mein Auftrag!

Heute Früh fiel mir beim Bäcker ums Eck am „Dies & das"-Pinnboard eine Wohnungsanzeige auf. Sie hat mich förmlich zu sich gerufen. Alles, was dort stand, war einfach nur perfekt und ich habe sofort zum Hörer (genau genommen zum Handy – ich enttarne mich bei meiner Wortwahl oft als ein Kind der Achtziger) gegriffen. Nicht mal eine Stunde später hatte ich einen Besichtigungstermin. Als die Tür aufging, hörte ich ein „Halleluja!" und fühlte mich darin bestätigt, dass diese „Schnapsidee" eine vom Universum gesteuerte freundliche Fügung des Schicksals – eigens für mich geplant – zu sein schien. Dieser Mann, diese Stimme, diese Gestik – nimm mich hier und jetzt! Fast hätte ich vergessen, warum ich hier war. Nach einem Rundgang durch die Wohnung war ich komplett überzeugt. Alles war ordentlich, minimalistisch eingerichtet und ich fühlte mich gleich wohl. *#wohnstdunochoderlebstduschon*

Bitte glauben Sie mir, ich habe noch nie so schnell eine Entscheidung getroffen. Vom ersten Gedanken bis zum „Ja, ich will" waren es grad mal drei Stunden. Selbst Chris, mein Mitbewohner, war überrascht. Er meinte, er müsse das gleich mal seiner „Beziehung" erzählen – die Suche nach einem Wohnungsgenossen sei noch nie so schnell und unkompliziert gelaufen. Halt! Stopp! Seiner Beziehung? Das gibt Abzüge in der B-Note. Doch jetzt gab es kein Zurück mehr. Ich brauche das Abenteuer WG! Ich habe also meine Wohnung gekündigt und werde demnächst mein neues Heim beziehen: ein Zwanzig-Quadratmeterzimmer mit niedlichem Balkon und einem sexy Mitbewohner (vergeben – großes Snief).

„Es wird schon schiefgehen! Notfalls ziehst du halt zu deinen Eltern!", gibt mir schlussendlich auch Viola ihren Segen. Hmpf! Der Rest meiner Mädels-Runde ist verhalten begeistert. Emma zum Beispiel rümpft die Nase: „Was ist dir denn da wieder eingefallen?" Iris schüttelt ohne ein Wort zu sagen den Kopf. *#wackeldackelalarm* Man kann es aber auch wirklich niemandem recht machen. Positiven Rückhalt zu meiner Entscheidung gibt's schließlich von meinem Freund Leopold. Ich weiß doch, wo ich meine Bestätigung herbekomme, deshalb habe ich ihn auch angerufen. „Wer weiß, eventuell hast du heute deinen Lebenspartner kennengelernt?", gibt er sich übertrieben optimistisch. Die Tatsache, dass Chris vergeben ist, hat er wohlweislich überhört. Ein echter Träumer. Eigentlich wäre es nun konsequent, auch meinen Eltern zu beichten, wo ihre Tochter in Kürze zu leben gedenkt – und vor allem: mit wem. Doch das vertagen wir erstmal.

Ich habe mit Chris ausgemacht, dass wir uns vor meinem Einzug ein paar Mal gemütlich treffen, um einander kennenzulernen, denn ich möchte verhindern, dass im Zimmer nebenan ein komplett Fremder schläft, der vielleicht mit zweitem Vornamen Hektor, Egon oder Schlimmeres heißt. Ich will wissen, wer der Mensch ist, mit dem ich Küche, Bad und WC teilen werde. Chris fand meine Idee witzig. Ätsch – für alle Zweifler!

Unser erstes Treffen findet in seinem Lieblingscafé, einem kleinen, versteckten, romantisch-verkitschten Laden, statt. Ich bin als Erste da und als er schließlich kommt, laufe ich rot an. FRAU SCHNECKE, NICHT VERLIEBEN! DAS IST DEIN MITBEWOHNER, KEIN DATE! Wir verbringen bei Wasser (meine Ernährungsumstellung geht weiter) und Kaffee den ganzen Nachmittag zusammen. Die Zeit vergeht wie im Flug. Seine Freundin heißt im Übrigen Romana und ist eine Jura-Studentin. Ich glaube, rausgehört zu haben, dass es kriselt.

Beim zweiten Treffen frönen wir unserer gemeinsamen Leidenschaft, dem Film: ein Kino-Happening. Wir sehen uns drei Filme hintereinander an: eine Nicolas-Sparks-Schnulze, den neuen Pixar-Animationsstreifen mit niedlichen Krabbeltierchen und schlussendlich einen Psychothriller. Wobei die Herz-Schmerz-Verfilmung auch wahlweise unter „Horror" einzuordnen wäre. Chris nuckelt aus Solidarität zu mir brav an seinem Wasser und verzichtet auf Kino-Proviant. Wie süß ist das bitte?! Beim Abschied umarmt er mich und meint: „Wir zwei werden jede Menge Spaß haben!" Mein Herz hüpft. Keine fünf Minuten später kommt eine WhatsApp-Nachricht von ihm: „Du bist echt cool." Mein Herz tanzt. FRAU SCHNECKE, NICHT VERLIEBEN! DAS IST DEIN MITBEWOHNER!

Bei unserem dritten Treffen entführe ich Chris in meine Welt – zum Frühstücksfernsehen – und er ist mächtig beeindruckt. Er kommt aus dem Staunen gar nicht raus. Als er sich als Wetterfeenrich probieren darf, ist er einem Ohnmachtsanfall nahe. Wie herzig und leicht zu begeistern! Das frühe Aufstehen wirkt jedoch etwas nach und daher kommt es nicht von ungefähr, dass er auf dem Heimweg an die Fensterscheibe gelehnt etwas Schlaf nachholen muss. Als er so friedlich am Sitz neben mir schlummert, kommt mir der Gedanke in den Sinn, dass seine Freundin Romana es eventuell nicht so toll finden könnte, dass wir beide so viel zusammen unternehmen. Aber wer weiß, vielleicht ist sie eine von den „Verständnisvollen", so eine „Unkomplizierte", die soll's ja auch geben. *#gefährdeteart* Ich halte direkt vor seinem (bald unserem) Eingangstor und wecke Chris auf. Er wuschelt sich durchs dichte Haar, reibt sich die rehbraunen Knopf-Augen und lächelt mich an. „Ich habe ein gutes Gefühl mit uns beiden. Danke für alles", und er lehnt sich zu mir, nimmt mein Gesicht in beide Hände und gibt mir einen Kuss. Zwar ohne Zunge, aber: Uiuiui, was war denn DAS? Danach steigt er ohne jedes weitere Wort aus. FRAU SCHNECKE, NICHT VERLIEBEN! DAS IST DEIN MITBEWOHNER!

Chris hat sich nicht wieder gemeldet, was mich nach ein paar Tagen dazu bewogen hat, den ersten Schritt zu machen und anzurufen. Was habe ich zu verlieren? Es ist ja nichts zwischen uns. Der gute Mann ist freundlich, locker und flockig und wuppi-zacki (ich gestehe: Der Sager ist von Stromberg geklaut!) ist wieder alles beim Alten. Entweder war er schlaftrunken oder er hat es erfolgreich verdrängt. Das kann ich mir jetzt aussuchen. In beiden Fällen ist es vermutlich besser so, denn schließlich wohnen wir bald zusammen. Und es gibt ja auch noch die Freundin, die sollten wir auch nicht außer

Acht lassen. Ich bin nämlich keine, die eine Beziehung killt! Das sei hier mal festgehalten.

Nach dem Telefonat, das Chris mit „Ich melde mich dann!" beendet, bin ich irgendwie komisch drauf und enttäuscht. Bin ich verliebt? Vi hat eine klare Meinung dazu: „Ja, das war abzusehen!" Ach wissen Sie, ich denke, Gefühle für andere Menschen sind doch nichts weiter als pure Chemie. Wenn man viel Schokolade isst, dann kann das einen Rausch verursachen, als wäre man verliebt. Also kein magischer Zauber, nur schlichte, unromantische Chemie.

Chris meldet sich jedenfalls wirklich noch mal und lädt mich ein, mit ihm einen Ausflug ins Grüne zu machen. Ich gebe zu, ich zögere kurz (fünf spannende Sekunden lang!) und sage dann zu. Hey, man lebt nur einmal und es gibt kein Fundbüro für verpasste Gelegenheiten! Als er vor mir steht, mich anlächelt und ich durch einen zufälligen Windstoß sein Parfum rieche, ist es eindeutig: Es kribbelt. Wir spazieren ein Weilchen durch den Wald. Allerdings werde ich das Gefühl nicht los, dass Chris etwas auf der Seele brennt. Schließlich rückt er damit raus: Romana und er haben sich getrennt. Das Ende scheint sich schon einige Zeit abgezeichnet zu haben, man hat sich auseinandergelebt und die Entscheidung, einen neuen Mitbewohner zu suchen anstatt mit ihr zusammenzuziehen, führte zur Eskalation. Ich höre einfach zu, als gute Freundin.

Der Tag endet in seiner (bald unserer) Wohnung mit Pizza, Burger, Schokolade – von allem viel zu viel: Frustessen! Diesmal kann ich nicht auslassen, nur danebensitzen und zuschauen. Das wäre nicht fair, also ist mein Opfer für einen guten Zweck. Nachdem

Chris bei „Expendables III" einschläft (ein Actionfilm ist wohl das männliche Pendant zu „Notting Hill" bei Liebeskummer!), decke ich ihn liebevoll zu und verlasse die Wohnung klammheimlich. Ich denke, es reicht, dass ich ihm eine Stunde beim Schlafen zugeschaut habe.

Jetzt tut Frau Schnecke ganz, ganz schrecklich der Magen weh und das ist alles andere als super. Ich habe meine strenge Ernährungsphase durchbrochen, drücke sanft ein Kirschkernkissen auf meinen Bauch und senke den Kopf reuig beim Gedanken an die vergangene Essenschlacht. Eines ist mal fix: Morgen und den Tag danach und den Tag danach mache ich wieder strenge Diät, denn mein Körper rebelliert. *#morgenjamorgen*

Zusammengefasst: Jetzt ist alles richtig kompliziert. Frau Schnecke hat zwei chemische Reaktionen laufen. Eine macht sie glauben, dass sie verliebt ist: in ihren zukünftigen Mitbewohner. *Gar nicht gut*! Und Reaktion Numero zwei verursacht wellenartige Bauchkrämpfe. Diese Kombination lässt zu wünschen übrig. Und in beiden Fällen könnte Schokolade der Auslöser sein. Schokolade, von der man so viel essen kann, wie man will, ohne dass man zunimmt und einem schlecht wird, die einfach nur ein gutes Gefühl macht – darum sollte sich die Wissenschaft mal bemühen, das wär's. Aber nein, wir müssen ja zum Mond fliegen ...

Ihre Frau Schnecke

#14

Wenn der letzte Strohhalm, an den man sich voller Verzweiflung klammert, in einem Cocktail steckt, geht's eigentlich!

Ich kann Ihnen versichern: Sobald so ein Rauschhoch vorbei ist, ist es wie nach jedem harten und x-beliebigen Hangover: grauslich! Jetzt, wo Chris „zu haben" ist, verursacht der Gedanke an einen gemeinsamen Haushalt Panik. Holterdipolter mit ihm als WG-Kumpel zusammenziehen, gepaart mit aufkeimender Zuneigung meinerseits – nein, das geht nicht! Das ist viel zu gefährlich! Als er noch vergeben war, stand seine Freundin als Schutzmauer zwischen uns, aber jetzt ist die Lage anders. Die Quoten für „Wir werden ein Liebespaar!" stehen außerdem in dieser Konstellation weit schlechter als für „Es endet bitterböse, eifersüchtig und enttäuscht". Das braucht man nicht mal zu probieren.

Verzweifelt berufe ich ein Treffen mit den Mädels ein, denn jetzt braucht es viele objektive Meinungen! Wie ein Haufen alter Waschweiber sitzen die Ladys rund um mich und mutmaßen, warum sie herbeordert wurden. Emma trifft dabei genau ins Schwarze: „Du willst die WG-Sache abblasen, weil du kalte Füße bekommen hast. Und ich glaube erahnen zu können, dass dir dein zukünftiger Mitbewohner besser gefällt als er sollte. Stimmt's?" „Jackpot, Baby!", stimme ich mit gesenktem Haupt zu und fühle mich ertappt. Sakra, ich bin ein offenes Buch! Emma kassiert von allen ein High-Five und meint: „Die Wette ist wohl gewonnen!" Haben meine besten Freundinnen tatsächlich auf mich gewettet? Ich glaube, jetzt pfeift die Kuh! Unerhört!

Iris, Miss „Die große Liebe gibt's für jeden!", ist erschüttert und warnt: „Du bist nicht ganz dicht! Prinzen gibt's nicht wie Sand am Meer! Ich würde diese Gelegenheit nicht vorbeiziehen lassen." Dabei rollt sie unübersehbar mit ihren Augen. Gerade will mir Vi zu Hilfe kommen, als Susan, die via Skype dazu geschaltet ist, ihr das Wort abschneidet: „Zuerst diese Vision eines sexlosen Lebens und dann dieses WG-Projekt. Es war absehbar, dass das nichts wird. Eva, echt jetzt? Langsam bist du zu alt für diese Kinderkacke! Werd' erwachsen!" Pfff! Ich will nicht erwachsen werden, ich will weiterhin lachen, wenn die Ketchup-Flasche Pups-Geräusche macht. Ich hake ein: „Erwachsen zu sein ist doof! Und die große Liebe fürs Leben zu finden, ist genauso realistisch wie Zwerge und Einhörner!" – „Jetzt werde mal nicht untergriffig! Die wahre Liebe gibt's!", nimmt es Iris persönlich. Ich bin sprachlos. Das alles hier bringt mich nicht weiter. Diese Frauen sollen mir dabei helfen, mein Leben wieder in den Griff zu bekommen, stattdessen fühle ich mich wie daheim bei Mutter und Vater im Kreuzverhör. Verstehen sie es denn nicht: Wir können nicht alle Prinzessinnen sein. Irgendjemand muss doch klatschen, wenn ich vorbeigehe! Und das ist deren Job.

Nun schaltet sich das Orakel Emma wieder ein und bringt die Sache auf den Punkt: „Ich denke, du willst im Moment alles andere als in einer Beziehung leben. Die Gefühle für Chris sind eine Ersatzhandlung. Dir fehlt die Gewohnheit der Beziehung. Aber man darf das nicht mit Liebe verwechseln. Wenn ich ehrlich bin, denke ich du solltest wieder dein altes Ich leben. Erinnere dich zurück: Du warst schlimmer als jeder Mann. Du bist unsere Jägerin. Hast Du das komplett vergessen?" Endlich schafft es auch Viola, zu Wort zu kommen: „Trau dich endlich mal wieder so zu sein, wie du warst, bevor du dich minutiös der Erfüllung deines Lebensplans und der lahmen Beziehung mit Doc Hollywood für Arme hingegeben hast." – Na gut, meinen Segen hast du. Leb' dich aus, aber erzähl uns alle Geschichten und jedes Detail! So wie früher!", gibt sich Iris geschlagen, ringt mir jedoch ein Versprechen ab: „Aber wenn der Prinz dann kommt, und ich weiß genau, dass er kommen wird, dann gibst du ihm auch eine Chance! Versprich es!" Versprochen ist versprochen und wird nicht gebrochen! Diese Frauen haben es erkannt: So viele Männer, so wenig Zeit. Anstatt mich in Abstinenz zu üben und zu versuchen, eine andere zu werden, werde ich mein Leben in vollen Zügen auskosten, jede Gelegenheit beim Schopf packen und mir alle Freiheiten gönnen. Vielleicht sollte ich mich sogar mal über die Grenzen trauen – wer weiß, was die Nachbarländer so zu bieten haben. Das Thema muss man globaler angehen. Hallo ihr Männer da draußen – I am back und ich habe noch viel vor. Ich mach mich mal locker! Attacke!

Meinen Beschluss, die gesamte Männerwelt zu erobern, wollen meine besten Freundinnen mit einem Wellness-Trip feiern. Darauf stehen wir, auch wenn das jedes Mal ein tiefes Loch in unser aller Finanzbudget reißt. Doch zuvor muss ich noch flink die Kündigung meiner Wohnung zurücknehmen. Kurzfristig befürchte ich, bald im „Hotel Mama" einchecken zu müssen, doch mein Vermieter zerschlägt diese Angst mit einem freudigen „Ich zerreiße die Kündigung." *#nochmalgutgegangen*

Und nicht zu vergessen: Ich muss Chris einen Korb geben. Aber das mache ich lieber von Angesicht zu Angesicht. Als ich sturm läute, macht mir Chris nicht auf. Ich lausche an der Tür und höre wildes Gestöhne und weiß sogleich, was es geschlagen hat, als ein „Oh, Romana!" und ein „Oooh, Chris!" ertönt. Versöhnungssex! So schnell lösen sich meine Probleme in Luft auf. Ich denke mal, dass Romana meinen WG-Platz mit Freude übernehmen wird und so hinterlasse ich eine kurze Nachricht und hake das Kapitel ab.

Keine Stunde später bin ich auf dem Weg ins sonnige Burgenland und es liegen drei Tage voll mit Massagen, ruhigen Stunden am Hotelpool sowie netten Gesprächen bei leckerem Essen und zu viel Alkohol vor mir. Schon wieder in die Therme? Ja, wir Mädels sind Luxusgeschöpfe! Es wäre nur mal fein, wenn jemand anders die Kosten dafür übernehmen könnte. Mein Job ist zwar ganz okay bezahlt, aber Geld für ein Leben ins Saus und Braus ist dennoch nicht im „Börserl". Ich höre meine Bankberaterin sicher öfter als meine Eltern ... WANTED: Sponsor für Frau Schnecke gesucht!

Direkt nach der Ankunft statte ich dem Hotel-Spa einen Besuch ab und trete meine erste Behandlung (es mögen viele folgen!) an: eine Ganzkörpermassage mit warmem Öl, bei der ich mich – komplett nackt (diesen Pseudo-String aus filzähnlichem

Stoff kann man sich echt sparen!) – meiner zugeteilten Masseurin hingebe. Frau Schnecke ist im Himmel.

Während ich mich so richtig durchkneten lasse, fasse ich einen Plan für Silvester ins Auge und beim Abendessen berichte ich den Mädels brühwarm von meinem Vorhaben: „Ich verbringe den Jahreswechsel hier! Schon reserviert! Ich lass mir ein opulentes Dinner aufs Zimmer kommen und schieße mich danach mit einigen Flaschen von meinem Lieblingswein ins nächste Jahr. Dazwischen gönne ich mir die eine oder andere Massage. Wer braucht schon eine Beziehung!" Emma runzelt die Stirn und meint ungläubig: „Und warum nochmal isst du nicht bei den anderen Menschen im Restaurant, sondern sperrst dich im Zimmer ein?" Viola setzt gleich eins drauf: „Emma hat recht! Ich weiß, du magst Silvester nicht. Aber wenn schon allein, warum dann gleich komplett isoliert am Zimmer?" Bis vor wenigen Augenblicken habe ich meine Idee noch grenzgenial gefunden und der Gedanke an den Roomservice hat meinem Plan einen Hauch Luxus verliehen. „Ich will halt nicht wie ein Alien allein zwischen Paaren herumlungern, die händchenhaltend das alte Jahr verabschieden und mit einem Glänzen in den Augen und viel Schmuserei das neue begießen." Als ich das sage, schaue ich mich gleichzeitig im Restaurant um. Zwei Tische weiter – unter all den Gästen, die aus Pärchen, Familien und Damenkränzchen bestehen – sitzt eine junge Frau ganz allein am Tisch und ist sichtlich angespannt. Ich mache meine Freundinnen drauf aufmerksam: „Genau so mag ich es nicht!" Iris wiederspricht: „Und was ist mit dem Typen dort drüben? Der sitzt auch ganz allein da und schaut nicht so aus, als ob ihn das stören würde!" Ich drehe mich so unauffällig wie nur möglich zur Seite. Sofort läuft bei allen der Scanner hoch. Iris: „Kein Ring am Finger!" Vi sucht den Haken an der Sache: „Vielleicht ist er nicht verheiratet, sondern lebt mit seiner Freundin in wilder Ehe. Während sie gerade das Kind zu Bett bringt, gönnt er sich noch ein Glas Wein. Ich meine, mal ehrlich, das könnte gut sein." Emma schüttelt den Kopf: „Der Tisch ist nur für eine Person gedeckt. Unglaubwürdige Darlegung!" Die Juristin in ihr kommt mal wieder zum Vorschein. Susan fasst zusammen: „Der ist allein hier und schaut gut aus!" Alle Blicke sind jetzt auf mich gerichtet. Ich sage „nein", doch der Film läuft. Meine Freundinnen haben bereits den Oberkellner herbeigewunken. Sie fragen fast unisono: „T'schuldigung, aber wir hätten eine ungewöhnliche Frage. Der Herr da drüben – wie heißt der denn? Der gefällt: Ihr!" Dabei zeigen sie alle auf mich. Mir wird heiß. Also – ganz ehrlich – geht's noch peinlicher?! Der Kellner ist sichtlich amüsiert und fängt munter an, aus dem Nähkästchen zu plaudern. Am Ende bringt er uns einen Zettel mit Namen und Zimmernummer des Mannes. Ob das ganz legal ist? Wir werden ihn nicht verpetzen! Na toll, und was soll ich jetzt damit? Mich in meine schönste Unterwäsche zwängen und in sein Zimmer stürmen oder gar nackt vor seine Tür legen? Emma meint dazu: „Wir haben dir alle nötigen Infos besorgt! It's your turn, Süße!" Und schwupps bin ich auf mich allein gestellt. Es ist nicht gerade erheiternd, wenn einem vier Mädels im Nacken sitzen, weil sie unbedingt wollen, dass etwas passiert. Ich diene der Meute als Pausenclown oder auch Zeitvertreib – die Bühne gehört mir! Leicht gestresst nehme ich daher eine kurze Verschnaufpause auf dem Zimmer, um mein Erscheinungsbild zu restaurieren und den Namen des Unbekannten zu googeln. Leider ist die Recherche nicht ergiebig, denn er hinterlässt kaum Spuren im WorldWideWeb. Zu seinem Namen spuckt die Suchmaschine nur irgendwelche komischen Begriffe aus, mit denen ich auf die Schnelle nichts anzufangen weiß. Währenddessen haben es sich meine Freundinnen im Barbereich gemütlich gemacht und als ich gerade zu ihnen stoßen will, läutet mein Telefon (eindringlicher als sonst) und Vi raunt mir, schon leicht beschwipst, ins Ohr: „Er ist zwar nicht hier, aber du musst trotzdem schnell kommen, wir haben einen Plan!"

An der Bar haben sich die Damen eine Sofaecke gekrallt und den Rest der Gäste ausgeblendet, denn es wird gekichert ohne Rücksicht auf Verluste. Auf mich wartet bereits ein „Mut-Trunk" in Form eines doppelten Amaretto-Sour. Emma prostet mir zu und spricht mich mit den Worten „Unser Plan ..." an. Ich mache große Augen, wie hochoffiziell mir das vorgetragen wird. Verdammt, hier komme ich nicht mehr raus! „Wir wissen in der Zwischenzeit, dass er so eine Art Golfprofi ist und sich hier eine Auszeit zwischen zwei Turnieren gönnt. Das macht ihn zwar weniger sexy, weil Golf einfach ein Altherrensport ist, aber das soll uns jetzt erstmal nicht weiter stören. Er ist ein Sport-Promi. Nachdem diese Typen meist einen auf Playboy machen, geht unser Vorhaben eventuell sogar noch besser über die Bühne. Denk doch mal an Tiger Woods, Stichwort Sexsucht!" Großes Gelächter! Viola übernimmt das Wort: „Er ist scheinbar gerade im Ort unterwegs und wird erst später zurück erwartet. Wir schlagen deshalb eine laszive Notizattacke vor."

Was sagen Sie jetzt? Meine Mädels sind wie das A-Team, MacGyver und die NSA. Sie können einfach alles und sie finden alles raus. Es werden mir kurzerhand fünf verschiedene Nachrichtenvarianten, alle fein säuberlich mit Füllfeder auf Hotelbriefpapier geschrieben, vorgelegt. „Such dir eine aus!" kichert Susan. Ich ziehe die schlichte Version „Ich möchte dich kennenlernen. #220" der etwas blumigeren Nachricht „Hi Fremder, mein Blutdruck steigt, wenn ich dich sehe. Lass uns gemeinsam scharfe Sachen machen. #220" und der 0900er-Edition „Ich will dich fressen. Ruf mich an! #220" vor. #220 ist übrigens meine Zimmernummer. Die anderen beiden Entwürfe erspare ich Ihnen. Nachdem die Wahl getroffen ist und die Mädels „gut im Öl" sind, wird die Bettzeit ausgerufen. Doch zuvor hinterlasse ich eine Nachricht an der Zimmertür von Mr. Unbekannt und werde dabei von meinen Mädels beschattet. So, mein Job ist getan. Jetzt ist das Schicksal dran – wobei das bei so viel Lenkung durch meine Freundinnen ohnehin keinen wirklichen Auftrag mehr hat.

Kaum sind Vi und ich im Zimmer (nur mit ihr kann ich mir ein Zimmer teilen – sie kann mit dem Monk in mir umgehen), läutete das Hoteltelefon. Wir erstarren, doch Vi fasst sich schnell und hüpft auf und ab, während sie singt: „Abheben! Du musst abheben!" Ich denke ehrlich gesagt an einen Streich der anderen Weibsen, um mir einen Schreck einzujagen, aber es ist tatsächlich ein Typ dran. „Hey, du hast an der Bar eine Nachricht hinterlassen. Wollen wir zusammen was trinken?" Wie? An der Bar? Da stimmt doch was nicht. „Sag mal, wo genau hast du die Nachricht gefunden?" Der Fremde antwortet: „Na, die lag auf dem Tisch, wo ihr gesessen seid." – „Du hast die Nachricht doch wohl nicht aus dem Aschenbecher rausgeklaut?!", frage ich ungläubig. Sie müssen wissen, dass wir die anderen Entwürfe im Glimmstängelbehälter entsorgt haben. „Naja, irgendwie schon", stammelt der Typ am anderen Ende der Leitung. „Maria, Maria – wie alt bist du denn?", sage ich forsch. „Zweiundzwanzig!", ertönte es nach langer Pause. „Sorry, junger Mann. Aber ich könnte deine Mutter sein!" Das ist übrigens mein Lieblingssatz, wenn mich jüngere Männer nerven und er erzielt auch immer den gewünschten Effekt. Es wird aufgelegt. Unangenehme Telefonate kann man allerdings optional auch mit „Ich muss jetzt los. Die Schaukel wird gerade frei" abwürgen. Ich gebe Ihnen das mal als Inspiration mit, denn das passt auch irgendwie immer.

Aber zurück zum Thema! Als sich Viola endlich von ihrem Lachkrampf erholt und nochmals am Zimmer der Zielperson vorbeihuscht, um sich zu vergewissern, dass der Zettel noch da ist, können wir endlich schlafen gehen. Ich bete zu Gott, dass diese Nacht ohne weitere Störungen verläuft, kuschle mich in meinen Polster und schlafe den Schlaf der Gerechten.

„Es brennt!" zieht mich Vi am Arm und plötzlich sitze ich munter und senkrecht, aber komplett damisch im Bett. „Wo brennt es? Ich höre keine Sirene!" – „Pst! Hörst du nicht das Klopfen an der Tür?" Tatsächlich! „Aber bitte, wie kommst du drauf, dass es brennt? Ich hoffe, die Hotelmannschaft überlegt sich ein auffälligeres Notsignal als ein dumpfes Klopfen an der Zimmertür!" Vi nickt und flüstert: „Stimmt auch wieder. Aber wer oder was ist das dann? Ein Geist?" Gleichzeitig bekommen wir große Augen und die Erinnerung ist zurück: der Zettel, der Mann – oh mein Gott!

Während meine beste Freundin wie der rosarote Panther in ihrem Hello-Kitty-Schlafanzug (sie kann von diesem rosa Vieh nicht genug bekommen!) zur Tür schleicht, ziehe ich mir die Bettdecke über den Kopf, verstecke mich und denke bei mir: „Das kann doch nicht wahr sein. Warum nur komm ich immer in solche Situationen?"

Als ich schließlich unter der Decke hervorkrieche, fest entschlossen, die Tür zu öffnen und mich dem Fremden zu stellen (was kann schon passieren, außer, dass ich mich mal wieder lächerlich mache?), verstummt das Klopfen. Na geh, jetzt wollte ich doch mutig sein. „Er ist sicherlich noch am Hotelgang, hoppigaloppi – geh ihm nach." – „Sicher nicht. Ich laufe keinem Mann hinterher." Vi watschelt zurück ins Bett und singt vor sich hin: „Du bist langweilig! Laaangweilig!" Hm, naja, Ansichtssache würde ich da glatt mal sagen! Ich schmolle, drehe das Licht ab und wünsche eine „ruhige" Nacht ohne weiteren Feueralarm. „Sehr witzig – es hätte schon auch ein Feuer sein können!" Ja, genau, und ich schau aus wie Kate Moss. Tz!

Ich bin wohl gerade wieder am Einnicken und am Weg ins Schlummerland, als das Telefon neben mir wieder läutet. Ich hebe schlaftrunken ab und höre: „Hallo, ich hab' deinen Zettel an meiner Zimmertür gefunden und wollte mal fragen, ob wir noch was trinken wollen?" Ich bin binnen Sekunden wieder voll wach und fühle mich, als hätte ich gerade eine Red-Bull-Dosis intravenös verabreicht bekommen. Mein Herz pocht und meine Augen sind weit aufgerissen. Der Typ ist aber schon sehr hartnäckig. Zuerst eine Ewigkeit klopfen, dann gleich anrufen. Ich schiele auf die Uhr. „Sag mal, ist dir klar, wie spät es ist? Das heißt, ich schlafe bereits!", gebe ich mich genervt. Mit einem spitzbübischen Lächeln (ja, das kann man sogar hören!) antwortet die Stimme: „Aber jetzt bist du munter, ich komm mal schnell rüber!" – „Neeeiiin", versuche ich panisch, ihn davon abzuhalten: „Ich komm zu Dir. Aber ich brauche ein paar Minuten".

Speedy Gonzales ist ein Dreck gegen Frau Schnecke, wenn sie es denn mal eilig hat. Eine knappe Viertelstunde später bin ich geduscht, eingecremt, habe Zähne geputzt, meine Haare gestylt, ein dezentes Make-up aufgelegt und bin wohlig parfümiert – ach ja, und ich habe was Taugliches übergezogen, das weniger nach Schlafanzug aussieht. Vi beobachtet mich fassungslos, aber gebannt und meint honorierend: „Also, wenn jetzt Feueralarm wäre, wärst du die Erste in Sicherheit und noch dazu top gestylt." Das Thema lässt sie scheinbar nicht ganz los.

Mit einem Gefühl im Bauch, das sagen will: „Bringen wir es hinter uns!", gehe ich den Flur entlang und werde von einer offenen Hotelzimmertür begrüßt. Ich betrete das Zimmer und es riecht unverkennbar nach Mann. Moschus „verwegen": Etwas Geheimnisvolles liegt in der Luft. Auf dem Bett, mit

Jeans und T-Shirt bekleidet, erspähe ich einen jungen Mann. Er schaut ganz entspannt fern. Ich stelle mich wie eine bockige Fünfjährige vor ihn hin, versperre ihm die Sicht und sage: „So, mehr war nicht drin. Das ist mein ‚Es muss schnell gehen'-Style!" Wir müssen beide lachen. „Unglaublich. Ich wusste, dass Du es bist! Magst was trinken?" Was? Wie? Wieso hatte er gewusst, dass ich „es" bin, und nein, ich mag jetzt erstmal nichts trinken.

Er geht zur Minibar und holt sich ein Bier. Galant bietet er mir die zweite Bettseite zum Lümmeln an. „Schmeiß dich her. Lass uns quatschen." Irgendwie ist er schon süß. „Und was machst du so? Wo kommst du her? Hast du Geschwister?", ich überschlage mich mit Fragen, um meine Unsicherheit zu überspielen. „Willst du das wirklich alles wissen? Hast du mir deshalb den Zettel an die Tür geheftet?" Na aber hallo – in welche Richtung geht das denn hier?! Na klar will ich alles wissen, sonst würde ich doch nicht fragen. Ich bin eine anständige, solide Schnecke. Sie merken gleich, mein altes Ich kommt kurzfristig zum Vorschein und ich kämpfe dagegen an: „Weg mit dir!"

Er kommt dicht an mich ran, fährt mir durchs Haar (Gänsehaut!) und küsst mich ganz sanft. Woooooow! Ich verliere eindeutig meine Bodenhaftung. Das ist auf einer zehnteiligen Bewertungsskala eine glatte elf. *#elf* Frau Schnecke will eindeutig mehr davon. Ich meine, NEIN, was tu ich denn hier? Wieso gefällt mir das? „Wieso wusstest du, dass *ich* es bin?" – eine letzte Frage sei mir gestattet (finde ich halt). „Dein Lächeln. Du bist durchtrieben! Du bist mir schon im Restaurant aufgefallen". Also jetzt fahren wir dann mal schön rechts ran, junger Mann, und halten an der Ecke mit den Nettigkeiten. Man kann doch einer Frau im fortgeschrittenen Alter nicht das Wort „durchtrieben" an den Kopf werfen. Gerade als ich mich „aufpudeln" will, küsst er mich wieder. Einfach so. Und weg ist mein Ärger.

Zusammengefasst kann ich sagen: „Oh what a night!" Wir küssen viel, bleiben jedoch anständig. Wir reden viel über dies und das, aber nicht über uns. Es ist locker, es ist einfach. Das meint Daniel wohl mit „unkompliziert". Ich mag diese Nacht und ich liebe jetzt schon die Erinnerung daran. Wir tauschen keine Nummern aus, wofür auch? Ich gehe erst zurück auf mein Zimmer, als es hell ist. Sicher ist sicher! Und als ich mich gegen halb acht Uhr morgens ins Bett kuschle, bin ich ganz, ganz stolz auf mich. Ich habe es einfach genossen und zu guter Letzt doch nicht tausend Fragen gestellt. Und ich lasse es stehen, wie es ist. Da höre ich Vi plötzlich unvermittelt im Schlaf stammeln: „Kinder und Frauen zuerst!" Hihihi, das Thema sitzt tief, ganz, ganz, ganz tief!

Ihre Frau Schnecke

#15

Das Leben war viel leichter, als wir Jungs noch doof fanden!

Zeitsprung … Ich muss Ihnen unbedingt von der vergangenen Nacht erzählen, sonst platze ich. Aber diese Story muss unser Geheimnis bleiben! Schnecken-Ehrenwort?

Gestern feierte eine Arbeitskollegin in einem neuen Club in Praternähe Geburtstag und lud die gesamte Redaktion ein. „Bring your friend, your lover or a schmuck!", stand auf der Einladung. (Anmerkung: „schmuck" ist englisch für „Spinner"). Kreative Idee, doch mangels Partner oder Affäre und weil Vi lieber dem Frequency-Festival frönte, war das eine unlösbare Aufgabe für mich. Spinnerqualitäten hatte in meinem näheren Freundeskreis nur Leopold und der war gerade im Urlaub. Ich war also komplett auf mich allein gestellt. Ohne Beifahrer und mit Wien-Plan (einer veralteten Ausgabe aus dem Jahr 1998) in der Hand war die Anreise dementsprechend beschwerlich. Ich irrte durch das Großstadtlabyrinth, um dann immer wieder in einer Sackgasse zu enden. Sie müssen wissen, ich bin eine Navigationsgeräte-Verweigerin. In meinen Augen ist das neumodischer Schnickschnack und außerdem sau-gefährlich. Oder haben Sie nicht von dem Navi gehört, das die Fahrerin aufgefordert hat, mitten auf der Autobahn umzudrehen? Eben! Ich musste daher einer Dame in roten Lackstiefeln und Aerobic-Outfit (ich schätze, das war ihre Berufskleidung!) fünf Euro zahlen, damit sie mir den Weg verriet. Aber schlussendlich kam ich wohlbehalten an.

Die erste Person, die ich sah, war nicht das Geburtstagskind, sondern Daniel. Schockstarre! „Was macht *er* denn hier?", grübelte ich. Als er mich erblickte, zog er seine neue Freundin (Typ Sandra Bullock mit viel zu vielen Zähnen im Gesicht, aber zugegebenermaßen einer tollen Figur!) an sich heran und küsste sie übertrieben zärtlich und verliebt. WHAT A GREAT SHOW! Ich verzog mich grußlos und eingeschnappt in die andere Ecke des Lokals. Wie hätte ich auch auf ihn zugehen sollen? Es wäre bestimmt eine peinliche Mischung aus High-Five, Hand geben, Umarmung, Küsschen und Rückwärtssalto geworden. *#entbehrlich*

Bussi-Bussi hier und Bussi-Bussi da, jetzt war ich mitten im Getümmel. Ich vermisste Viola nun ganz, ganz viel. Der langweilige Smalltalk war mehr als ätzend. Selbstredend behielt ich Daniel und die Tusnelda immer im Auge, um ein direktes Zusammentreffen zu vermeiden. Wenn's nicht unbedingt sein muss. Schließlich lernte ich einen adretten Mann (Tierarzt!) kennen. Kein Model, keine erotische Offenbarung, aber ein solider Kerl. Seine roten Backen verrieten, dass er schon das eine oder andere Glas getrunken hatte. Er machte mir Kompliment um Kompliment, zeigte eindeutiges Interesse an meiner Person und so ließ ich mich bereitwillig abschleppen. Selbstverständlich achtete ich beim Verlassen des Lokals penibel darauf, dass Daniel und seine „besser Hälfte" sahen, wie mich mein Aufriss umgarnte. Wir landeten in meiner Wohnung.

Ich hätte es eigentlich schon nach dem ersten Kuss – oder besser gesagt Biss – wissen müssen: Dieser Mann liebte es heftiger! Aber wer rechnet schon damit, dass ein Tierarzt tatsächlich eine animalische Seite hat und es einen Gang härter will als andere Kerle? Er war tierisch erregt. Das hat er mich deutlich spüren lassen. Anhand meines Körpers könnte CSI-Aufdecker Horatio Caine ein komplettes Zahnprofil erstellen. Verstehen Sie mich nicht falsch: Ein bisschen beißen ab und zu ist ja in der Hitze des Gefechts total in Ordnung. Aber es gibt Grenzen und die hat der Gute eindeutig überschritten. Das hat richtig wehgetan! Vielleicht hätte ich mir im Vorhinein ein Safeword (à la „Fifty Shades of Grey") oder zumindest ein Slowword mit ihm ausmachen sollen? Sie verstehen jetzt nur Bahnhof? Dann sind Sie wohl nicht mit SM-Praktiken vertraut. Das Slowword dient dazu, die Intensität der Aktion (zum Beispiel eines Bisses) zu reduzieren. Das Safeword bricht die gesamte Aktion ab. Ich kenne das selbst natürlich nur aus einer einschlägigen Dokumentation, die mal im Nachtprogramm auf RTL II lief, freue mich aber, dass ich erstmalig mit Wissen prahlen kann. Leistungskurs: Sexkunde! Ich muss jedoch auch zugeben, dass Viola und ich schon oft fantasiert haben, was unser Safeword sein könnte, und wir zerkrümeln uns jedes Mal bei dem Gedanken, dass eine von uns mit Knebel im Mund versucht, „Superkalifragilistischexpialigetisch" zu rufen. Sie müssen zugeben, die Vorstellung ist unbezahlbar amüsant!

Ich war also nicht unfroh, als das Tier im Manne heute früh am Morgen meine Wohnung verlassen hat. Harter, wilder, schmutziger Sex – ja, das kann hin und wieder ganz schön sein, aber bitte nicht übertreiben. Ich will dabei heil bleiben. Wenn ich übrigens raten müsste, würde ich sagen, dass mein Tierarzt als „Spinner" auf der Party war, aber das ist nur so eine Idee.

Ich sitze nun also, ohne viel geschlafen zu haben, auf meinem Sofa und beschließe, dieses bissige Abenteuer unter „Erfahrung" und mit Titel „Kratz mich, beiß mich, gib mir Tiernamen!" abzulegen. Was ich bis jetzt gemacht habe, wollen Sie wissen? Ich habe geputzt. Der gute Mann ist nämlich nicht nur im Bett ein „Ferkerl". Wie kann man beim Pinkeln so explizit daneben schiffen? Ich habe nun also Klo und Bad desinfiziert, das Bett frisch bezogen, alle Böden intensiv aufgewaschen und mich selbst wieder in Originalzustand versetzt. Bis auf die Bissspuren ist alles beim Alten. Vorsichtshalber habe ich die Nummer des Tierarztes unter „ACHTUNG BISSIG! NICHT ABHEBEN!" in meine Kontakte gespeichert. Und *Sie* haben mir versprochen, die Story bleibt unter uns!

Samstagabend: Neue Chance, neues Glück – daher habe ich mich heute mit Viola verabredet. Wir wollen das Ende des Sommers begießen und wo kann man das besser als bei der Beachparty in unserer Stammkneipe. Dort wird alles auf das Strandthema getrimmt – Palmen, Sand und Beachcocktails. Während ich feiere, dass es endlich wieder kühler wird und die Zeit der dicken Pullis bevorsteht, trauert Vi jedem einzelnen Sonnenstrahl nach. So stehen wir an diesem lauen Abend mit unseren High Heels im knöchelhohen Sand. Bequem ist anders. Doch wer schön aussehen will, muss leiden. Wir trinken beide einen „Sex on the Beach“ und ich für meinen Teil hoffe, dass der Titel des Cocktails ein positives O-men für den Ausgang des angebrochenen Abends ist.

Meine BFF und ich sondieren wie immer die Lage und kommentieren die männlichen Gäste. Nix Brauchbares zugegen, die Stimmung durchwachsen. Plötzlich werden wir durch eine SMS (es gibt scheinbar noch Menschen ohne WhatsApp!) unterbrochen. Absender unbekannt: „Hallo, was machst du gerade?“ Geheimnisvoll! Das kommt ja gerade recht. Nach kurzer Beratung mit Vi antworte ich: „Beachparty!“ Nicht besonders originell, aber auch kein Mörderverhau. Und wenn der/die Unbekannte mehr wissen will, ist nachfragen jederzeit erlaubt. Sofort kommt eine Antwort: „Möchtest du zu mir kommen?“ Warum eigentlich nicht? Ist ja nicht viel anders als ein Blinddate und ich habe keine Angst vor einem Axtmörder oder Serienkiller. Wenn mir ein Mann blöd kommt, weiß ich mich zu wehren. Außerdem würde mich im Fall der Fälle ohnehin Aaron „Hotch“ Hotchner und sein BAU-Team in letzter Sekunde retten. Sie sehen, Frau Schnecke ist ein „Criminal Minds“-Fan. Aber wo ist „zu mir“? Schließlich kommt die Adresse (ganz in der Nähe) per SMS auf mein Handy. Ich schreibe der Ordnung halber zurück: „Ich bin mit einer Freundin unterwegs!“ Antwort: „Umso besser! Nimm sie mit.“

Als wir ankommen, staunen wir nicht schlecht. Wir stehen vor einem wahnwitzig, großen Anwesen. „Wen kennst du, der so viel Schotter hat?“, will Vi wissen. Ich bin ratlos, aber neugierig.

Nachdem wir artig geläutet haben, wird uns Zugang gewährt und wir stöckeln die Auffahrt entlang. Neben dem Haus, einem Architektentraum, befindet sich ein voll verglastes und imposant beleuchtetes Poolhaus. Aber nicht die „Home-Spa"-Version, nein, nein, die Profiausführung mit angedockter Saunalandschaft. Um die Herrlichkeit abzurunden, gibt's außerdem eine überdachte Terrasse mit offenem Kamin. Wann kann ich einziehen?

Doch bei jeder noch so perfekten Sache ist irgendwo ein Haken und dieser offenbart sich in Form der Gastgeber. Ein alter Bekannter (wir hatten mal was miteinander, aber nur „Petting" in der jugendfreien Variante – soll heißen nur oberhalb der Gürtellinie) in viel zu engen Badeshorts, der einst und heute alles anspringt, was nicht bei drei am Baum ist, und sein mir unbekannter Freund, der im modernen dunkelroten Schlafrock und mit Zigarre im Mund, macho-mäßig im hohen Armlehnstuhl vor dem Kamin chillt und scheinbar nach „Playboy-Bunnys" Ausschau hält. Die beiden halten sich – so viel ist klar – für die Erfüllung unserer Träume. An Selbstbewusstsein mangelt es nicht. Die Herren begrüßen uns dem Rahmen entsprechend mit galantem Handkuss, kredenzen teuren Wein (keinen billigen Fusel aus dem Tetrapack!) und umringt von all der Herrlichkeit erscheinen diese zwei Kerle sogar ganz brauchbar.

Eine oder zwei Flaschen Wein später beschließen wir, alle zusammen abenteuerlustig eine Schwimmsession zu starten. Einziges Problem: Was anziehen? Man reicht uns T-Shirts, daher heißt es schnell „raus aus der Wäsch" und wir werfen flink die Leihgabe über. Das Wasser ist herrlich erfrischend. Als ich untertauche, bemerke ich die Unterwassermusik. Fragt sich nur, wer so lange da unten bleibt, um einen ganzen Song zu Ende zu hören, aber es ist – das muss ich zugeben – definitiv beeindruckend. Als ich auftauche, klatscht mein Shirt an meinen Oberkörper und man sieht *alles*. Ein weißes Shirt ist definitiv nicht die perfekte Wahl für diese Wasserspiele. Bei Vi sieht es ähnlich aus, also entledigen wir uns der Shirts und schwimmen einfach weiter – oben ohne. TITTENSUPPE! Schütteln Sie nicht den Kopf, dieser Begriff ist keine Erfindung von Frau Schnecke, sondern ein Zitat der Erfolgsserie „Sex and the City" und die perfekte Beschreibung! Ja, ja, das klingt alles frivol, aber wenn Sie jetzt auch hier wären, unter dem Sternenhimmel, in dieser lauen Nacht, dann würden Sie es verstehen. Plötzlich geht alles ganz schnell und mitten im Wasser taucht mein alter Bekannter vor mir auf und küsst mich zielstrebig, während sein Hugh-Hefner-Kumpel mit Vi am Werken ist. Ab geht die Party und die Party geht ab! Das wird meine erste Orgie! Wo denken Sie hin? Natürlich gibt's keine Orgie! Holen Sie mal die Gedanken aus dem Keller und glauben Sie Frau Schnecke nicht alles, was sie so erzählt. Aber weiter im Text!

Aus dem Pool raus – wir sind mittlerweile alle nur noch untenrum bekleidet – geht es in den Duschbereich. Es ist stockfinster. Zu viert stehen wir in der geräumigen Dampfdusche und schmusen. Auf einmal zähle ich zu viele Hände auf meinem Körper. Okay, ist das eventuell doch eine Orgie?! Doch Vi und der Zigarrenmann verabschieden sich schnell in Richtung Haupthaus. Mein Bekannter und ich bleiben zurück. Machen wir das Beste draus, er soll ja nicht mein neuer Lover werden. Als ich meine Hand sanft nach unten gleiten lasse, weiß ich, dass meine Freundin mit Sicherheit die bessere Wahl getroffen hat. Dieser Mann hier gehört zur Kategorie „Bist du schon drin? Ich spür nix!" Doch ich habe noch die Hoffnung, dass er zumindest mit diesen paar Zentimetern umgehen kann. Als wir kurz davor sind, fehlt mir ein entscheidendes Detail. Ich will ja keine Spielverderberin sein, aber: „Kondom?" Mein Zwischenruf wird belächelt und weiter geht's. ABER HALT! Frau Schnecke mag es lieber safe. Kein Kondom, kein Sex. Das kann zeitweilig der Unterschied sein zwischen „Who's your daddy?" und „Who's the daddy?" Alles klar? Ich gebe meinem Gegenüber zu verstehen, dass es bei uns keinen Höhepunkt dieser Art geben wird. Begeisterung sieht anders aus und Freudentänze gibt's auch keine – im Gegenteil die Reaktion ist mürrisch, fast beleidigt, aber ganz ehrlich: Das Leben ist kein Wunschkonzert! *#einerhatimmerdasbummer*l

Als Vi nach geschlagenen zwei Stunden Dauerorgasmus (die Schreierei war unüberhörbar und so lange kann niemand vortäuschen!) endlich aus dem Kaminzimmer kommt, wo ein rundes Bett, wie ich später erfahre, als Spielwiese gedient hat, machen wir diesem Abend ein Ende und fahren dem Sonnenaufgang entgegen. Nach diesen zwei Abenden in Folge würde ich meinen Beziehungsstatus unter „außer Kontrolle" einordnen.

Ihre Frau Schnecke

#16

Schicksal ist, wenn sich zwei finden, die sich nie gesucht haben ...

Es herbstelt, ich bin wieder in meinem Element und lasse nichts anbrennen! Ich habe erstmals offensiv gegen meine eigene Regel verstoßen und mich mit einem Arbeitskollegen eingelassen. Zur Erinnerung: Simon, der Aufzug-Sex, ist mir passiert und zählt daher nicht! Patrick jedoch war Vorsatz und wir konnten es beide kaum erwarten. Es hatte schon längere Zeit zwischen uns geprickelt, unsere Handys liefen bereits heiß bei so vielen sexuellen Anspielungen und erotischen Telefonaten. Nicht zu vergessen: die versteckten Hinweise live auf Sendung, mit denen wir uns gegenseitig aufheizten. Er, Talk-Show-Moderator, versteckte seine Botschaften an mich in seiner Begrüßung und Verabschiedung an das Fernsehpublikum, und ich nutzte die Studiodekoration im Frühstücksfernsehen für meine Grüße. Ein Kornspitz im Brotkorb bedeutete zum Beispiel „Ich bin spitz auf dich!" Wir hatten jede Menge Spaß und Sex lag in der Luft!

Wir trafen uns bei ihm und es kam nicht von ungefähr, dass wir gleich nach dem „Hallo" übereinander herfielen. Ein kurzer Seitenblick offenbarte, dass er ein Abendessen für uns vorbereitet hatte. Doch das Essen wurde kalt – dafür wurde es im Bett richtig heiß! Als Patrick bereits nackig wie Gott ihn schuf (mächtig, prächtig!) auf mir lag und sich an mir rieb, läutete mein Telefon. NICHT JETZT! Ich ignorierte den immer wiederkehrenden Refrain von Wandas „Bussi Baby". Doch es wollte einfach nicht verstummen, und als es erneut zu läuten begann und wir gerade auf dem Weg von „Heavy Petting" zu „heavy sex" waren, ließ es mir keine Ruhe. Ich hievte den guten Mann von mir hinunter und lief zu meiner Tasche – allerdings verpasste ich den Anruf knapp. Vi entpuppte sich als Miss „Telefonterror". Was konnte denn jetzt so wichtig sein? Ich schrieb eine Nachricht: „Ich bin gerade kurz davor, Sex zu haben. Dringend?" Zurück kam nur (und das blitzartig): „Du Schweinderl, ich bin auch bald wieder fällig." Wenn Sie jetzt denken „Ach, das hat Frau Schnecke nur erfunden, das würde ein gut erzogenes Mädchen nicht schreiben", dann liegen Sie damit komplett falsch. Frauen, zumindest meine Mädels und ich, haben oft eine „tiefere" – oder nennen wir es einfach mal direktere – Wortwahl als so manches Männergespann.

Nachdem Viola bei bester Gesundheit und in keiner Preduje zu sein schien, ließ ich mein Telefon in meine Tasche gleiten und kehrte zurück auf die Spielwiese. Er blickte mich fasziniert an: „Ich liebe es, wenn du tippst." Bitte wie? Ich? Tippen? Wo? Ach, die Nachricht am Handy? Der gute Mann entpuppte sich als Fetischist der besonderen Art. Es erregt ihn, wenn Frauen auf Tastaturen tippen und er macht keinen Unterschied, ob Handytastatur, Computertastatur oder sogar die Kassentastatur beim Supermarkt. Mein Getippe hatte ihn erregt. Er erzählte mir, dass er früher sogar seine Mutter (Ödipus lässt grüßen!) Texte auf der Schreibmaschine (für die Jüngeren, das ist ... ach, lassen wir das, das ist ja, als würde man erklären wollen, was ein Drehscheibentelefon mit Viertelanschluss ist!) tippen hat lassen. Was Mütter alles für ihre Kinder tun – beachtlich! Die Story verwirrte mich zwar ein wenig, aber es hätte auch ein schlimmerer Fetisch sein können. Ein Zehenfetisch wäre für mich die Hölle gewesen. Ich mag Füße nämlich so gar nicht. Jeder Mann, der bisher versucht hat, an meinen Zehen zu lutschen oder mir seine Zehen dafür angeboten hat, ist raketenähnlich aus meinem Bett geflogen. Eine Freundin von mir – geben wir ihr einen Decknamen, um die Privatsphäre zu wahren und nennen sie einfach „Shakira Cantal" (sorry, ein blöderer Name ist mir nicht eingefallen, Gudrun!) – hatte mal nach einem langen, intensiven Ski-Tag Sex mit einem Typen, und ohne dass die beiden duschen gewesen wären, ging's gleich zur Sache. Am Ende hat der Aufriss ihre Zehen gelutscht, die den ganzen Tag (!) in Ski-Schuhen gesteckt hatten. *#ichkannniewiederplattfusseisessen* Die Geschichte ist nicht nur aus hygienischer Sicht fragwürdig. Aber zurück zu meinem Sex-Date.

Wir waren beide (er nochmals zusätzlich erregt durch meine Tastenkünste!) so heiß aufeinander, dass wir sofort wieder nackt aufeinander lagen. Oder fast nackt, denn ich hatte noch meinen Slip an. (Jetzt nicht sagen „Was, Frau Schnecke hat keinen String, sondern einen langweiligen Slip an?" Jaha, das hat sie. Warum soll ich für – entschuldigen Sie die Ausdrucksweise – ein unangenehmes „Schnürdel im Hinterteil" genauso viel zahlen wie für ein meiner Meinung nach hocherotisches Höschen mit Spitze? Ich bin eine String-Verweigerin!) Er zog mir das Spitzenteil mit den Zähnen vom Körper und raunte: „Du hast eindeutig zu viel an!" Ich raunte mit meiner erotischsten 0900-Hotline-Stimme zurück: „Und du eindeutig zu wenig." Er verstand den Wink – es war Zeit für das Kondom. Was folgte, war Sex. Ich würde Ihnen ja sehr gerne jedes erotische Detail dieses Intermezzos schildern, aber das würde uns beide nicht glücklich machen. Der Sex war solide, aber das war's dann auch schon wieder. Wiederholung? Fehlanzeige! Ob ich die Nacht dort verbracht habe? Wozu? Ich bin nach dem Akt aufgesprungen, habe mein Outfit zusammengesucht und die Wohnung verlassen. Die Luft war raus. Wir wussten beide, dass dies eine einmalige Sache war und die Vorfreude darauf war das Beste daran gewesen!

Einige Tage später klingelte Leopold seit längerem wieder durch, lud Vi und mich zu seiner Geburtstagsfeier (wieso sind alle so scharf drauf, zu feiern, dass sie alt werden?) und bat mich gleichzeitig, als Partyplanerin zu agieren. Aber gerne doch. Denn nachdem mein Psychofreund uns vor ein paar Monaten auf das Orgien-Einweihungsfest verschleppt hatte (Sie erinnern sich!), war ich auf alles gefasst und ging ohnehin lieber auf Nummer sicher! Im Vorfeld besprach ich mit ihm die wichtigen Details für einen gelungen Abend. Leopold ist ein kleiner Chaosmann und ich wollte vermeiden, dass dieses Fest unorganisiert über die Bühne ging. Sie haben Recht: Den Monk in mir kann ich einfach nicht abstreiten. Daher galt es zu klären: Wer wird geladen? Was gibt's zu essen? Hast du an Musik gedacht? Die Musikfrage ist absolut berechtigt. Bei der letzten Fete von Leopold lief die „Bravo Hits Nummer zehn" in Dauerschleife. Die Alternative wäre die Erstausgabe der „Kuschelrock"-CD gewesen. Ohne Worte! Es musste daher cooler Remix her. Da man bei Leopold außerdem nie weiß, wer gerade die Frau der Stunde ist, musste man rechtzeitig schauen, ob es jemanden gibt, den man mit Aufgaben betrauen kann oder ob man selbst der Schakl vom Dienst ist. Siehe da, er nannte mir Lucy als neue Freundin. „Lucy – ähm, noch nie gehört – wer ist das schon wieder? Wie alt??? Süße sechzehn? Bist du jetzt komplett crazy?" Während Leopold im Begriff war, seinen Vierziger zu feiern, zählte seine neue Freundin grad mal sechzehn Lenze. Zur Feier des Tages drückte mir Leopold Lucy dann gleich mal aufs Auge: „Nimm die Kleine bitte mit zur Feier. Sie hat doch kein Auto." Ja, schon klar. In dem Alter geht das auch schwer. Na gut, aber das ist dann gleich mein Geschenk zum Geburtstag.

Am Tag vor dem Fest telefonierte ich erstmals mit Lucy und bat sie, sich um die Torte für Leopold zu kümmern. „Also weißt du, in diesem Monat ist mein Lehrlingsgeld schon weg. Ich kann mir das nicht leisten." Jessas, dann organisiere ich halt auch noch die Torte. Passt schon, kein Problem. Es wurde eine Triple-Chocolate-Bombe. So langsam mutierte ich gemeinsam mit Viola (die übrigens für das Buffet verantwortlich zeichnete) zum Babysitter, zum Gästeshuttle und zum Konditorservice.

Als die Party startete, war der Zickenkrieg für den heutigen Abend programmiert. In der einen Ecke: die Ex von Leopold, namens Marion. In der anderen Ecke: Lucy, das neue Mädchen an seiner Seite und die ehemals beste Freundin von Marion.

Marion ist etwas älter als Lucy, reife achtzehn, und ist eigentlich gar nicht seine Ex-Freundin, denn sie waren nie so wirklich fix zusammen und da sie immer wiedermal was mit anderen hatte, was Leopold mehr oder weniger gut weggesteckt hat, ist das in meinen Augen keine Beziehung. Warum sie heute an diesem Abend hier war? I don't know. Ich hatte im Vorfeld meine Einwände dargelegt und abgeraten, aber Leopold neigt zu Kurzschlusshandlungen, zur Selbstdemütigung und lud sie dennoch ein. Es flogen Blitze. Leopold wurschtelte sich ganz gut zwischen den beiden jungen Frauen hindurch. Aber es war nur eine Frage der Zeit, bis diese Situation zu eskalieren drohte. Die Kacke war wirklich am Dampfen, als Leopold dann anfing, wild zu schmusen. Und jetzt dürfen Sie mal raten, mit wem ... Eh klar, mit der Ex Marion. Keine Viertelstunde später waren Leopold und Marion im Schlafzimmer verschwunden. Zurück blieb Lucy, nicht panisch oder hysterisch, sondern zu meiner Überraschung komplett ruhig. Alle Achtung an dieser Stelle. Ich wäre in die Luft gegangen und hätte eine filmreife Eifersuchtsszene aufs Parkett gelegt. Lucy nahm es locker, checkte sich ein Taxi und weg war sie. Nun gut, die jungen Dinger gehen echt total erwachsen mit Problemen dieser Art um. Zum Abschied verriet sie mir: „Leopold hat nur ein Ei. Marion kann ihn haben." DAS WAR EINDEUTIG ZU VIEL INFORMATION!

Ich drängelte mich nun erstmal durch die Partycrowd in die Küche und holte mir ein großes, fettes Stück Torte. Da stand plötzlich Leopold im Raum. Er lächelte liebestrunken und seine roten Backen leuchteten. Er hatte unübersehbar gerade einen wilden Ritt hinter sich. Vor ihm, nur mit einem

Laken umwickelt, taumelte Marion. Danach passierte alles wie in Zeitlupe: Leopold ließ die Musik abschalten, kniete zu Boden und setzte zu einer Rede an, die mit „Willst du mich heiraten?" endete. Oh Gott, nein! Was macht er denn da? Stille im Raum. Es folgte ein gehauchtes „Ja", das Leintuch fiel zu Boden und Marion küsste splitterfasernackt vor allen Anwesenden ihren Leopold. So hat sich sicherlich jedes Mädchen seinen Heiratsantrag vorgestellt. Immer noch vom blanken Busen Marions fasziniert (wann hatte denn eigentlich bei mir der Absetz- und Zerfallprozess begonnen? Ich habe mal gelesen, dass man als Frau ab fünfundzwanzig erste Einbußen hinnehmen muss), beobachtete ich die anderen Gäste. Nach und nach trat man vor und gratulierte dem jungen Glück. Ich blieb sitzen, war ohne Worte und aß langsam mein Tortenstück. Ich war perplex. Das würde mich nun wieder ewige Stunden am Telefon kosten, um die Trümmer, die darauf folgen würden, wegzubekommen. Ich packte meine Sachen zusammen und nahm Viola an der Hand, die ebenso geschockt beobachtet hatte, dass die zukünftige Braut einem Gratulanten beim „Glückwunsch" in den Schritt gefasst hatte. Die Welt steht nicht mehr lang.

Nachdem es noch nicht besonders spät war, Vi und ich aber die Geburtstagsparty, ähm, ich meine, die Verlobungsparty, nicht länger ertragen konnten, fuhren wir noch auf ein Glas Wein in eine kuschelige Bar. Dort erhoben wir unsere Gläser, aber nicht auf die Liebe, sondern auf die Hoffnung. Als wir das Lokal verließen, fiel mir ein junger Mann auf. Viola würde hier jetzt sofort einhaken und sagen, dass der Mann nicht jung, sondern ein Kind war.

„Das brauchst du dir echt nicht von Leopold abschauen!", motzte sie, und weil Vi mir beweisen wollte, dass der Typ viel zu jung für mich war, sprintete sie bewaffnet mit meiner Visitenkarte auf ihn zu, legte das gute Stück vor ihn hin und hielt eine kurze Ansprache, von der ich leider nur lose Wortfetzen mitbekam. Mit einem breiten Grinser hängte sie sich bei mir ein. „Mission erledigt. Schneckerl, der wird dich nie anrufen. Der hat Angst vor alten Weibern wie uns! Aber weißt du was: Madonna ist über fünfundfünfzig, ihr Freund ist zweiundzwanzig. Tina Turner ist sogar älter als fünfundsiebzig, ihr Freund gerade mal vierzig. Entspann dich – dein Mann ist noch nicht mal geboren!" Sehr witzig, echt!

Ihre Frau Schnecke

#17

Warum feiern wir eigentlich Weihnachten? Es kommt doch jeden Tag vor, dass ein Mann geboren wird, der sich später für Gott hält.

Der Herbst war sang- und klanglos an mir vorbeigerauscht! Eingedeckt mit jeder Menge Arbeit avancierte ich nicht nur zur Burn-out-gefährdeten Frau Turbo-Schnecke, nein, auch im Bett war tote Hose. Ich drohte akut zu vertrocknen. Unterdessen hatte Viola sich eifrig einen „Übergangsmann bis zum Jahreswechsel" (Tinder sei Dank!) gecheckt: „Wenn er brav ist, darf er auch bis Ostern bleiben!" Damit war es besiegelt: Jetzt waren ALLE meine Mädels vergeben, nur ich würde Weihnachten und Silvester das erste Mal seit langem einsam und allein verbringen. Weihnachten als Single – ein Alptraum! *#fail*

Und dann kam es noch schlimmer! Denn als ich heute Morgen „the one and only" Robert Kratky im Ö3-Wecker griesgrämig „Last Christmas" von WHAM ansagen hörte, war es traurige Gewissheit: Der Horrormonat war angebrochen. Während ich sonst mit Herzblut dem Weihnachtskitsch fröne, meinem Auto auch schon mal gerne ein Rentiergeweih verpasse und mich mit blinkenden Weihnachtsbaum-Ohrringen schmücke, bin ich jetzt einer Panikattacke nahe und habe Schnapp-Atmung. Im Dezember noch einen brauchbaren Mann zu finden, ist genauso wahrscheinlich, wie durch Hypnose einen größeren Busen zu bekommen. (Gott weiß, ich hab's probiert!) Also: leider einfach unmöglich! Denn in diesem letzten Monat des Jahres ist ausschließlich der sogenannte „Single-Ramsch" am Markt – der Ausverkauf der Ladenhüter hat begonnen! Und ich bin mitten drin! Verzweifelt klammern sich in dieser Zeit alle Alleinstehenden an den erstbesten Flirt – komme, was da wolle – für ein Wir unter dem Weihnachtsbaum und einen Kuss ins neue Jahr. Aber ich mache da nicht mit! Ätsch! Denn ich werde dem Advent mit feuchtfröhlichen Gelagen am Christkindlmarkt aufwarten, mich mit jeder Menge Erwachsenenpunsch betäuben und keine Weihnachtsfeier auslassen. Aber ich werde mich niemandem an den Hals werfen! Ehrenwort, es gilt Stolz und Würde zu bewahren! Klingt einfach, ist es aber nicht. Denn die Feiertage sind bitter, der absolute Killer, und die Aussicht darauf lässt einen schon mal gerne schwach werden. Ich beschließe daher umgehend, die Feiertage über auf Tauchstation zu gehen, mich in Selbstmitleid zu suhlen und erst, wenn der ganze Spuk vorbei ist, der Welt eine neue Chance zu geben. Das kann ich auch gut alleine, dafür brauche ich keinen Mann. Mein Mantra daher: „Es sind ja nur drei Tage oder so."

Gemeinsam mit Vi habe ich übrigens im leicht angesäuselten Zustand ein Single-Package entwickelt, von dem wir zuerst dachten, es könnte der Geschenke-Renner zu Weihnachten werden. ACHTUNG! Wir raten nach den ersten Tests davon ab, es zu verschenken! Der Inhalt: Eine CD von Dido (egal welche, es geht um die melancholisch-romantische Stimmung!), ein Bilderrahmen (am besten mit dem liebenden Musterbild-Pärchen!), eine Flasche Wein (was Wertiges), ein Seidentuch und „Love Story" auf DVD. Auf den ersten Blick unbedenklich – mit diesen Utensilien lässt sich ein romantischer Abend mit Happy End verbringen –, aber überlegen Sie weiter … So ein Seidenschal kann auch schnell zweckentfremdet als Strick dienen und von den Scherben eines Bilderrahmens fange ich lieber mal gar nicht an. Wir haben das Package jetzt umgetauft und nennen es „Selbstmörder-Starter-Kit". Also nichts, was man jemandem unter den Weihnachtsbaum legen möchte. *#umtauschausgeschlossen*

Tag eins … Heute ist Weihnachten und es ist an der Zeit, Geschenke zu besorgen. Ich stürze mich daher auf den letzten Drücker ins Einkaufszentrum. Mit Ausnahme einiger verzweifelter Männer, die sich in langen Schlangen an Juwelierläden und Parfümerien die Beine in den Bauch stehen, bin ich allein auf weiter Flur. Shopping an „Heilig Abend" ist das Paradies. Ich arbeite meine Geschenkeliste ab und kaufe noch das eine oder andere Belohnungspräsent für mich selbst. Man muss gut zu sich sein! Die Stimmung ist entspannt, doch sie droht zu kippen, denn für einen Augenblick kommt es mir sogar in den Sinn, eine Kleinigkeit für meinen Ex zu erstehen, aber dann fragt sich meine innere Stimme berechtigt: „Wozu?" *#höraufdiestimme*

Zu Hause angekommen, schalte ich aus Tradition das Öffentlich-Rechtliche ein und verfolge den „Licht ins Dunkel"-Marathon, wo VIPs eifrig zum Spenden aufrufen. Ich erspähe Max (meinen Radio-Flirt!) und Andreas „Wuffwuff" (Sie erinnern sich:

das Schäferhund-Herrchen im TV-Polizeidienst!) am Spendentelefon und bin amüsiert. (Call me „Promi-Schlampe"!) Nebenher zelebriere ich – begleitet von Duftkerzen- und Räucherstäbchengeruch – eine Verpackungsorgie. Ich wünsche mir jedes Jahr so sehr, ich könnte so gut Päckchen machen wie die freundlichen „Douglas"-Elfen, die in Windeseile und ganz ohne Klebestreifen entzückende Verpackungen zaubern. Doch das spielt es nicht. Ich kämpfe mit dem Geschenkpapier, verbrauche dabei viel zu viel Klebeband und meine Schmuckbänder hängen wie fettige Haare herab. „Auf den Inhalt kommt es an!", denke ich laut. *#mogelpackung*

Am Abend stehe ich andächtig an der Seite meiner Familie vor dem prachtvoll geschmückten Baum im Haus meiner Eltern und summe „Stille Nacht, heilige Nacht". Wie jedes Jahr frage ich mich, wie es meine Erzeuger erneut geschafft haben, aus den unzähligen Bäumen jenen zu wählen, der aussieht, als hätte er eine perfekte Föhnfrisur. Ich taufe den Baum auf „Helmut Werner", denn ich finde, er sieht dem Lugner-Schwiegersohn zum Verwechseln ähnlich. Ebenfalls zugegen: meine Schwester samt Ehemann und Kindern. Habe ich erwähnt, dass ich eine Schwester habe? Ich muss an dieser Stelle wohl zugeben, dass ich mich wie ein verwöhntes Einzelkind fühle – immer im Mittelpunkt – und daher oftmals vergesse anzumerken, dass ich nicht überall die Nummer eins bin. Während meine Schwester (kleiner, aber älter, in jedem Fall jedoch dünner!) das Leben lebt, das sich mein Mutschgerl (Kosename) für mich wünscht (glücklich mit Ring am Finger und Mama von zwei Kindern – einem Bub und einem Mädchen), taumle ich so vor mir her. Das missfällt.

Aber auch meine Schwester hat einen kleinen Makel: ihren Ehemann. Mein Schwager ist nämlich überzeugter Atheist. In seiner Welt gibt es kein Christkind und auch keinen Gott! (Ich weiß allerdings aus sicherer Quelle, dass er beim Sex zum Christentum konvertiert: „Oh mein Gott, ich komme!" Warum ich grinse? Kopfkino!) Jedenfalls läuft Weihnachten bei uns daher weniger andächtig, sondern eher gemütlich ab. Allerdings müssen meine Mindestanforderungen stets erfüllt bleiben, darauf bestehe ich. Weihnachtsmusik, Glockenläuten und die gesamte Familie zumindest für eine Liedlänge fromm vor dem Baum. Danach gibt's Geschenke! Ich erspare Ihnen nun die Aufzählung aller Präsente, die an diesem Abend verteilt werden. *Ich* habe einen Aufenthalt in meinem Lieblingswellnesshotel geschenkt bekommen und eine pinke Stofftier-Schnecke für meine Sammlung. Man kann also sagen: Das Christkind (allen Unkenrufen zum Trotz glaub ich da dran!) weiß, was Frau Schnecke mag. Ich fahre reich beschenkt nach Hause und erstmals an diesem Abend gibt mir mein Herz einen Stich. Stimmungstief! Meine Familie hat heute Abend erfolgreich vermieden, meine „Situation" anzusprechen – dafür bin ich dankbar – doch jetzt ist da dieses komische Gefühl, als fehle mir etwas oder jemand und das tut ein bisschen weh. Ich lasse mich kopflos zu einer Nachricht an Daniel hinreißen. Gottlob verwerfe ich den ersten Entwurf („Du fehlst mir!") und sende ein förmliches und unverfängliches „Fröhliche Weihnachten!" Verdammt, ich will dieses „Einmal pusten und alles ist wieder gut" zurück.

Tag zwei … Der Tag danach. Ich werde von einer WhatsApp-Nachricht von Viola geweckt. „Ich rolle mich mit meinem Übergangsmann im Schlepptau von einem Familienessen zum nächsten! Was treibst du so?" – „Ich atme. Produktiver wird es heute nicht mehr", tippe ich verschlafen und bringe damit meinen Gesamtzustand perfekt auf den Punkt. Mein Tag zusammengefasst: schlafen – essen – Netflix & Prime in Dauerschleife!

Tag drei ... Wenn einem zu Hause die Decke auf den Kopf fällt, wird es Zeit für einen Ortswechsel. Fast sind die Feiertage überstanden, doch ich halte es einfach nicht mehr länger aus. Meine Wohnung ist bereits perfekt – alles doppelt und dreifach gesaugt und abgestaubt (wichtig: immer vorher abstauben, dann saugen – lassen Sie sich das von einem Putzteufel gesagt sein) und ich weiß rein gar nichts mit mir anzufangen. Zusätzlich bin ich super ausgeschlafen und voller Energie, bei sämtlichen Video-on-Demand-Anbietern habe ich so ziemlich jede Serie durch. Da kommt wie gerufen eine Nachricht: „Schätzelein, ich hoffe, es geht dir gut und du genießt die Feiertage. Best T." Auf Theo ist eben Verlass. Er ist ein guter Freund, der in München lebt und dort bei einem großen Filmverleih die Fäden zieht. Seine Arbeit hat mich schon immer fasziniert, ist doch Film neben Fernsehen meine zweite Leidenschaft. Und er selbst ist auch ein ganz Netter.

Wieso nicht mal ein wenig spontan sein? Warum eigentlich nicht? Ich mache einfach mal wieder was Verrücktes! Gedacht, getan und schon sitze ich im Auto in Richtung München. Es ist doch nichts dabei, wenn man einfach mal so nach München fährt, um bei einem Freund vorbeizuschauen. Allerdings ahnt er noch nichts! ÜBERRASCHUNG! Vielleicht sollte ich mein Erscheinen doch besser ankündigen?

„Schätzelein, schön, dass du kommst, nur ich habe eigentlich schon was vor, aber ich organisiere dir was. Sag mir einfach, wenn du im Hotel angekommen bist.“ Haha, das klingt ja echt pimpmäßig! Kurz darauf – ich habe gerade mal die Stadt verlassen – ruft Theo noch mal an: „Schätzelein, ich kann dich doch treffen, aber erst später. Ich komme zum Hotel und wir gehen an die Hotelbar. Klingt das fein?“ Mir ist alles recht, ich wünsche mir einfach einen netten Abend. *#tudeinbestesbezauberndejeannie*

Drei Pipi-Pausen, unzählige Schokoriegel und vierhundertfünfzig Kilometer später, vermeldet mein Navi (neumodischer Schnick-Schnack, aber doch irgendwie praktisch – ist übrigens das Weihnachtsgeschenk von Vi mit den Worten "Damit du immer am rechten Weg bleibst" Tz!): „Sie haben den Zielort erreicht!“ Zeitgleich kommt eine Mitteilung von Theo: „Schätzelein, mach dich mal hübsch. Ich breche für dich mein Training vorzeitig ab und nehme meinen Fitnesstrainer mit. Wir sind gegen dreiundzwanzig Uhr an der Bar.“ Ach neee, ein Fitnesstrainer – das hat mir gerade noch gefehlt! Reuig denke ich an das Schlemmermahl bei meinen Eltern und an die unzähligen Schokoschirme, Vanillekipferl und Ischler-Kekse, die ich in den vergangenen Tagen verdrückt habe. Ich hoffe, der Herr ist kein Sport-Apostel, denn ich habe keine Lust, den ganzen langen Abend mit den neusten Fitnesstrends zugetextet zu werden. Es gibt nämlich Frauen, die auf ihre Figur achten und dann gibt's auch noch mich: Ich achte konsequent auf gutes Essen! Aber was soll's – ich will doch spontan sein!

Zur bestellten Zeit bin ich ready to go. Ich habe sexy Unterwäsche an (nicht dass ich vorhabe, diese heute zu präsentieren, aber man fühlt sich damit gleich um Welten besser), die Schlankmacherjeans übergezogen und oben rum habe ich mich für ein figurumschmeichelndes schwarzes Top mit Dreiviertel-Ärmeln (ich verdecke bewusst die Winke-Winke-Oberarme, denen ein Power-Training gelegen käme) entschieden. Selbstverständlich habe ich das Outfit noch mit meinem Lieblingsparfum und meinem Lieblingsschmuck abgerundet. Ich sehe wirklich gut aus.

Ewigkeiten später hat Theo noch immer nichts von sich hören lassen. Ich betrachte mich schon zum hundertsten Mal im Spiegel: immer noch alles einwandfrei, die Fassade hält. Aus Frust köpfe ich eine Weinflasche aus der Minibar, dann der erlösende Anruf: „Schätzelein, wir sind jetzt an der Bar, aber die machen schon dicht. Wirf deinen Mantel über, wir entführen dich!" Das klingt mal aufregend und mein Ärger über die Unpünktlichkeit von Männern im Speziellen sowie im Allgemeinen ist verflogen.

Ich bin geschmeichelt, denn in der Lobby warten zwei schicke, gutaussehende Männer auf mich und ich finde es fast schade, dass es diese Szene nicht als Videosequenz gibt. Und ACTION – Beweisstück A: Frau Schnecke in edler Begleitung. Theo – wir hatten mal vor Jahren ein Techtelmechtel, jetzt ist er gerade frisch verliebt – strahlt mich an. Es ist immer eine Freude, ihn zu treffen –

er sprüht vor guter Laune. Neben ihm steht Philipp. Das ist also der Fitnesstrainer. Kurzer Scan: Ungefähr so groß wie Kai Pflaume (also größer als ich!), definierter Körperbau, gepflegtes Äußeres. Er riecht fantastisch und frisch geduscht. Dann schauen wir doch mal, was der Abend so bringt.

Die beiden Herren führen mich in eine Kneipe aus – knappe dreihundert Meter vom Hotel entfernt, ein Katzensprung. Okay, also wenn es ganz derb werden sollte, weiß ich, wohin ich schnell flüchten kann. Eine Stunde lang haben wir mächtig Spaß miteinander. Ich bin ganz in meinem Element und da ich mich in Gesellschaft dieser Männer *sehr* wohl fühle, wir gescherzt, eindeutig zweideutig, und das nicht zu knapp. Obwohl Philipp immer wieder darauf hinweist, wie wichtig ein trainierter Körper ist (ich beschließe, mich einfach nicht angesprochen zu fühlen), ist er mir dennoch sympathisch. Es fasziniert mich außerdem, dass er so viel über die Filmbranche weiß. Ach ja, hier noch ein paar Hardfacts: Er ist fünfunddreißig, geschieden, aktuell ohne weiblichen Anhang, und hat eine Tochter. Als ich mit Theo endlich mal einen Moment allein bin, platzt es aus mir raus: „Sag schon – erzähl mir alles. Der Typ ist echt Fitnesstrainer?" – „Schätzelein, er ist *auch* Fitnesstrainer (wie sich später rausstellt eigentlich Personal Trainer und das auch nur zwei Mal pro Woche als Hobby!), aber vor allem ist er im Filmbusiness. Starpromotion! Ich versuche gerade, ihn abzuwerben!" OH MEIN GOTT – damit ist Philipp augenblicklich zu meinem Traumprinzen mutiert. Single, erfolgreich, gutaussehend – ich bin am richtigen Ort zur richtigen Zeit! Einmal hat Frau Schnecke spontan eine richtige Entscheidung getroffen. Am liebsten würde ich jetzt auf und ab hüpfen wie ein Flummi.

Doch gerade jetzt beendet Theo, mit einem Blick auf die Uhr, diesen Abend und ich verabschiede die Herren vor der Kneipe zurückhaltend (ich will mich nicht aufdrängen) mit den Worten: „Den Weg zum Hotel findet sogar ein Mädchen aus Österreich noch allein!" – „Sollen wir dich nicht noch begleiten? Es wäre uns eine Ehre", gibt sich Theo galant, doch ich lehne selbstbewusst ab. Philipp, der keinerlei Anstalten macht, sich näher für mich zu interessieren, ist zwar nett und höflich, wirkt jedoch ein wenig, als hätte er heute noch was vor. *#hummelnimarsch* Das „Bussi und Baba" geht ohne viel Aufsehen über die Bühne. Na gut, dann halt nicht! *#wernichtwillderhatschon*

Etwas trotzig gehe ich ins Hotel und auf mein Zimmer, schlüpfe in mein bequemes Schlafshirt und mache mich „bettfertig" (abschminken, Zähne putzen, ein letztes Mal Pipi). Bevor ich es mir aber mit ein wenig Einschlaf-TV gemütlich mache, schreibe ich noch eine Nachricht an Theo: „Danke für den Abend. Der Fitnesstrainer ist nett. Bussi von der Eva."

Ich habe die SMS kaum abgeschickt, da läutet mein Telefon. Ohne auf das Display zu achten, in der festen Annahme, es sei Theo, hebe ich ab. „Hi Mädchen aus Österreich! Ich steh in der Hotellobby und würde dich gerne kurz besuchen. Darf ich raufkommen?" Ach neee, der Fitnesstrainer, ähm, der Personal Trainer, nein, ich meine: der Filmproduktionsboss – also Philipp. Schlagartig wird mir klar, dass ich ein ausgewaschenes T-Shirt anhabe und abgeschminkt – also Natur pur – bin. „Ich frag' jetzt mal nicht, wo du meine Nummer her hast. Böser Theo! Aber Philipp, ich bin ehrlicherweise schon im Bett." – „Noch ein Grund mehr, dass ich dich unbedingt sehen will." Puhhh, der geht aber ganz schön ran. Was soll's – Frau Schnecke ist erneut spontan. „Na dann komm mal hinauf!"

Von der ersten Sekunde an weiß Philipp ganz genau, was er will. Ab dem Zeitpunkt, zu dem er das Zimmer betritt, schmeichelt er mir und umwirbt mich. Ich finde es gut, das habe ich mir verdient. Genießer-Modus aktiviert! Mit den Worten „Du freches Stück! Das wollte ich schon den ganzen Abend machen – jetzt sind wir endlich allein" küsst er mich und wir landen auf dem Bett. Er ist – wie soll ich es charmant ausdrücken – wie ein Läufer bei einem Marathonlauf. Er hat eindeutig ein Ziel vor Augen und er gibt ordentlich Gas, um es zu erreichen. Bereits in den ersten zehn Minuten habe ich den Gedanken, diesen Abend hier und jetzt abbrechen zu müssen – Sex sollte nie die Anmutung von Sport haben –, aber die Neugier siegt dann schlussendlich doch. Bevor er mir die Hose vom Körper zieht, raunt er mir ins Ohr (ich vermute, es soll erotisch klingen): „Ob wir wohl eine ähnliche Einstellung zu Unterwäsche haben?" Hääää??? Wie bitte? Ich hoffe stark, er erwartet sich keinen String, und wenn doch hoffe ich nochmals, dass wir *nicht* die gleiche Einstellung zum Thema „Unterwäsche" haben. Sie verstehen? Einen String bei Frau finde ich schon mehr als vernachlässigbar, aber bei einem Mann ist es unglaublich peinlich. Als ich ihm schließlich die Hose ausziehe, ist mir klar, was er gemeint hat. Er hat nämlich gar keine Unterwäsche an. Oh Gott – wieso das denn? Das ist doch voll unhygienisch! Wieso sind die zuerst normal anmutenden Männer immer so eigenartig? Jetzt ist ein guter Zeitpunkt, dem Abend ein Ende zu setzen. Aber keine Chance, denn Philipp ist zwischen meinen Beinen verschwunden und ich habe das Gefühl, als würde ein Propellerflugzeug auf meiner Klitoris landen. Das hat nichts mit sanfter Befriedigung zu tun, das ist nicht mal heftigere Stimulation, das ist einfach ein großes Aua! Aber weil die Situation mehr als skurril ist, muss ich (unter Schmerzen) lospprusten – reine Situationskomik! Philipp bemerkt es nicht mal. Ich stellte mir schon vor, was ich Viola nun alles zu erzählen habe. Wir werden uns gemeinsam totlachen.

Schließlich wird es ernst: Nachdem Philipp meine Vagina lobend als „schönes Stück" betitelt hat, streift er ein Kondom über (der Klügere verhütet und sorgt vor!) und ab geht die Post. Es ist gut, sogar inklusive Höhepunkt, dazwischen allerdings liegt eine Art von Sex, die ich noch *nie* (ich schwöre es!) in dieser Form erlebt habe. Philipp kommentiert bis zum Orgasmus! Das müssen Sie sich jetzt so vorstellen: „Er steckt in dir. Er macht es dir. Er ist ganz tief drinnen. Bla bla bla ..." Dabei frage ich mich die ganze Zeit über, von wem er da wohl redet. Von sich oder vom „kleinen" Philipp?

Ich bin fast enttäuscht, dass dieser Sex zu Ende geht ohne, dass Philipp das Ergebnis verkündet. Ich habe mir schon ein „Und mit eins zu eins unentschieden gehen wir in die Verlängerung!" oder „Man trennt sich eins zu eins unentschieden beim Freundschaftsspiel Österreich–Deutschland!" erwartet. Philipp streichelt mir erschöpft über die Wange:

„Du Freches, du lächelst so süß." Na bitte, dann haben wir diesen Mann glücklich gemacht. Eine gute Tat pro Tag – check! Verdammt nochmal, ich wäre eine gute Pfadfinderin geworden!

Als ich endlich wieder allein im Zimmer bin (haben Sie gedacht, dass ich ihn bei mir übernachten lasse? Neee!), sehe ich sein Unterhemd am Boden liegen. Das hat er vergessen. Ich rufe ihn auf seinem Handy an: „Du Philipp, ist dir eigentlich aufgefallen, dass du jetzt weniger an hast als vorhin, als du gekommen bist?" Er muss tatsächlich nachdenken. Sollte man nicht ungefähr wissen, was man so am Körper trägt? Na die Unterwäsche kann's ja wohl nicht gewesen sein und ich musste bei diesem Gedanken schon wieder kichern. „Mein Shirt!" – der Groschen ist endlich gefallen: „Ach du Freches, behalt es. Zieh es an und denk an mich." Na aber hallo!? Ich bin doch keine sechzehn mehr, dass ich mir das Shirt von einem Typen schnappe, daran rieche und zu guter Letzt dann sogar damit zu Bett gehe. „Alles klar, komm' gut heim." Ich bin over and out.

Am nächsten Tag gönne ich mir einen Spaziergang durch die Münchner Fußgängerzone – das tut der Seele gut. Da nun endlich die Geschäfte wieder geöffnet haben, wimmelt es auf der Einkaufsmeile vor lauter umtauschwütigen Menschen. Ich genieße das Bad in der Menge und freue mich, dass die Feiertage vorüber sind. Und Silvester schaffe ich mit links. Meine Gedanken schwirren immer noch um Philipp. Da lerne ich überraschend einen vermeintlich sensationellen Mann kennen und dann stimmt die Bettseite nicht! Irgendwas ist immer!

Nachdem Theo mir für das gemeinsame Mittagessen absagt – „Schätzelein, ich schaffe es nicht" – und ich ihm mit „War Philipp mein Weihnachtsgeschenk?" antworte, fahre ich wieder zurück nach Hause. In nicht mal vierundzwanzig Stunden habe ich viel erlebt und mein Feiertagsblues ist zumindest kurzfristig beiseitegeschoben worden.

Kurz vor Wien kommt eine unerwartete Nachricht von Philipp: „Hey Miss Austria! Es war eine geile, aber kurze Nacht. Kiss. Philipp." Ich kann es mir nicht verkneifen und antworte: „Hast du meinen Namen vergessen oder ist ‚Miss Austria' mein neuer Spitzname?" – „Wie könnte ich DICH vergessen! Wow – es war sensationell." Ich frage mich, ob er mich verwechselt. „Ich habe dein Shirt mitgenommen. Ich werde es waschen, wohin soll ich es schicken?" – „Nicht waschen, nicht schicken. Anziehen, an mich denken und bald wieder von mir ausziehen lassen." – „Wir sehen uns wieder?" tippe ich ungläubig. „Das hoffe ich doch sehr. Kiss Philipp." Ich antworte nicht mehr.

Das war nun definitiv der letzte Versuch in diesem Jahr, einen Prinzen für Frau Schnecke zu finden. Eher wird es Zeit für einen Rückblick oder besser nur ein schlichtes Resümee! Anfang des Jahres war die kleine Welt, die ich mir mühsam zusammengehamstert habe, wie ein Kartenhaus in sich zusammengefallen. Gerade noch in der Zielgeraden zum Heiratsantrag, einem funkelnden Ring und ewiger Glückseligkeit, blicke ich heute auf ein Leben als pummelige Singlefrau mit jeder Menge skurriler Begegnungen. Fehler sind eben was für Anfänger, ich bin Profi und produziere Katastrophen. Die Quintessenz: Frau Schnecke hat es verbockt! Vorsatz für das neue Jahr: Wenn die Dinge nicht so laufen, wie du es dir vorstellst, dann stell dir einfach was anderes vor.

Ihre Frau Schnecke

#18

Du sagst: Ich träume zu groß! Ich sage: Du denkst zu klein ...

Niemand könnte es besser ausdrücken als Westernhagen: „Ich bin wieder hier, in meinem Revier. Ich war nie wirklich weg, habe mich nur versteckt." Großes Badaboom: HIER BIN ICH – wohlbehalten und voll Lebenslust! Es geht mir richtig gut. Es ist zwar in diesem neuen Jahr noch nichts Weltbewegendes passiert, aber jetzt mal Klartext: Die vergangenen dreihundertfünfundsechzig Tage waren an aufregenden Milestones nicht zu überbieten, daher: Gehen wir es mal langsam an. Immer mit der Ruhe! Ein kurzes Päuschen, bevor ich wieder Vollgas gebe, das muss gestattet sein. Don't worry, ich nehme keine Drogen (ist Nutella eine Droge?), ich bin wirklich frohen Mutes. Echt, ehrlich! Sie müssen nämlich wissen: Das Universum ist ab jetzt auf meiner Seite. Dafür habe ich Beweise! Beispiel gefällig? Als ich gestern in der Redaktion saß, das erste Quartal durchplante und bahnbrechende Konzepte schrieb, wie sich das für ein braves Arbeitstier wie Frau Schnecke gehört, dachte ich so bei mir, dass meine Aschenputtel-Füße mal wieder eine Pediküre vertragen könnten. Und schwupps – et voilà: Da läutete mein Handy und wer war wohl dran? Richtig, Conny, Fußpflegerin meines Vertrauens. „Fröhliches neues Jahr! Fußservice ist fällig." Yeees! Das war ganz klar Telepathie! Und weil das so gut geklappt hat, habe ich mir vorgenommen, ab jetzt ganz intensiv an sexy Bradley Cooper zu denken. Wenn das nur halb so gut funktioniert wie mit Conny, muss ich mir nur noch überlegen, ob ich seinen Namen annehme. #hochzeitsglocken *#wishfulthinking* Doch dieser „Zufall" blieb kein Einzelfall. Jetzt kommt der Jackpot! Nachdem mich meine Bankberaterin vorige Woche strikt darauf hingewiesen hat, dass mein Überziehungsrahmen jetzt „maximal ausgereizt" sei und meinem Konto ein „Schonprogramm" gut täte (Spaßbremse), kam zeitgleich die hochoffizielle Einladung zum Mitarbeiterjahresgespräch beim Ober-Boss. Was soll ich sagen ... Tatatata! Unaufgeforderte Gehaltserhöhung aufgrund der positiven Marktanteilsentwicklung – da kann man nur noch laut „Ja, ich will" rufen! *#sosollesseinsokannesbleiben*

Es steht also fest: Das wird MEIN Jahr! Ich werde dorthin gehen, wo noch nie zuvor eine Frau Schnecke hingegangen ist. Klingt das nicht super-mega-highlanderländer-mäßig cool? Was ich genau damit meine? Keinen Schimmer. Muss man wirklich immer alles zu Tode analysieren!? Ich werde das Leben jedenfalls nicht mehr zu ernst nehmen und einfach schauen, was so des Weges kommt. Ich will Spaß haben und das nicht zu knapp. Daher habe ich mir zwei Mutproben aus der Kategorie „Die besten Filme aller Zeiten" überlegt, die ich bestreiten möchte. Einfach so, weil es lustig ist.

Auftrag Nummer eins: Schnellen Schrittes in ein Geschäft laufen und fragen, welches Jahr wir haben. Wenn jemand antwortet, rufen: „Es hat funktioniert, Doc Brown!" und wegrennen. *#martymcfly #backtothefuture* Mission zwei: Joggern mit dem Schneckenmobil hinterherfahren, zur Motivation laut „Eye of the Tiger" spielen und laut „Aaaadrian!" rufen. #rocky Keine Angst, ich drehe nicht durch, ich bin nur übermütig und für weitere Vorschläge offen. Außerdem werde ich mein Body-Change-Programm wieder aufleben lassen und die Venus-von-Willendorf-Silhouette in ein passables Fahrgestell verwandeln. Das alles sind übrigens keine Vorsätze – all diese Vorhaben laufen unter „Das Leben ist kein Wartezimmer – packen wir es an!"

Noch eine Neuerung habe ich zu vermelden: Seit heute schwärme ich für die „Vogue"! Normalerweise greife ich wie von selbst zur Kategorie „Klatsch und Tratsch", um in den Adelshäusern der Welt und im Musikantenstadl-Kosmos up to date zu sein, aber als ich heute meine Füße auf Vordermann bringen ließ (so schnell kann's gehen!), hatten die leider nur noch das Hochglanzmagazin der ewig gefürchteten Fashionikone und „Vogue"-Chefin Anna Wintour da liegen. Seit dem Film „Der Teufel trägt Prada" träume ich hin und wieder, dass ich für sie arbeite, und immer sieht sie aus wie Meryl Streep und richtet grausam ehrlich folgende Worte an mich: „Nutella-Cinderella, Sie sind ein wandelnder Mode-Fauxpas!" AUTSCH! Jedenfalls blätterte ich in der „Vogue" und entdeckte das Jahreshoroskop. Für uns Wassermänner läuft's angeblich richtig gut: „Sie finden die Erfüllung. Nur nicht zu viel Schlaf. Seien Sie mutig." Aber warten Sie, hier kommt mein Lieblingssatz: „In der Zukunft wird dieses Jahr als das beste Jahr in Ihrem Leben erscheinen." Gekauft – und wehe, das Jahr ist nicht von 1a-Qualität. Die „Vogue" ist die Bibel und die lügt nicht! Amen! „I need another story. Something to get off my chest. My life gets kind of boring. Need something that I can confess." Danke an One Republic für diesen „all time high"-Ohrwurm!

Ich habe nun also „die große Liebe finden" vorerst von Platz A meiner Prioliste auf Platz Z geschoben. (Gottlob hat das Alphabet so viele Buchstaben.) Wenn es sein soll, wird es sein. Und bis dahin lebe ich frei nach Frau Schnecke: Sex ja, Liebe nein.

Trotz aller Euphorie gibt es auch Dinge, die man einfach nicht aufhalten kann und die, die Stimmung trüben. Leider gehören die Zeit und auch das Leben an sich dazu. Deshalb ist im Nu mein einunddreißigster Geburtstag da. Und wieder schafft es Daniel, mich an diesem Tag kurzfristig, aber hart von meiner rosa Wolke zu schubsen. Scheinbar ist mein Geburtstag sein D-Day. Er lässt die Bombe nicht irgendwo, sondern nein, für alle Welt öffentlich und frühmorgens auf Facebook platzen: „Wir dürfen verliebt und stolz verkünden: Wir werden heiraten!" Eine Vorwarnung wäre nett gewesen! Hmpf! Taktgefühl kann man nicht kaufen, aber es gilt: What doesn't kill you, makes you „stranger" ... oder so! Nachsatz: Er ist jetzt übrigens endlich „Dr. Daniel". Zeit ist es geworden. #teurerspass #überlänge

Ein Jahr, auf den Tag genau, hat Daniel damit gewartet, einfach „unser" Leben (oder besser meinen Lebensplan) mit einer anderen fortzusetzen. Statt Paris ist es diesmal „O sole mio"-Venedig. Auf dem Foto, das über der frohen Kunde prangt, sieht man das strahlende junge Glück eingekuschelt in eine dicke Wolldecke in einer Gondel sitzen, *ihren* Finger ziert ein edler Verlobungsring. Ich zoome also ran, puhhh, es ist nicht DER Ring. In diesem Punkt hat er

Anstand bewiesen! Sie müssen nämlich wissen, dass Daniel damals, als wir zu meinem Jubel-Jubiläum in Frankreich waren und er Schluss gemacht hat, einen Ring in der Tasche hatte. Der eigentliche Plan war, mir einen Antrag zu machen, doch dann hat er sich kurzerhand und folgenschwer dagegen entschieden. Den Rest der dramatischen Geschichte kennen Sie. Das Detail, das ich Ihnen bislang verheimlicht habe und jetzt – mit ein wenig Abstand – erzählen kann, ist, dass ich diesen Ring rein zufällig in Daniels Kram gefunden, angesteckt und unter Tränen zurückgelegt habe. Drama, Baby! Wenn mein Ex diesen Ring nicht irgendwo in einer Schmuckschatulle als Andenken bewahrt, sondern zum Händler zurückgebracht hat, läuft wohl irgendwo ein Mädchen, hoffentlich unglaublich glücklich, mit diesem Ring umher und weiß gar nicht, wieviel Geschichte das Ding schon auf den Zacken hat. Aber egal, ich bin darüber hinweg. Über die verpasste Gelegenheit, eine Ehefrau zu werden und über Daniel im Ausdrücklichen!

Wie reagiere ich nun aber auf diesen Facebook-Post? (Man könnte auch sagen: Flaschenpost! = Post vom Ex) Oder doch lieber ignorieren? Einen Daumen hoch vergebe ich mal sicher nicht – no way! Ein Herz oder ein „Wow" wäre blanker Hohn. Ein „Haha" könnte extrem schlechte Stimmung verbreiten, ein trauriger oder ein wütender Smiley macht mich zur verbitterten Ex. Ich könnte noch mit „Herzlichen Glückwunsch" kommentieren, aber auch das nimmt man mir nicht ab. Da ich also nicht weiß, wie und was, entscheide ich mich für ein Einhorn-Emoticon. Niemand ist sauer, wenn er ein Einhorn sieht, es bedeutet nichts und lässt unendlich Spielraum für Interpretationen offen.

Doch nun zurück zu mir: Daniels Tralala hin oder her – ich lasse mir meinen Geburtstag und meine positive „Die Welt ist schön"-Grundstimmung nicht dämpfen. Ich tauche einen Tag bravourös unter und gönne mir Frau-Schnecke-Zeit. Kein Telefon, keine sozialen Medien. Nur einen Anruf nehme ich entgegen: von meiner Mutter, die wie jedes Jahr exakt zum Geburtszeitpunkt „Happy Birthday, dicke Schnecke" ins Telefon singt. Als ich gerade auf den Weg ins Café bin, um mir ein reichhaltiges, aber gesundes Frühstück zu gönnen, spricht mich ein Obdachloser auf dem Bahnhof an. Während er ringsum die Menschen um Geld anbettelt, sagt er zu mir nur: „Hübsche, willst du mich mit nach Hause nehmen?" und ich fühle mich durchaus geschmeichelt. Am Nachmittag wage ich eine Shoppingtour und während ich mich von allen Seiten im Spiegel betrachte, kommentieren zwei vorbeigehende Jungs: „Steht dir – kaufen!" Als ich abends das Kino verlasse (ein guter Film am Schlüpftag ist Pflicht), hält mir ein älterer Herr gentlemanlike die Türe zur Parkgarage auf und dreht das Sprichwort zu meinen Gunsten: „Schönheit vor Alter!" Es mögen alles Zufälle sein, aber was ist schon wirklich Zufall im Leben? Ich meine daher: Einunddreißig ist besser als dreißig!

Vollgepumpt mit diesem Gefühl, dass einfach alles möglich ist, sitze ich nur eine Woche später in einem Flugzeug nach Berlin. Das ist mein persönliches Geburtstagspräsent: eine Abenteuerreise zur Berlinale.

Wenn jemand so süchtig nach Glamour ist wie ich, ist das das perfekte Reiseziel.

Ich muss allerdings schon sagen, dass es zwischen Berlin und mir nicht Liebe auf den ersten Blick ist. Wir brauchen unsere Zeit, um uns näherzukommen, aber dann ist es richtig toll. (By the way: Ich habe fast vom Fernsehturm gekotzt. Mann, ist das Ding hoch und dreht sich schnell!) Ich verbringe meinen Aufenthalt tagsüber damit, die Stadt kennenzulernen und mache insgesamt drei (!) Stadtrundfahrten, um mir nicht nachsagen lassen zu müssen, ich sei nur für Filme und zum Feiern hier. Eine Rundfahrt amüsiert mich nachhaltig. Ich habe als Guide eine richtige „Berliner Schnauze": „Ich bin der Erklär-Bär und werde Ihnen heute das schöne Berlin präsentieren." Dieser Typ ist wirklich ein Original, ich lache viel und muss ab jetzt immer beim Gedanken an den Berliner Hauptbahnhof schmunzeln. Wussten Sie, dass das Dach beim ICE-Gleis zu kurz geraten ist, nur weil man den Gästen der Europameisterschaft damals keine Baustelle präsentieren wollte? Jetzt stehen die Fahrgäste der ersten Klasse Jahre später immer noch im Regen! Oder wussten Sie, dass es nur *eine* Gepäcksannahme und *zehn* Toiletten für den gesamten Bahnhof gibt? Und wussten Sie, dass jeder Baum, jedes Verkehrsschild und jeder Mülleimer in Berlin eine Nummer hat und amtlich erfasst ist? Deutsche Gründlichkeit! Da schauen Sie mal, gelle, was Frau Schnecke alles weiß!

Ich statte auch „Madame Tussaud's" einen Besuch ab. Ich finde diese Wachsarbeiten extrem authentisch und gleichzeitig unheimlich gruselig. Als ich neben Moritz Bleibtreu stehe, hätte ich schwören können, dass er sich bewegt hat. Apropos fehlt der schönste deutsche Mann – Til Schweiger – als Wachsfigur. Hauptsache Alice Schwarzer ist zugegen. Verfluchte Emanzipation!

Ich schaffe es leider nicht zu allen „Hot Spots" der Berlinale. Das ist hier das beflügelte Wort. Aber zumindest ist ein Abstecher in die BMW-Lounge im Hotel Hyatt mit direktem Blick auf den roten Teppich drinnen. Promi-Watching! Nur zu doof, dass zu diesem Zeitpunkt niemand am roten Teppich ist. Aber egal. Ich bin da und versuche, nicht aufzufallen. Ich bin hocherfreut, als ich einen Journalistenkollegen vom SAT.1-Frühstücksfernsehen erspähe und ihm, während ich an meinem Ananas-Welcome-Drink (alkoholfrei – wie langweilig) nippe, verlegen gestehe: „Weißt du, eigentlich bin ich hier, um einmal Dr. Marc Mayer alias Florian David Fitz zu treffen! Der soll sich hier tummeln." – „Wirklich?", lächelt mein Kollege verschmitzt: „Ich schlag dann mal vor, dass du die nächste Runde Cocktails für uns von der Bar holst!" Ich finde das nicht gerade höflich, eigentlich macht solche Jobs der Mann, aber vielleicht läuft das hier in Deutschland andersrum. Als ich am Tresen stehe, weiß ich jedoch, warum ich geschickt worden bin: Neben mir steht niemand geringerer als Florian David Fitz in Natura! Er ist gerade dabei, ein Interview für seinen neuen Film zu geben und sieht dabei unwiderstehlich gut aus. Yummy! Kurz überlege ich, einen Ohnmachtsanfall vorzutäuschen, um diesem Wahnsinns-Mann Gelegenheit zu geben, seine Doctors-Diary-Serienrolle an mir auszuprobieren: „Mein Herz schlug plötzlich so verdammt schnell, Herr Doktor!" Ich bin richtig traurig, als der Barkeeper zügig die Cocktails fertig hat und ich keinen Grund mehr habe, an der Theke zu lümmeln und zu schmachten. Ich nehme Ihnen (und mir) jetzt gleich jede Illusion: Näher komme ich Dr. Marc Mayer nicht. *#einmalschnuppern*

Aber das ist nicht mein einziger Touch-Point mit der Glamour-Welt. Auf einer Promiparty (reingeschummelt, das „Boot" war voll) komme ich mit zwei Jungmännern (ganz niedlich, aber noch ein bisschen zu viel Babyspeck und zu wenige männliche Züge) zufällig ins Gespräch. Ich frage: „Und, was macht ihr denn so? Studieren? Arbeiten?" Es kommt eine flapsige, arrogante Antwort mit einem herablassenden Lächeln: „Wir sind im Hauptcast von GZSZ." Allein für „flapsig" und „herablassend" würde ich den beiden jetzt gerne eine auflegen. Auf „arrogant" steht Extra-Haue! Aber habe ich richtig gehört? Steht Frau Schnecke hier gerade den begehrtesten Nachwuchsschauspielerin am deutschen Soap-Himmel gegenüber und hat keinen Schimmer davon? In der Seifenoper „Gute Zeiten, schlechte Zeiten" mitzuspielen, das ist nicht ohne – darauf kann man durchaus stolz sein. Als ein Model an uns vorbeigeht, können beide die Augen nicht abwenden und es kommt beiläufig der Spruch: „Die nehmen wir heute mit. Sandwich-Time!" Ich verabschiede mich schnell, denn es ist mir etwas unangenehm, a) die beiden nicht mal vom Sehen zu kennen und b) mit zwei Kids abzuhängen, die schon jetzt eine Einstellung zum Thema „Frauen und Sex" haben, die mehr als umstritten scheint. *#moralapostel* Manche Menschen verursachen Nebenwirkungen – diese hier akuten Brechreiz und ja, ich weiß, man begegnet im Leben vielen dummen Menschen, aber diese zwei hier brechen mit Sicherheit den Highscore. Nennen Sie mich konservativ. Manchmal bin ich das. Übrigens laufen in Folge den ganzen Abend jede Menge Reporter um die beiden herum, machen Interviews und das „Exklusiv"-Team von Frauke Ludowig hängt ihnen ebenfalls dicht an den Fersen. Ich kenne diese Rotzlöffel trotzdem nicht! *#bildungslücke*

Ich verlasse die Veranstaltung vorzeitig. Es sind weder besonders spannende Männer da, noch ist das Catering von hoher Qualität, auch der Spaßfaktor lässt zu wünschen übrig. Ich kann es nur immer wieder sagen: Dieses Business ist mehr Schein als Sein. Schade um die teure Hochsteckfrisur, die ich mir im Vorrübergehen von einem leckeren (aber leider fix schwulen) Coiffeur im Laden von Star-Figaro Udo Walz habe machen lassen. Schlappe hundertfünfzig Euro habe ich schon mal besser investiert. Als ich ein Taxi Richtung Hotel nehme, habe ich ein weiteres Aha-Erlebnis, denn der Fahrer erklärt mir ungefragt in aller Ausführlichkeit, dass Hitler ein Deutscher gewesen ist. Zuerst möchte ich diesen Geschichtsirrtum aufklären, doch dann komme ich zu dem Schluss: Wenn die Deutschen unseren „Adi" haben möchten, dann sollen sie ihn behalten. *#geschenktistnochzuteuer*

Leider hat jeder Urlaub mal ein Ende und so muss auch Frau Schnecke irgendwann das Flugzeug in Richtung Heimat nehmen. *#mimimimi* Die exklusive Zeit, die ich nur mit mir verbracht habe, ist nun vorbei, und der Gedanke an den Alltag lässt mich eine kleine „After Holiday"-Niedergeschlagenheit aufreißen. Einen halben Tag lang sitze ich in meiner Wohnung rum, beobachte meine Topfpflanze, die es mir gleich tut und den Kopf hängen lässt, und schlurfe in meiner gammeligen Jogginghose durch den Flur (kein sexy Anblick, aber ich bin doch ohnehin allein, allein *#flodderlook*). Meine Welt ist mir plötzlich zu klein, zu spießig, zu wenig aufregend. *#missingadventuretime* Ein paar Tage lang suhle ich mich noch in meiner „Das ist nicht meine Welt"-Stimmung, doch dann ...

Klick, Klick und schon sind Flug und Hotel gebucht. Klick, Klick und schon ist meine Tat der Öffentlichkeit zugänglich und in meiner Statusanzeige steht geschrieben: „Ostern in Berlin. Ich komme!" Keine zwei Sekunden danach gibt es zwei Daumen hoch von meinem schwulen Arbeitskollegen und er kommentiert: „Nur mal so dahingefragt, hast du vor der Buchung eigentlich gecheckt, was Ostern in Berlin abgeht?" – „Ähm – nö, wieso denn?" – „Fetisch-Week! Am besten du packst schon mal deine Lederklamotten ein. Ach ja, und viel Glück bei der Eiersuche – Heteromänner sind zu Ostern ausgeflogen." Meine Güte, das war so klar wie das Amen im Gebet. So etwas passiert wirklich nur mir! ABER was soll's: old enough to know better, young enough to do it anyway!

Ihre Frau Schnecke

#19

Du hast eine Lücke im Lebenslauf? Ja, war geil!

Fröhliche Ostern allerseits! Sobald meine Maschine am Flughafen gelandet ist, frohlockt mein Herz. BERLIN, BERLIN! Wissen Sie, es reicht nicht, wenn man einfach nur einmal „Berlin" sagt. Die Dopplung macht es zu einer besonderen Art Schlachtruf. Ab ins Taxi, rein in die City.

„HALT!", ertönt es aus meinem Mund und wie ein kleines Kind wetze ich nervös auf der Rückbank des Taxis hin und her. Der Fahrer, der mich eigentlich zu meinem Hotel bringen soll, hält mit quietschenden Reifen und einem verständnislosen Gesichtsausdruck an. Ich erwarte nicht, dass er es versteht, dennoch starte ich im Eiltempo einen Erklärungsversuch: „Sie müssen wissen, dass ich bei meinem letzten Berlinbesuch gehört habe, dass es hier einen „Ritter Sport"-Flagshipstore geben soll, wo man sich seine *eigene* Schokoladen-Sorte kreieren kann. UND: Der ist H I E R!" Ich zeige eindringlich auf das bunte Schild und die überdimensionale Schokoladentafel, die über dem Eingang hängt, und triumphiere: „Schokolade garantiert das Wachstum meiner erotischen Zonen! Gummibärchen halten sie elastisch! Schokolade mit Gummibärchen ist die Lösung!", juble ich, als hätte ich ein wissenschaftliches Phänomen gelöst. Der Taxifahrer schüttelt irritiert den Kopf! Wie gesagt: Ich habe nicht erwartet, dass er meine Begeisterung teilt. Er ist dann eben doch „auch nur ein Mann“. *#nichtsfürungut*

Kaum bin ich im Shop drinnen, tritt der „Ich kann mich einfach nicht entscheiden“-Effekt ein und der herrliche Duft von Schokolade umgibt mich: I'm loving it. Ich lümmle eine geschlagene Stunde vor den Regalen, bin erstaunt, wie viele kreative Sorten es gibt und mit einer für mein Verständnis sehr ausgefallenen Idee begebe ich mich kurzerhand zur Theke mit dem Titel „Meine Kreation“. Dort rattere ich meine Bestellung herunter: „Guten Tag, werter Herr. Ich hätte gerne eine Milchschokolade mit Mini-Marshmallows, Mini-Smarties und Mini-Gummibären.“ Aber ich habe noch jede Menge Fragen, die ich gleich motiviert nachschieße: „Wie lang dauert es, bis meine Kreation fertig ist? Isst man nicht dauernd Schokolade, wenn man hier arbeitet? Ist meine Mischung nicht besonders ausgefallen und edel? Hat das schon mal jemand bestellt? Wie lange gibt es den Shop schon? Und warum steht er nicht im Reiseführer?“ Den letzten Satz frage ich übrigens besonders vorwurfsvoll und langsam. Der Schoko-Mann, so hab ich ihn getauft (McCandy wäre auch ein guter Spitzname), beantwortet geduldig alle meine Fragen. Als er jedoch meint, meine Auswahl sei quasi „Standard“, bin ich beleidigt. Tz, ich, Standard – geht's noch? Wer bitte mag schon Schokolade mit Anis? Kein Spaß, Anis steht unter anderem neben Gummibärchen & Co. auch zur Auswahl. Pfui. Kaum halte ich meine Tafel in Händen, bin ich eine süße Wolke. In freudiger Erwartung, mein Schoko-Experiment zu verkosten, verlasse ich stürmisch und vollbeladen (mit Schokolade und Reisegepäck) den Shop.

KA-POW! Da bin ich wohl etwas zu schnell unterwegs gewesen. Ich stoße mit einem Passanten zusammen, mein Kopf vibriert. Aua! Ich denke nur: „Können die Leute nicht besser aufpassen?" Viola hätte die Frage übrigens so beantwortet: „Das passiert dir, weil du durchs Leben rast. Du bist zwar erst einunddreißig, aber laut zurückgelegten Lebenskilometer und in Frau-Schnecke-Jahren eigentlich schon rund hundertvierundzwanzig. Geh mal runter vom Gas!"

Gerade will ich zu einer Hasstirade im tiefsten österreichischen Dialekt im Mix mit ein wenig Proloslang ansetzen, als ich sehe, mit wem ich da kollidiert bin. Da laufe ich doch glatt niemand geringerem als einem weltbekannten deutschen – oh, mein Gott ist der sexy – Schauspieler in die Arme. (Name wird nicht verraten!) Ich würde lügen, wenn ich sage, dass es mir nicht sehr angenehm ist. UND – es gibt doch Hetero-Männer in Berlin ... auch zu Ostern. YES! BABY! YES!

Ich war der fixen Annahme, dass mich nach all dem bisher Erlebten nichts, aber auch wirklich nichts mehr aus der Bahn werfen könne. Aber bei seinem Anblick rast mein Puls und ich bemerke, wie meine Wangen intensiv rot anlaufen und ich zu schwitzen beginne. Wie peinlich. Sie werden jetzt sicherlich denken: Wie kann es denn bitte sein, dass sich eine erfahrene Fernsehfrau wie ein schüchternes Mädel verhält, wenn dieser Mann – sei er auch noch so „hot" – vor ihr steht? Darauf meine verzweifelte Antwort: Ich weiß es nicht! Ich hatte diesen Mann schon mehrere Male bei mir in der Sendung als Gast auf dem Sofa gehabt – inklusive Hände schütteln. Er war hoch dekoriert mit Filmpreisen aller Art, dennoch war er meinem Team und mir nie ans Herz gewachsen, denn seine distanzierte Art ließ den ihm zugeschriebenen Charme und Ruf als Sexsymbol nicht wirklich zu Tage treten. Aber in Wahrheit habe ich mir über ihn auch nie groß den Kopf zerbrochen, denn ein Mann, der seinerzeit ein Model geheiratet hat und nach seiner Trennung dem Typ 90–60–90, blond und halb so alt wie er treu geblieben ist, wird sich kaum mehr als nötig mit einer 08/15-TV-Tussi wie mir abgeben. In diesem Moment steht er aber leibhaftig vor mir, blickt mich an und ich habe weiche Knie. „Oh Verzeihung, ich bin im Schokoladerausch, baba" – und ich flüchte schnur-stracks. Doch dann höre ich seine Stimme, die mir nachruft: „Mädchen aus Österreich. Äh, wart mal!" Meint er wirklich mich? Woher weiß er wohl, dass ich aus Österreich bin? Ich mache kehrt. Dieses Lächeln, dieses Grübchen, dieser Mann!

„Ich wollt' grad mal was essen gehen. Äh, hättest du Lust, mich zu begleiten?" Dabei deutet er auf das Lokal auf der anderen Straßenseite. Das „Borchardts" - na klar, das Promigasthaus Berlins und sein Stammlokal. (So la la Küche, aber jede Menge VIPs. Dennoch ein MUST für jeden Berlin-Touristen. Das steht zur Abwechslung sogar im Reiseführer!) Ich bekomme nur ein schüchternes „Ja" über die Lippen. Seien Sie mal ehrlich, hätten Sie „nein" gesagt? Er strahlt, ich strahle – Ladys, der Mann ist so unwiderstehlich! Ein Cowboy der Neuzeit – ja, das trifft es! *#johnwaynestyle*

Wir betreten das Lokal – ich, bepackt mit meinem grünen Trolley aus der Topmodelkollektion (vielleicht hat er mich nur deshalb eingeladen?) und jeder Menge Schokolade. Wir werden überschwänglich begrüßt (eigentlich nur er, ich bin nur sein Schatten!) und bekommen sofort den besten Tisch zugewiesen. Es ist alles wie im Film – das Genre noch unklar, wobei ich sagen möchte „Romantic Comedy" ist mein persönlicher Favorit! Es gibt Champagner (what else?) und als ich zusätzlich um ein Glas Wasser bitte, bekomme ich eine Flasche Evian. Gut, gut, Leitungswasser hätte es zwar auch getan, aber wir wollen heute mal ein wenig dekadent sein.

„Wer bist du? Woher kommst du? Warum sind wir uns erst jetzt begegnet?", sagt er verschmitzt. Nach einem großen Schluck von diesem herrlichen Moët ist meine Aufregung verflogen und Frau Schnecke ist wieder schlagfertig (DANKE, ALKOHOL): „Eigentlich sind wir uns schon mal begegnet, aber du warst – wie soll ich es nett formulieren – ein ziemlicher Kotzbrocken, Klugscheißer, Wichtigtuer? Such es dir aus!" und dabei lächle ich selbstsicher. Man merkt irrplötzlich, wie seine Gehirnwindungen arbeiten und er intensiv überlegt, ob er mich schon mal flachgelegt hat. Kurz darauf seine Antwort: „Es tut mir leid, was auch immer ich getan habe. Aber ... (hier macht er eine kurze, theatralische Pause und schaut knuffig drein) du darfst dafür heute mit mir machen, was du willst." Deal! Dieses einmalige Angebot kann ich nicht ausschlagen, ich bleibe aber zumindest nach außen hin zurückhaltend und versuche es auf die bescheidene Klein-Mädchen-Art: „Dann lass uns über Filme reden, denn das ist meine Leidenschaft." Dabei zwinkere ich ihn an.

Während des Essens (ich bekomme keinen Bissen runter), bei dem wir ausführlich über seine Filmprojekte sprechen, berührt er immer wieder meinen Arm, meine Hand. Dieser Mann ist wirklich nicht nur gutaussehend, sondern auch beruflich top. Schauspieler, Regisseur, Produzent, Drehbuchautor. ALARM – er gefällt mir jetzt schon viel zu gut! Kaum ist der Tisch abgeräumt, ordert er ein Taxi. „Ich würde mich sehr freuen, wenn wir diesen Abend bei mir fortsetzen!" Und ich habe sofort das Gefühl, dass es keine Frage, sondern eine Feststellung ist, die keinen Einwand meinerseits zulässt. *#ausgeliefert*

Als ich nun im Auto neben ihm sitze und wir durch Berlin bei Nacht fahren (das ist übrigens sensationell und sollten Sie unbedingt mal erleben), blicke ich stur zum Fenster hinaus und meine Gedanken spielen mir – während er immer mal wieder an mir ankommt – einen Streich. Ich habe eine kurze Vision von uns. Ich trage einen sexy Fummel, einen Hauch von Nichts und sehe damit fantastisch aus. In meiner Fantasie habe ich die Figur von Model Ellen McPherson. Nennen Sie mich bitte jetzt nur noch „The Body". Neben mir steht er und blickt mich verliebt an, während er mir einen fetten Klunker an den Finger steckt. Es ist unsere Hochzeit. Rings um uns herum stehen die Promis dieser Welt. Ich sehe Brad und Angelina, die uns strahlend zunicken und in die Hände klatschen. Auf der anderen Seite Viola in Begleitung von Kiefer Sutherland, zumindest sieht er ihm ähnlich. Es ist ein schönes Bild und so romantisch, als wir uns küssen. *#whatadayforadaydream*

„Äh Süße, wir sind da.“ Schwupps! Da bin ich auch schon wieder in der Realität gelandet und von einer Sekunde auf die andere sind die Romantik und die beruhigende Wirkung des Champagners verflogen und ich bin hibbelig wie nie zuvor. Scheinbar bin ich auch während der Fahrt zur „Süßen“ geadelt worden. Hat er die Schokolade entdeckt?

An der Ecke, an der wir halten, hätte ich persönlich nicht nach einem Typen wie ihm gesucht. Ehrlich gesagt: wäre ich hier nicht mal allein hergekommen geschweige denn hätte ich mich ohne Begleitung aussteigen getraut. Wo ist denn bitte das große Anwesen, auf das ich mich gefreut habe? Minuspunkt auf der „Was gehört alles zu einem Star“-Liste. Als Filmgröße wohnt man nicht in einem Hinterhof! Und schon gar nicht im „ollen“ Kreuzberg.

Seine Wohnung (darf man das zu fast dreihundert Quadratmetern noch sagen?) macht jedoch vieles wieder wett: Eine Mischung aus Loft und Lifestylebude und ganz viel Platz. Hier möchte ich wohnen – mit oder ohne Mann. Wobei mir der Gedanke „mit“ immer besser zu gefallen scheint. Ich höre Vis fiktive Worte in meinen Ohren hallen: „Nein, nein, nein! Nicht verlieben! Gar nicht gut! Sei ein braves Mädchen.“ Ja, genau, als ob! Wissen Sie, Schauspieler küssen sich in zehn Staffeln ohne sich zu verlieben. Frau Schnecke zeigt man eben mal einfach die Wohnung und schon kaufe ich mir in Gedanken ein Brautkleid. *#keinehalbensachen*

Wir nehmen am Sofa Platz und obwohl das Teil riesig ist (das Sofa!), passt zwischen uns kein Blatt mehr – er pickt förmlich an mir. Dieses Exemplar von Mann ist zutraulich – das muss man schon sagen. Ich kralle mich an meinem Glas Champagner fest, welches er mir kurz zuvor in die Hand gedrückt hat. Also von sanfter Verführung hat er keine Ahnung, er ist fast ein wenig zu eindeutig, der liebe Mann. Nun ist er in Fahrt und erzählt mir mit sehr viel Herz von seinen Kids. Seine Vaterqualitäten beeindrucken mich und ich überlege, wie wohl der Name „Tizian" für unseren Sohn bei ihm ankommen würde. „Lorelei" habe ich für das Mädchen reserviert. Das sind Namen, die in Filmen und Serien verwendet werden. Das muss ihm doch gefallen, nicht? Ich bin mir sicher, er würde mit einer pinken Manduka-Trage und unserem Sprössling auf der Brust zum Anbeißen aussehen. In meinen Gedanken höre ich schon ein „Oooch, wie niedlich!" von meinen Mädels. Ja, richtig, stimmt, meine Mädels werden mir das hier nie, nie, nie glauben. Wann ist wohl der richtige Zeitpunkt, ihn zu fragen, ob ich ein Autogramm von ihm haben könnte oder ein Souvenir oder so was in der Art? Mal schauen, ob ich unbemerkt ein Foto für Instagram machen kann. *#geheimselfie #andenken #nureinekleinigkeitstibitzen*

„So – jetzt genug von mir." Oh oh, ich bin mit meinen Gedanken abgeschweift und habe seine Erzählungen verpasst. Hoffentlich fehlt mir jetzt keine elementare Info. „Deine Wohnung ist sehr schön", murmle ich in den Raum, um die Stille zu füllen – entspricht aber der Wahrheit. „Darf ich sie dir zeigen?", ergreift er die Gelegenheit und erhebt sich von der Couch. Ich glaube, das ist schon wieder eine rhetorische Frage gewesen …

Der alte Holzboden knarrt, als ich ihm durch das Loft folgte. Ich bin noch immer beeindruckt von seinem Domizil, denn das hier hat wirklich Stil und ist in keinem Fall protzig oder überladen. Er sollte überlegen, neben dem Filmbusiness im Lifestyle-Design-Bereich Fuß zu fassen, das könnte klappen! Als wir zum Badezimmer kommen, staune ich nicht schlecht. Mitten im Raum ist eine riesige Whirlpool-Badewanne (da hat er also das obligatorische „Pool" für wilde Feten versteckt!) und am liebsten hätte ich mir ein Schaumbad eingelassen und wie Julia Roberts in „Pretty Woman" die Textzeile „I just want your extra time and your kiss!" vor mich hingesungen. Aber er geht zügig weiter und ich kann nach und nach alle Räume der Wohnung inspizieren: Ein Schlafzimmer für seine Kinder (wenn sie mal auf Besuch da sind), ein Gästezimmer (ob man sich hier wohl für die Zukunft statt im Hotel einmieten könnte?), ein Fitnessraum, ein „Was auch immer"-Raum – hier gibt es ganz schön viele Zimmer. Selbstverständlich sehe ich mir während des Rundgangs nicht nur die Wohnung genauer an, sondern werfe auch immer mal wieder einen verstohlenen Blick auf ihn und dabei läuft mir ein prickelnder Schauer über den Rücken. Der Mann hat, trotz seines Alters, einen sensationell trainierten Body und ich muss mich zurückhalten, nicht zu sabbern.

Als wir schlussendlich zu seinem Schlafzimmer mit angrenzendem Bad kommen – ja, noch ein Bad, davon kann man nie genug haben –, steht dort keine weitere große einladende Badewanne, sondern ein Normalo-Teil. Ein wenig enttäuscht merke ich an: „Die Wanne im anderen Bad hat mich ehrlich gesagt mehr beeindruckt." Darauf er: „Ich dusche lieber – allerdings sitzend. Das Wasser läuft dabei langsam über den Körper, man genießt den Dampf und entspannt sich", dabei deutet er auf einen ausgebauten Duschraum auf der rechten Seite des Raumes. Im Werbefernsehen für Dampfduschen wäre er der Bringer. I am very impressed und ich bekomme unweigerlich meinen „Nimm mich!"-Gesichtsausdruck. Das geht ganz automatisch. Dennoch ist meine „spontane" Seite oftmals schneller als mein überlegter Part und bevor ich viel nachgedacht habe, höre ich auch schon die Worte „Stimmt, in deinem Alter sollte man sich lieber setzen beim Duschen. Das lange Stehen geht da nicht mehr so gut" aus meinem Mund kommen. Habe ich das eben wirklich gesagt? Er lächelt und meint: „Ganz schön frech, das Mädchen. Dann musst du den alten Mann jetzt wohl oder übel zum Bett führen." Dabei hängt er sich mit seinem Arm bei mir ein. Ein seltener Moment: Frau Schnecke ist sprach- und regungslos. Das meint er doch jetzt nicht ernst, oder? Er, ich, Bett? Wahnsinn – das glaubt mir niemand! Er wartet meine Reaktion – die ohnehin nicht gekommen wäre – gar nicht ab, geht mit mir ins Schlafzimmer, bleibt an seinem überdimensional großen Bett (Kingsize ist dagegen mini! Das nennt man wohl Spielwiese extra-large) stehen und fängt an, mich leidenschaftlich zu küssen. Es ist großartig! Es ist atemberaubend und ab diesem Zeitpunkt ist Frau Schnecke im Delirium, einfach nur weggetreten und alles läuft nur noch nach seinem Drehbuch und seiner Regie ab. *#klappedieerste*

Geschickt manövriert er mich aufs Bett und startet den Entkleidungsakt. Bevor noch die „heiklen" Frau-Schnecke-Teile zu sehen sind, frage ich schüchtern: „Könnten wir eventuell das Licht dimmen?" Er grinst und sagt: „Oh die Dame mag es offenbar dunkel und verrucht." Ähm, nein – ich will nur einfach nicht, dass er mich ohne Tuning (ohne Wonderbra, ohne Miederhose) in vollem Scheinwerferlicht zu Gesicht bekommt. Schattenspiele lassen mich im Glanz erstrahlen. Das denke ich selbstverständlich nur und sage es diesmal nicht laut! Manchmal habe ich auch die Kontrolle über die Worte, die meinen Mund verlassen. Er fummelt halbherzig am Lichtschalter herum, aber es ändert sich herzlich wenig an der Beleuchtung. Na egal, dann muss ich mich wohl entsprechend drehen und wenden, um möglichst sexy auszusehen und seine Aufmerksamkeit auf meine besten Teile zu leiten. Als ich schließlich schon fast nackt bin, merke ich an, dass es nun auch für ihn an der Zeit wäre, ein wenig die Hüllen fallenzulassen und ich öffne schwungvoll seinen Reißverschluss. Wui, das hätte böse enden können. Mal wieder ein Mann, der Unterwäsche für überbewertet hält. Tz! In diesem Moment erinnere ich mich dunkel an einen Boxershorts-Werbespot mit ihm, und wieder mal ist bewiesen: alles Lug und Trug.

Dennoch: Ich bin Wachs in seinen Händen und lasse es einfach geschehen. Er ist über mir, nackt und sieht dabei einfach nur gut aus. Immer wieder streiche ich mit meiner Hand über seine trainierte, glatte Brust und es bringt mich in Wallung. Eigentlich stehe ich zwar mehr auf den männlich behaarten Typ, aber allein der Gedanke, dass ich jetzt die begehrteste Brust Deutschlands tätschle und viele Frauen dafür töten würden, macht dieses Manko unwichtig. Wiederholt ertappe ich mich dabei, die Augen geschlossen zu halten und zu genießen, aber ich ermahne mich im Geiste sofort selbst: „Hinschauen! Die Bilder sind einfach zu gut. SAVE MODE!" Schade, dass man manche Erlebnisse nicht als Bewegtbild mit passender Musik („I am on fire" von Bruce Springsteen) speichern und jederzeit abrufen kann!

Plötzlich – schneller als erwartet – haben wir Sex. Es fühlt sich warm und innig an, als er in mich eindringt. Doch dann schießt ein Gedanke in meinen Kopf: „Wann ist wohl der richtige Moment, ihm zu sagen, dass wir das Kondom vergessen haben?" Der zweite Gedanke folgt sogleich: „Ach herrje, wenn wir das Kondom weglassen, warum nehme ich denn grad jetzt noch die Pille? Das wäre der ideale Zeitpunkt für das Unternehmen Plan B (nur Kind, kein Mann). Noch dazu mit *so einem* Mann! Doch gerade, als ich ansetzen will, ihn auf die fehlende Verhütung aufmerksam zu machen (meine Gesundheit geht dann doch meinem Plan B voraus), wird das Licht auf Spotlight geschaltet und eine junge Blondine mit Modelmaßen und blauen Kulleraugen steht im mitten Raum. Als Gossip-Junkie erkenne ich sie sofort: Ein aufgehendes Sternchen am Modelhimmel, mit dem er in letzter Zeit öfter gesehen wurde. Sie sieht aus wie eine Porzellanpuppe, unglaublich schön, und ich bin mir sicher, für sie wurde der Song „Just the way you are" von Bruno Mars geschrieben. *#amazing*

Während ich versuche, die Bettdecke über mich zu werfen, lässt sich der gute Mann nicht dabei stören, es mir zu besorgen. Erst als er merkt, dass ich etwas angespannt in die Luft starre und keinerlei erotische Geräusche (Okay, ich gestehe – beim Sex bin ich laut!) mehr von mir gebe – nur ein lauter werdendes „Ähm!" – stoppt er und bemerkt unseren Besuch. Das Mädchen steht wie angewurzelt da und ich kann an seinem entsetzten Gesichtsausdruck den Kummer und Schmerz ablesen, den ihr diese Szene gerade antut. Ich habe Mitleid und bin heilfroh, dass ich nicht an der Stelle der Modelschönheit bin. Wobei mir mein Part in diesem Schauspiel auch kein gutes Gefühl vermittelt. Ich bin jetzt wohl vom Status „Star meines Films" in die Nebendarstellerschiene gerutscht. *#knappdanebenistauchvorbei*

„Könntest du bitte gehen! Äh, und mach das Licht aus, bitte!" sagt er ganz ruhig und eiskalt in ihre Richtung. Sie macht kehrt und läuft tränenüberströmt davon. Das Licht bleibt übrigens an! Keine Vertuschung meiner Dellen und Furchen mehr möglich. The stage is mine!

Er macht keinen Versuch, die Situation zu erklären, sondern streichelt mich zärtlich, küsst mich über den ganzen Körper, als wäre nichts gewesen, und schon ist die Szene vergessen (bitte nicht böse sein, man begegnet nicht jedem Tag so einem Mann) und es kann weitergehen. Ab hier müssen Sie ein bisschen Vorstellungskraft beweisen! Ein paar pikante Details muss ich doch auch für mich behalten. *#vertraulich #frauschneckegeniesst-undschweigt*

Als ich später unter der Dusche stehe (ich bin zwar schon einunddreißig, aber das Sitzen beim Duschen überlass ich dann doch alternden Schauspielern über fünfzig), bin ich beglückt über diese Begegnung mit ihm, hoffe inständig, mich nicht in ihn verguckt zu haben (das geht bei Frau Schnecke, wie wir alle wissen, oft im Vorbeigehen) und beschließe gleichzeitig standhaft, dass in dieser Welt eine „Puppe" pro Mann reichen muss. Das hier ist mir zu sehr ein Puppenhaus, wo Frauen ein- und ausgehen.

Als ich wieder alle meine Kleider anhabe, übergebe ich ihm zum Abschied meine Visitenkarte (man weiß ja nie, man sieht sich oft zweimal im Leben) und verlasse nach einem intensiven Kuss, währenddessen er mir ständig auf mein Hinterteil greift und es knetet (Fetisch?), seine Wohnung. Einer Sache kann ich mir sicher sein: Meine Rundungen findet er gut. Wochen danach (wir mailen ab und zu belangloses Zeug) bekomme ich ein Mail von ihm, in dem er auf meine Frage „Warum gerade ich und kein Model?" antwortet, dass es mit mir „anders" und eine willkommene Abwechslung gewesen sei. Frauen dieser Welt, aufatmen! Auch prominente Sexsymbole mögen Frauen mit was dran. Fortsetzung gibt es allerdings keine, es bleibt bei dieser einen intensiven Begegnung.

Am Tag danach bekomme ich einen Anruf von Vi, die sich nach meinem Befinden erkundigt und beiläufig wissen will, wie Berlin denn so sei und ob ich denn einen Promi flachgelegt hätte, denn *der* deutsche Promi wäre auf jeden Fall wieder solo. Sie hat ja keine Ahnung, wie sehr sie ins Schwarze getroffen hat! Und dann erzählt sie mir von der Aufmacher-Geschichte der aktuellen BILD-Zeitung: Er, mein One-Night-Stand, hat sich von ihm, dem Mädchen mit dem Puppengesicht, getrennt. Im Einvernehmen. So kann man es auch nennen! Die Bild titelt: „Was ist der Grund für das Liebes-Aus?" Ach, die haben ja keine Ahnung. Für mich geht das Leben ganz normal weiter, allerdings mit schönen Bildern im Kopf und dem Bewusstsein, einmal der Grund für eine Promi-Meldung gewesen zu sein. Nur blöd, dass ich das nicht in meinem Lebenslauf anführen kann!

Ich habe in Berlin zwei Dinge von meiner „Das muss ich erlebt haben bevor ich sterbe"-Liste, der sogenannten „Löffelliste" abgehakt. Alters-Schallmauer – diesmal nach oben hin – durchbrochen. Stand zwar nicht drauf, aber jetzt ist es erledigt: Das war mein erster „Opa" im Bett! Und außerdem habe ich einen richtigen Star vernascht. Ein Sexsymbol. Ich gebe zu, das stand drauf. Ich neige mein Haupt „gschamig", doch ... was soll da jetzt noch groß kommen? Wie kann ich das toppen? What's next? *#aintnomountainhighenough*

Ihre Frau Schnecke

#20

Manchmal läuft meine Motivation mit einem Cocktail nackig über die Wiese!

Nach Berlin dachte ich, ich könnte Bäume ausreißen. Also kleine Bäume, vielleicht Bambus? Oder Blumen? Na gut. Gras. Gras ginge. Ich war in jedem Fall motiviert, denn das Jahr war mehr als perfekt angelaufen. Positive Grundstimmung und Sex-Abenteuer auf dem internationalen Starparkett. Mein Unterbewusstsein sang in Dauerschleife Gabriels Nr.1-Hit „Dreams can come true". Alle Männer, die mir von nun an auf meinem Weg begegneten, waren niedlich, aber hielten dem Vergleich mit meinem „Piefke-Leckerli" – wie soll ich ihn nur nennen, ohne den Namen zu verraten? – nicht Stand. Wozu also ein weiteres Sexabenteuer starten, wenn es doch nur schlechter sein kann als das vorher erlebte? Doch wie das halt so ist: Wenn man nicht will, sich rarmacht, dann laufen sie einem die Bude ein. Ich versteckte mich im Job (immer gut, die Karriere voranzutreiben), flüchtete mich in Überstunden (als Erste kommen, als Letzte gehen) und schöpfte mein Stresslimit bis zum Anschlag aus! Obwohl ich von Natur aus ein Adrenalin-Süchtler bin, war dann irgendwann dennoch mal das Limit erreicht. Als ich eines Morgens unter der Dusche stand, mein Telefon läutete (statt „Bussi Baby" schrillte „Bologna" aus dem Lautsprecher – Sie sehen: Ich bin ein treuer Wanda-Fan!) und ich so schnell ich konnte und komplett nass-triefend ins Vorzimmer lief, um den

Anruf nicht zu verpassen, zog mir das Leben wortwörtlich den Boden unter den Füßen weg und mein Kopf machte mit den grauen Steinfließen Bekanntschaft. Den Anruf hatte ich nicht mehr annehmen können, dafür dröhnte jetzt mein Schädel und ich tastete meinen Kopf nach Beulen ab. Er war zwar noch ganz, aber tat höllisch weh. Ich gönnte mir eine knappe Viertelstunde mit kaltem Waschlappen auf dem Haupt (das musste reichen!) und ging wie gewohnt zur Arbeit.

Als ich abends bei einem Cocktailempfang im Rathaus stand – mein brummender Schädel fühlte sich mittlerweile an wie bei einem Raketenstart (drei – zwei – eins – aua) – gab es mir dann zu guter Letzt noch einen heftigen Stich in den Rücken. Ich musste mich wohl beim Sturz verrissen oder mir etwas geklemmt haben. Daher fuhr ich freiwillig in die Ambulanz, wo ich „akut" versorgt wurde, Schmerzmittel oral sowie eine Infusion bekam und mit dem eindringlichen Rat, morgen meinen Hausarzt aufzusuchen und mal Ruhe zu geben, nach zwei Stunden wieder entlassen wurde.

„Evalein, was machst du denn? Ich glaube, eine Auszeit würde dir gut tun." Mein Hausarzt, den ich schon seit meiner Kindheit kenne (er sieht ein bisschen aus wie Gandalf aus „Herr der Ringe"), schüttelt den Kopf und blickt mich an, als wäre ich ein verwundetes Rehkitz. „Ich schicke dich auf Kur – das bekommen wir schon genehmigt." Wie? Kur? Ich? BITTE NICHT! Erstens liegt mir nichts ferner, als den herannahenden Frühling irgendwo in einem versifften Krankenkassenambulatorium zu verbringen und zweitens: Wenn schon Auszeit, dann bitte nicht mit alten Greisen, sondern mit durchtrainierten Beachboys im besten Alter. Ich habe da mehr den Surfweltcup in Podersdorf im Auge! Leider ist jeder Einwand zwecklos. Scheibenkleister! „Du musst mal drei Wochen runter vom Gas. Und ganz ehrlich: Ein paar Kilo weniger würden dir auch nicht schaden", kommentiert meine beste Freundin. Ach neee. Hmpf! Es gibt zwei, die immer die Wahrheit sagen: Viola und meine Leggins! *#wahrheitmussnichtimmersein*

Komplett ohne jegliche Motivation werfe ich das Kuvert mit dem Kur-Antragsformular in den Briefkasten meines Vertrauens und hoffe inständig, dass man mir dieses Drei-Wochen-Asyl nicht genehmigen wird. Doch nur eine Woche später erhalte ich bereits die Bewilligung für einen Kuraufenthalt im tiefsten Waldviertel. Wenn man es nicht braucht, geben die Herren und Damen bei der Krankenkasse mal richtig Gas. Keine Weltreise von Wien entfernt, aber doch weit genug weg, um nicht mal eben daheim vorbeischauen zu können. Ich rufe daher pflichtbewusst unter der angegebenen Nummer der „Gesundheitsoase" (wie das schon klingt – bieder, spießig!) an und erfrage die wichtigsten Meilensteine.

Punkt eins: Welche TV-Kanäle kann man auf den Zimmern empfangen? Ich rattere die Liste aller Privat-TV-Kanäle herunter. Diese Info ist entscheidend. Die Antwort: Ja, man hätte wohl einige Sender gespeichert – ORF sei da jedenfalls fix mit dabei, aber nicht alle und man könne das auch nicht ändern. Sie können sich vorstellen, dass ich ordentlich Wirbel mache und die Dame mir ein wenig genervt verspricht, mit dem Haustechniker zu sprechen. Ich glaube, ich habe ihr zu eindringlich begreiflich machen wollen, wie wichtig Fernsehen ist. Aber so bin ich halt.

Punkt zwei: Wie weit ist das nächste Kino entfernt? Die Antwort: „In Zwettl.“ Na toll, eine Nullaussage, da ich nicht weiß, wie weit Zwettl von diesem Gefängnis entfernt liegt. Man verweist mich bei meiner Rückfrage auf Google Maps. Wie nett.

Punkt drei: Gibt es in der näheren Umgebung (Sie sehen, ich lerne mit jeder Frage dazu!) eine Möglichkeit zur Abendgestaltung? Die Dame am anderen Ende der Leitung zerschmettert binnen Sekunden meine Hoffnungen auf laue, ausgedehnte Abende bei Cocktails und guter Stimmung und meint nur nüchtern: „In Zwettl und Krems gibt's scho' wos. Aber bei uns ist ab zweiundzwanzig Uhr Ausgangssperre, da müssen alle wieder da sein.“ Verdammt! Der liebe Onkel Doc hat mir hier ordentlich was eingebrockt. Das letzte Mal, dass ich so zeitig daheim sein musste, war ... Mensch, ich kann mich gar nicht erinnern!

Als ich Viola von meiner Recherche erzähle, prustet sie los und muss sich den Bauch halten. „Ach Schneckerl, entspannen heißt auch mal einfach nichts tun. Einfach wie damals – gute Bücher lesen, Narrenkasterl schauen und keine Männergschichtln. Und du wolltest doch ohnehin abnehmen, oder?“ Sie wiederholt sich und ich find's gar nicht lustig. *#ironieoff*

So voll beladen sieht mein Auto ein wenig wie ein Umzugswagen aus. Eine Frau braucht für drei Wochen eben mehr als einen Koffer und da ich nicht genau weiß, was mich dort erwarten wird, habe ich den Inhalt meines Kleiderschranks – sowie mein komplettes Badezimmer – so gut es geht eingepackt. Meine Begeisterung für diesen „Zwangsurlaub" hält sich weiterhin in Grenzen, also versuche ich, mich mit Sommerhits von einst in fröhliche Stimmung zu versetzen. Als der „Rigga Ding Dong Song" aus meinen Lautsprechern schallt (ja, der Song ist Kacke, aber die Erinnerung dazu ist mehr als lustig – nein, keine Details, weil nicht jugendfrei!), poste ich noch schnell auf Facebook „Frau Schnecke hat Ferien", setze meine neue Angeber-Sonnenbrille (verspiegelt, weil cool) auf und brause los.

Pro gefahrenem Kilometer wird die Umgebung „ländlicher", auch die Duftnote ist unverkennbar, und ich werde immer „panischer", da sich mein Handyempfang zu verabschieden droht. In mir keimt der böse Gedanke auf, dass ich nun einundzwanzig Tage ohne Kontakt zur Außenwelt sein könnte. Das würde ich nie und nimmer durchstehen. Frau Schnecke ist und bleibt ein urbanes Wesen, ich bin ein Stadtmädel – holt mich hier raus! *#daswaldviertelistmeindschungelcamp*

Nach knapp neunzig Minuten Fahrzeit habe ich mein Ziel erreicht. Danke an dieser Stelle an Heidi! Ohne Heidi – die Stimme meines Navis – hätte ich die Metropole Moppelberg sicher nie gefunden! Der Name „Moppelberg" ist sicher eine Anspielung auf mein Gewicht. *#verfolgungswahn* Und siehe da: Mein Handyempfang meldet sich zurück! Danke, lieber Gott, danke vom Grunde meines kommunikationswütigen Herzens!

Als ich beim Haupteingang vorfahre, ist mir klar, dass ich mit meiner Ankunft den Altersdurchschnitt auf ein denkwürdig niedriges Niveau senke und das macht mir wieder Hoffnung, noch nicht komplett in die Kategorie „Fossil" zu gehören. Die „Greise", die hier vor der Tür stehen, um ein paar Sonnenstrahlen abzubekommen, um dabei eine Zigarette nach der anderen zu vernichten (auch eine Art der Therapie: „Nikotininhalation"), starren mich an, als wäre ich eine Außerirdische und soeben mit meinem Raumschiff gelandet. Ich sag Ihnen die Wahrheit: Ich fühle mich auch so.

„Servus!" grüße ich beim Eintreten ins Haupthaus. Die Damen an der Rezeption, so richtige Landeier, beäugen mich argwöhnisch. Einerseits scheint ihnen meine Kette zu gefallen, andererseits finden sie wohl die Anhängerkombination „Handschellen, Waffe und Peace-Zeichen" nicht ganz stimmig und ich kann nicht umhin, ein wenig die Wien-Tussi raushängen zu lassen. Allerdings mit hochdeutscher Sprache, damit der Waldvierteldialekt noch „bochener" rüberkommt. Man erklärt mir die Hausordnung, die Gepflogenheiten bei Therapien, sowie alles zum Therapieplan. Das klingt fast nach Krankenhausbetrieb und stellen Sie sich mal vor: Die Therapien machen auch vor dem Wochenende keinen Halt. Man gibt mir die Übersicht für die Mahlzeiten. Keine darf ausgelassen werden. Diese Regel schaffe ich locker. Die Essenszeiten sind streng und es gibt keine Ausnahmen. Frühstück bis neun Uhr. Die Frage nach dem Langschläfer-Brunch hebe ich mir für einen späteren Zeitpunkt auf. Mittagessen um dreizehn Uhr – das sollte klappen, danach werde ich mich einem Mittagsschlaf hingeben (so ein Nickerchen ist, als würde man den Tag mit Käse überbacken) – und Abendessen um achtzehn Uhr. Das allerdings kollidiert nicht nur mit meinen Fernsehgewohnheiten, sondern auch mit der Tatsache, dass ich einfach vor der Prime Time keinen Spaß dran habe, mein Dinner einzunehmen. Aber auch das lasse ich für den Moment mal einfach so stehen. Ich will nicht schon zu Beginn lästig sein. Indes hat sich mein Telefonanruf bereits rumgesprochen, denn der Mann, der mein Gepäck ins Zimmer bringt, meint nur: „Sie sind also die Frau vom Fernsehen, wegen der wir im ganzen Haus die komplette Senderprogrammierung ändern mussten." Ups! Ist der Ruf erst mal ruiniert, lebt es sich ganz ungeniert! *#kurgastdesjahres*

„Hallo Vi – guess what! Ich bin schon in meinem Zimmer! Wie es ist? Ein Bett, ein Tisch, ein Fernseher. Nein, keine Badewanne, kein Whirlpool – nur Grundausstattung – eine Dusche und viel zu wenig Ablagefläche. Überall Sicherheitsgriffe für alte Leute und in der Dusche und über meinem Bett hängt eine Notfallklingel. Dabei bin ich mir sicher, dass die hier mit ‚Notfall' keinen Notstand in sexueller Hinsicht meinen, also ist das Ding komplett sinnbefreit! Bla bla bla ..." Ich bin mir sicher, Viola wird mich zurückrufen, sobald sie meine Nachricht abgehört hat, schließlich raunze ich ihr die Mailbox voll.

Die verordneten fünf Minuten zu früh (O-Ton der Rezeptionistin: „Am besten, Sie kommen immer fünf Minuten vor den angegebenen Zeiten zu den Mahlzeiten und Therapien – dann kann gar nichts schiefgehen!") tauche ich beim Abendessen auf. Mein zugewiesener Tisch ist unbemannt und ich nehme Platz. Drei freie Stühle stehen noch bereit und in den kommenden Minuten wird sich entscheiden, mit wem ich meine Essensrationen einnehmen werde. Ich inspiziere skeptisch die Menschen, die den Speisesaal betreten. Der Mann mit Glatze und dem Überbiss – gehört der zu mir? Puhhh, nein, tut er nicht. Das schwerhörige Ehepaar – meine Tischnachbarn? Nein, auch nicht. Ich bin froh, als diese Menschen nach und nach die umliegenden Tische ansteuern. Da mir das Ratespiel fast zu aufregend wird, lasse ich ab und blicke ein wenig durch das Fenster auf den angrenzenden Wald. Manche nennen es „Blick in die Natur", ich sage dazu weltfraulich „Einöde-View".

„Hallo, ich bin Sabine. Ich hoffe, es ist in Ordnung, wenn wir gleich per Du sind?" Eine hübsche Frau, top-gestylt mit halblangen dunklen Haaren, reißt mich aus meinem Narrenkasterl und nimmt zu meiner Rechten Platz. Gleich darauf kommt Monika, blond und blaue Augen, an unseren Tisch, lächelt und meint ehrlich keck: „Mit euch verbring ich also meine Kur? Ich hätte es schlechter treffen können!" Beide Frauen sind mir sofort sympathisch. Sie sind zwar ein paar Jährchen älter als ich, geschätzte Ende vierzig, aber einerseits jünger als alle andern Kurgäste und andererseits nicht schüchtern oder auf den Mund gefallen. Das gefällt mir. Beim Essen (die hier nennen das so – ich suche noch verzweifelt nach der richtigen Bezeichnung für „komplett geschmackloses Irgendwas") beschnuppern wir uns. Sabine entlarven wir sofort als Streberin. Sie hat sich schon das Zusatzsportangebot gecheckt und sich für den kommenden Tag um acht Uhr für eine Stunde namens „Bauchattacke" angemeldet. Voller Euphorie versucht sie Monika und mich zu überzeugen, auch daran teilzunehmen. „Na, na, na – ich muss mich doch erst eingewöhnen. Meinen Bauch gleich am ersten Tag zu attackieren, das würde er mir nie verzeihen." Monika pflichtet mir bei und meint: „Nichts überstürzen!" Wir beide interessierten uns weniger für das Sportprogramm als für den Speiseplan. Die Zwischenmahlzeiten sind klar definiert: Obst oder Joghurt oder man lässt sie ganz ausfallen. Die Entscheidung ist für mich klar – keine Zwischenmahlzeit für Frau Schnecke! Denn bei mir braucht so ein Snack zumindest einen fünfzig prozentigen Schokoladeanteil und nein, niemand wird mich je davon überzeugen können, dass „ein Apferl" auch „eine leckere, süße Alternative" ist. Wenn ich Schokolade will, dann will ich Schokolade! Und das diskutiere ich nicht! *#keinekompromisse*

Da bin ich nun also. Ich habe es mit Sabine und Monika an meiner Seite gut getroffen. Der Zölibat wird ein Klacks – mangels Gelegenheiten ist das nicht mal der Rede wert. Viel mehr sorge ich mich um die Möglichkeit der Schokoladenzufuhr und um die lüsternen Blicke der älteren Geilspechte rund um mich. Ich hätte nie gedacht, dass die Männerquote auf einer Kur dermaßen hoch sein würde. Heißt es nicht, Männer sterben eher? *#statistikenlügen*

Patrick Swayze hat gerade meine Hand genommen und „Frau Schnecke gehört zu mir!" verkündet, als plötzlich ein widerliches Läuten in meinen Traum platzt, von dem ich unweigerlich aus dem Schlaf gerissen werde. Sowas aber auch, genau an dieser Stelle hat mich das reale Leben schon zu oft dem großen Happy End mit Hebefigur weggeschnappt. Ich werde nie wissen, ob Patrick Swayze mich stemmen kann. Ich taumle zum Telefon und krächze ein verschlafenes „Ja, bitte" in den Hörer. Es meldet sich eine zickige Krankenschwester, die mich im Befehlston darauf hinweist, dass ich die Blutdruckmesszeit fast verpasst habe und ich mich schleunigst in der Ambulanz einzufinden hätte. Widerstand ist zwecklos und so ziehe ich mir eine Jeans über, schnappe mir ein T-Shirt, putze meine Zähne im Eiltempo und laufe aus dem Zimmer.

„Ich HASSE es, früh aufzustehen! Ich bin ein Nachtmensch! Und diese Furie von Krankenschwester hat sich auch nicht überzeugen lassen, das Blutdruck-Jour-Fixe am Morgen für mich zu streichen. Ich bin doch noch keine hundert! Und meine Werte sind immer ganz normal, nur nicht, wenn ich hier getriezt werde! Mal ehrlich – jeden Tag bis spätestens dreiviertelsieben in der Ambulanz zu erscheinen, ist Schnecken-Quälerei. Zu dieser Zeit bin ich grad in der wichtigsten Schlafphase!" Sabine und Monika amüsieren sich scheinbar köstlich, als ich meinen Frust beim Frühstück – um gerade mal sieben Uhr – loswerde. Die beiden gehören zu der von mir gemiedenen Spezies der Frühaufsteher, haben jedoch zumindest ein wenig Mitleid für mich übrig. Na wenigstens etwas!

Kaum habe ich meinen Kakao mit Magermilch (ich trink doch keinen Kaffee und Red Bull wird hier nicht angeboten!) fertig getrunken, verabschiede ich mich in Richtung Zimmer. Es ist nun halb acht. Ich habe also noch über eine Stunde Zeit, ein Schläfchen zu halten und pünktlich zum verbindlichen „Polar"-Vortrag (was auch immer sich dahinter verbirgt) zu erscheinen. Als ich mich in mein Kissen kuschle, versuche ich mich wieder in meine Lieblingsszene aus „Dirty Dancing" reinzuträumen und dämmere schnell weg.

Ich werde durch einen Sonnenstrahl geweckt, der meine Nase kitzelt. Ein Blick auf die Uhr meines Handys und ich erschrecke: Es ist bereits Punkt neun Uhr und ich sollte längstens im Seminarraum Platz genommen haben. Zum zweiten Mal an diesem Tag rase ich aus meinem Zimmer direkt zum Polarvortrag und bin in ganz mieser Stimmung. Ich bin die Letzte, die den Raum betritt und ergattere den einzigen freien Stuhl – leider direkt in der ersten Reihe. Die haben sich hier gegen mich verschworen!

Als ich aufblicke, lächelt mir der Vortragende entgegen. Oh la la, wer ist denn das? Meine Stimmung hellt sich innerhalb von Sekunden auf. Der Kerl, der mir hier gegenübersteht und uns den Ablauf des Vortrags erklären wird, könnte mir gefallen. Er ist groß, um die dreißig und durch sein Outfit kann man die Wölbungen von klar definierten Muskelpartien erkennen. Zölibat-Ausnahme? Doch als er zu sprechen beginnt, erkenne ich den Schönheitsfehler: Der Typ ist aus Kärnten, ein Armin-Assinger-Verschnitt, zumindest klingt er so. Sie müssen wissen: Ich predige seit Jahren, dass Dialekte bei Männern in erster Linie furchtbar sind und dass in zweiter Linie der Kärntner Dialekt der Übelste ist, weil er einfach extrem unmännlich klingt. „Kipferle", „Häferle" und nicht zu vergessen „Leilei" – die sprichwörtliche Verbrennung des Duden! Und jetzt steht hier ein Adonis vor mir und spricht genau das: Kärntnerisch! Das ist gemein. Im Geiste höre ich dennoch die Stimme meiner Mutter sagen: „Schauen tut man mit den Augen! Nicht anfassen!" Puh – das fällt mir aber schwer! Ob ich ihn wohl bitten könnte, einfach zu schweigen? *#vortraginzeichensprache*

Den kompletten Vortrag über habe ich nur Augen für diesen Mann, allerdings höre ich ihm keine Sekunde zu (ich versteh ohnehin kein Wort von dem, was er sagt), denn ich finde es völlig für die Fische, mir von ihm eine Uhr mit Puls-Funktion erklären zu lassen, wo doch sicherlich eine Bedienungsanleitung bei jedem Teil mitverpackt sein wird. Kaum ist der Vortrag zu Ende, schnappe ich mir daher meine Uhr und will gerade den Raum verlassen, als der Fitnesstrainer auf mich zukommt. „Ich wollte nur fragen, ob ich Ihnen noch etwas zu der Uhr erklären soll? Sie haben ja den Anfang ein wenig verpasst." Ja, ja, reiten wir nur drauf rum, dass ich einmal im Leben unpünktlich war! Ich erwidere schnell und ohne viel nachzudenken in meiner üblich emanzipierten, kaltschnäuzigen Art: „Wissen Sie, wer lesen kann, ist klar im Vorteil. Und ich hab ja die Bedienungsanleitung. Also danke!" – und schon bin ich weg. Als ich den Gang entlanggehe, wird mir erst die Tragweite der soeben verpatzten Flirtmöglichkeit klar. Aber egal – kein Interesse!

„Das war fast ein vergebener Elfmeter!“, meint Monika beim Mittagessen, und Sabine ergänzt: „Also wenn ich zehn Jahre jünger wäre, dann würde *ich* ihn mir schnappen.“ Aber nein, das war schon gut so, mein Instinkt hat das Ruder übernommen, es spricht einfach zu viel dagegen, ich bin aktuell nicht im Jagdmodus und der Dialekt ...

Müde schiebe ich das Thema beiseite. Es gilt vorerst, die verordnete Walking-Einheit zu überleben. Wer setzt denn bitte so was direkt nach dem Mittagessen an? Da will ich doch endlich mal schlafen! Es ist meiner lausigen Stimmung auch nicht gerade zuträglich, als es zu regnen beginnt, während ich mich für die erste Walking-Stunde in meinem Leben umziehe. Schmollend mache ich mich auf den Weg zum Treffpunkt – in schwarzer Dreiviertel-Hose, im weißen asymmetrischen Designer-T-Shirt und mit einer leichten schwarzen und schlichten Kapuzenjacke. Das Outfit muss vor allem gut aussehen – hier habe ich konkurrenzlos die Möglichkeit, einmal so richtig als Hingucker durchzugehen. Als ich bei der Rezeption vorbeischreite, überhöre ich absichtlich die abfälligen Kommentare der Landeier – die sind ja nur neidisch! Niveau ist eben keine Creme, meine Damen! Aber ich schlage zurück: Mittelfinger? Nö, brauche ich nicht! Ich kann das mit den Augen!

Monika und Sabine sind auch tippi-toppi – aber im Gegensatz zu mir regenfest – ausgerüstet und lächeln mir unter ihren markenlosen Regenjacken entgegen. „Mädchen, so kannst du aber nicht rausgehen. Es regnet! Du wirst dich erkälten“, umsorgt mich Sabine und ich kann sie gerade noch davon abhalten, in ihr Zimmer zu laufen, um mir eine ihrer Ersatzjacken zu geben, die mit Sicherheit mein Outfit zerstören würde. „Ich bin zwar süß, aber nicht aus Zucker und das bisschen Regen wird mir schon nichts machen." Es ist klar, dass ich mir jetzt gerade selbst den ersten „Prinzessinnenstempel" aufgedrückt habe, aber was soll's.

Kurz darauf erscheint unser „Walking Instructor" und siehe da: Es ist der Fitnesstrainer, der bekleidet mit einem Popeye-T-Shirt (irgendwie peinlich und gleichzeitig niedlich!) und natürlich einem Lächeln auf dem Gesicht den Eindruck macht, als würde ihm selbst das Regenwetter nicht die gute Laune und die Begeisterung an der Bewegung nehmen. Er hat eindeutig den richtigen Beruf gewählt. Brav verteilt er geduldig die Walkingstöcke, hilft beim Einstellen der Polaruhren (ich mache meine gleich wieder aus, denn das penetrante Piepsen macht mich irre!) und erklärt die Walkingtechnik. Danach werden wir in Gruppen eingeteilt: einmal „schnell" und einmal „gemütlich". „Gemütlich" ist das Codewort für „zu fett für schnelle Bewegung". Mein Flehen hilft nichts, ich werde gnadenlos der „schnellen" Gruppe zugewiesen und habe damit McSexy-Fitness als Aufpasser mit dabei. Gottlob sind Sabine und Monika mit von der Partie, da habe ich wenigstens jemanden zum Quatschen, wobei ich mir nicht sicher bin, ob ich walken und eine Unterhaltung gleichzeitig ausdauermäßig stemmen werde. Aber mal schauen. Zumindest hat sich das Wetter entspannt und der Regen mittlerweile aufgehört.

Während ich die ersten Schweißperlen auf meiner Stirn spüre, rast Sabine an mir vorbei und wiederholt dabei ständig den Satz „Ich bin eine leistungsfähige Maschine!" Oooookay! Monika und ich trotten im Mittelfeld der Gruppe dahin. Plötzlich ist unser Trainer direkt neben mir und gibt Ezzes zu meiner Walkingtechnik. Ohne Vorsatz bin ich in seinen Aufmerksamkeitsradius gerutscht, denn er bleibt hartnäckig an meiner Seite. Ich finde Inputs zu meiner „Technik" immer gut und dazu fiele mir jetzt viel Zweideutiges ein, aber ich bin ja gar nicht interessiert an unserem Trainer (habe ich das glaubwürdig vermittelt?), daher stelle ich eine nützliche Frage: „Sag mal, weißt du vielleicht, wo hier in der Nähe das nächste Kino ist?" Schnell befinde ich mich in einem regen Austausch über das Filmgenre und finde Gefallen an McSexy-Fitness. Monika lässt sich unterdessen immer weiter nach hinten fallen und bildet nun das Schlusslicht der Gruppe. Ich bin also allein mit ihm an meiner Seite und als ich es bemerke, wird mir heiß und ich schaue mich schützenhilfesuchend nach meinen Kurkolleginnen um, doch die sind nirgendwo zu erspähen: Es wird gewalkt und gewalkt ... und gewalkt.

„So meine Herrschaften – damit haben wir die erste Walkingeinheit erfolgreich beendet. Vielen Dank. Ich helfen Ihnen jetzt noch gerne bei der Auswertung mit den Pulsuhren", verlautet McSexy-Fitness in die Runde. Na dann kann ich ja wohl gehen, denn meine Uhr hat meinen Blutdruck nicht aufgezeichnet und ich brauche deshalb auch keine Auswertung. Eigentlich fast schade, denn ich hätte zu gerne gewusst, ob mein Blutdruck in die Höhe gerast ist, als ich mit ihm allein gewesen bin. Aber warum mache ich mir darüber überhaupt Gedanken?

Als ich durch die Drehtür das Kurhaus betreten will, ruft mir Mister „Polarvortrag" nach: „Wart kurz, ich schau mir deine Uhr noch an." – „Aber ich hab sie gar nicht aktiviert gehabt. Brauchst du also nicht." Er fasst an mein Handgelenk, kommt mir dabei sehr nah und drückt auf der Uhr rum. Hat er nicht zugehört? So nah kann ich ihn mir genau anschauen und ja, er hat schon was ... doch AUS!

Beim Abendessen ...

Sabine (verträumt): „Es hat so niedlich ausgesehen, als ihr nebeneinander gegangen seid."

Monika (zustimmend): „Ja, also ehrlich, der wär' echt was für dich. Da musst du dranbleiben."

Sabine (einen Pluspunkt ortend): „Das ist ein Schwiegersohn-Typ!"

Monika (begeistert): „Ja, und der ist sicher anständig – und der liebe Dialekt. Ich finde ja Kärntner super!"

Ich stochere in meinem Essen rum und versuche den Ladys den Mikrokosmos von Frau Schnecke zu erklären („I am free, free falling"), aber ich habe bei Sabine keine Chance, denn sie entpuppt sich als die schlimmste Romantikerin aller Zeiten (ex aequo mit Iris) und Monika, ja, die liebe Monika, ist klar der Ansicht, dass man „ihn" zumindest mal probieren sollte. Also etwas realistischer als Sabine. „Ich glaube nicht mehr an die ungeplante Liebe von jetzt auf gleich. Ein Mann fürs Leben taucht nicht irgendwo – schon gar nicht mitten im Waldviertel – einfach ungeplant auf. Außerdem habe ich dafür momentan auch gar keinen Kopf. Sabine, deine Mühen sind umsonst." – „Aber da ist immer Zeit für Liebe", meint Sabine entrüstet. „Für Sex hätte ich unter Umständen Zeit, für Liebe nicht", werfe ich bestimmt ein und hoffe, dass das Thema damit beerdigt ist. „Darauf stoßen wir an!" – Monika erhebt ihr Wasserglas und wir müssen lauthals lachen. Die bösen Blicke der Kurgäste von den Tischen rings um uns müssen Sie sich jetzt mal vorstellen. *#gackerndehühner*

Ich muss allerdings zugeben, dass mir McSexy-Fitness doch immer wieder im Kopf herumschwirrt. Sabine und Monika blicken jedes Mal komplett verklärt, wenn wir ihm im Therapiebereich zufällig begegnen, dennoch versuche ich ein aufkeimendes Interesse meinerseits zu unterdrücken, denn aktuell gilt es, sich exklusiv, einzig und allein um Frau Schnecke zu kümmern und auch wenn mir ein paar private Einheiten (Sie verstehen was ich meine), gut tun würden, soll dieses Kapitel nun gar nicht erst einen Anfang bekommen. Ich werde mich mit Sicherheit nicht durch einen gut gebauten Mann im perfekten Alter und mit sinnlich blauen Augen von meinem Vorhaben abbringen lassen. Never, niemals! Und schon gar nicht von einem Kärntner! FOKUS!

Ich zelebriere also weiterhin meine Kur und blicke euphorisch meiner ersten Rückenmassage entgegen. Nach unendlich vielen Medizinal- und Moorbädern, freue ich mich darauf, mal nicht ins Wasser zu müssen und mich entspannt durchkneten zu lassen.

Als ich zum Termin komme, ist mir schnell klar, dass diese Massageeinheit wohl weniger entspannend sein wird, als ich mir das gedacht habe. Ein junger Mann ist mir als Masseur zugeteilt worden und Sie müssen wissen, wenn Frau Schnecke so halbnackt und völlig ausgeliefert vor einem Mann liegt, dann ist nichts mit Entspannung. Eine Frau wäre mir viel, viel lieber gewesen. Aber so eine Massage lässt man dann auch nicht sausen, also tue ich brav, wie mir befohlen und lege mich nur mit Slip bekleidet (Sie warten vergebens – wieder kein String – das steht wirklich nur Sumo-Ringern) auf die Massageliege.

„Wenn es zu fest sein sollte, lassen Sie es mich bitte wissen." Der junge Masseur gießt sich warmes Massageöl in die Hände und fängt an, meinen Rücken sanft zu massieren. Ich erwidere: „Schon gut, ich bin nicht so empfindlich." Und wie aus der Pistole geschossen kommt retour: „Ich mag's auch gerne härter!" und dabei entkommt ihm ein schalkhaftes, stimmhaftes Lachen. So habe *ich* es jetzt aber nicht gemeint! Man muss heutzutage echt aufpassen, was man sagt. Ich stelle mich von nun an entspannt-dämmrig und reagiere nicht. Doch er lässt nicht ab und setzt seine Anmache fort: „Manchmal tut es auch gut, wenn man fest rangenommen wird und jeden Muskel spürt." Dabei berühren seine Hände meinen unteren Rücken und streifen wie zufällig meinen Po-Ansatz. Hola, das hier ist keine Entspannungsbehandlung, nein, sondern eher die Vorstufe zur erotischen Massage! Er bittet mich, mich aufzusetzen (mit dem Rücken zu ihm, keine Brustmassage – das wäre ja noch schöner!) und massiert nun meinen Nacken und meine

Schultern. Ich versuche die Konversation auf ein Minimum zu reduzieren. „Haben Sie schon mal eine Tantra-Massage genossen?" Mal überlegen: Tantra kenne ich nur im Zusammenhang mit unzähligen Sexstellungen (irgendwo muss daheim noch ein Buch zu dem Thema herumkugeln) – das kann er wohl hoffentlich nicht meinen. Er fährt fort: „Ich biete privat tantrische Yoni-Massagen an. Ich bin mir sicher, das wäre was für Sie. Es ist tiefenentspannend." Und wieder ein lautes Lachen, diesmal mehr dreckig als schelmisch. Ich traue mich nicht nachzufragen, was genau „Yoni" ist und erwidere, dass ich es mir bis zum nächsten Mal überlegen werde. Ich bin heilfroh, als die Behandlung, die schier unendlich zu dauern scheint, zwanzig Minuten später vorbei ist. Während ich mir den Bademantel überwerfe, riskiere ich einen genauen Blick auf den jungen Mann. Rothaarig - igitt! Ja, ich weiß, woran nun fast alle Frauen sofort denken – und geben Sie es zu: Bei rothaarigen Männern denkt man nahezu IMMER an die Schambehaarung – ein solider Anteil des weiblichen Geschlechts eventuell an Ed Sheeran, den Pumuckl oder Prinz Harry, aber der Rest mit Sicherheit an die Haarpracht rund um das beste Stück. *#redheadboy*

Als ich in mein Zimmer zurückkomme, google ich sofort „Yoni-Massage". Das Internet gibt dazu unter anderem folgendes preis: „Die Yoni-Massage ist eine konsequente (wie das wohl gemeint ist?) ganzheitliche Massagemethode für Frauen, bei der nicht nur der ganze Körper, sondern auch der Intimbereich achtsam (hört, hört!) massiert (mit der Zunge, oder wie? Mir war bisher nur Cunnilingus geläufig!) wird. Die tantrisch inspirierte Yoni-Massage hilft Frauen, ihre eigene Sexualität intensiver kennenzulernen, ihre Wünsche besser zu kommunizieren (ich sag es immer punktgenau, nur die Herren der Schöpfung finden den "Punkt" nicht!) und kann dadurch das Liebesleben enorm bereichern (kauft mir der Typ dann auch Blumen und lädt mich zum Essen ein?). Neben ihrem orgiastischen und sexualtherapeutischen Potenzial kann die Yoni-Massage auch energetisch und spirituell erleuchten (hat man dann quasi Sex mit Gott?). *#heiligemariamuttergottes*

Wenn ich mal kurz zusammenfassen darf: Der junge Mann hat mir also eine Art sexuelle Stimulation angeboten oder lese ich das falsch? Beim Abendessen berichte ich den Ladys von meinem ersten Massageabenteuer und von dem unmoralischen Angebot. Doch statt den Kopf zu schütteln, einen entsetzen Schrei von sich zu geben oder die Nase zu rümpfen, fragen mich beide, wo man das buchen kann! Bin ich wirklich so viel biederer als diese beiden Frauen hier – oder hatten sie nicht richtig zugehört? Sachen gibt's, die gibt's gar nicht! *#lieberkleinkariertalsgroßgemustert*

Ihre Frau Schnecke

#21

Hunger. Pipi. Kalt. So sind Mädchen halt!

Frau Schnecke ist auf akutem Entzug von allem, was schmeckt! ICH MAG NICHT MEHR! BITTE HOLEN SIE MICH HIER RAUS! Ich büße ganz arg für die bisherige Völlerei und meinen schlechten Lebenswandel. Einzig die Waage ist auf meiner Seite und so langsam purzelt das eine oder andere Kilo. Aber angesichts meiner Entbehrungen ist der Erfolg dennoch überschaubar und nur ein kleiner Trost. Außerdem verlangt man hier von mir, dass ich mindestens zwei bis drei Liter Wasser oder wahlweise Tee (ich bin ja nicht die Queen!) zu mir nehme. Die Folgen sind absehbar: Ich muss ständig aufs Klo und das ist irre nervig. Und jetzt kommt das Allerschlimmste! Das Wetter ist diesig und kalt. Aber nur hier, denn während im Rest von Österreich die Menschen in der Sonne liegen und es sich gutgehen lassen, versinken wir hier im Waldviertel im nassen Nebel des Grauens! FRÜHLING MUSS ANDERS! Muss ich wirklich mehr sagen oder ins Detail gehen, damit Sie meine Zwangslage verstehen?

Meine mieselsüchtige Stimmung ist bereits auf Monika übergeschwappt, daher haben wir es uns in der Lounge für eine faule Auszeit gemütlich gemacht. Nur Sabine läuft noch frohlockend durch die Anstaltsgänge und steht plötzlich unvermutet vor uns: „Ihr Faultiere, wir sind hier, um unsere Körper in Form zu bringen! Bitte lächeln! Sitzt nicht faul herum, schließt euch mir an!" Dabei hüpft Sabine auf und ab – sie kommt gerade von einer außerplanmäßigen Laufeinheit zurück, ist voll motiviert und erwähnt ganz beiläufig: „Eva, ich habe übrigens *deinen* herzigen Kärntner getroffen!" – „Er ist nicht *mein* Kärntner!" Sabine hellseherisch: „Ich würde lachen, wenn das der Vater deiner Kinder wird!" Monika hakt belustigt ein: „Für den Anfang würde ich meinen, es reicht, wenn er ihr Kurschatten ist." Die ganz, ganz große Liebe oder einfach nur Sex: Beides passt mir gerade nicht in den Kram! Daher springe ich auf und will das Weite suchen. Doch genau dabei laufe ich *ihm* geradewegs in die Arme. „Grias di, wie geht's?" – „Danke, alles gut!" – und schon bin ich weg.

Als ich zum Abendessen komme, sieht es ganz danach aus, als ob Sabine und Monika einen Plan ausgeheckt hätten und sie verkünden feierlich: „Eva! Wir haben für dich den Namen des Kärntners rausgefunden. Jetzt kannst du ihn auf diesem Facebook oder wie man das nennt anschreiben und ein Rendezvous ausmachen." – „Euer Eifer in allen Ehren, aber was ist, wenn ich das gar nicht will? Ich komme aus einer langen Beziehung. Meine Affären will ich hinter mir lassen und im Moment möchte ich mich ausschließlich auf mich fokussieren." – „Papperlapapp! Deine Beziehung ist doch schon mehr als ein Jahr vorbei, oder? Hast du nicht sogar erzählt, dein Ex ist verlobt? Du bist definitiv bereit für deinen Adam", entgegnet Sabine spöttisch. HAHA, sehr lustig. Den „Adam und Eva"-Spruch habe ich auch noch nie nie nie gehört. Monika ist weniger verkitscht: „Sex tut dir gut und steht damit in keinem Wiederspruch zu deinem Ich-Fokus." Da ich merke, dass es den beiden Damen wichtig ist, dass ich zumindest nicht total auf Durchzug schalte, frage ich – allerdings mit unüberhörbar genervter Stimme: „Und, wie heißt er?" Sabine selbstsicher: „Müller." Echt jetzt? Ich meine: Müller gibt's wie Sand am Meer, doch ich will nicht undankbar erscheinen, daher: „Hast du vielleicht auch einen Vornamen? Das wäre hilfreich." – „Oh, ja, richtig. Er heißt Heimo." Es schaudert mich. Heimo ist wirklich ein ganz, ganz schrecklicher Name. Finden Sie nicht? „Okay, danke, damit kann ich arbeiten." *#spionwiderwillen*

Als ich spätabends (auf Kur ist das so zirka gegen einundzwanzig Uhr) auf meinem Zimmer bin, schnappe ich mir aus Langeweile den Laptop und begebe mich auf die Suche nach Heimo Müller. Und wie erwartet spuckt Facebook jede Menge User mit dieser unsäglichen Namenskombination aus. Ich starte die Recherche und suche die Nadel im Heuhaufen. Schneller als erwartet spüre ich Fitness-Heimo auf. Sein Profilfoto ist ein typisches Poser-Bild, und auch hier trägt er sein Popeye-Shirt. Da hat's was! Klick Klick und die Freundschaftsanfrage ist gestellt. Notfalls lösche oder blockiere ich ihn einfach. Tatsächlich bestätigt er mich prompt. Kühn und neugierig starte ich einen Chat.

ICH: „Hallo!"

ER: „Grias di!"

ICH: „Weißt du, wer ich bin?"

ER: „Jeap."

ICH: „Was machst du gerade?"

ER: „Nix."

ICH: „Lauter alte Leute hier ..."

ER: „Das ist ein Kurzentrum."

ICH: „Stimmt."

ER: „Aha."

Das war's, viel spektakulärer wird es nicht mehr. Fitness-Heimo ziert sich wie die Jungfrau vor dem ersten Mal, seine Antworten sind unergiebig. Aus diesem Mann werde ich nicht schlau. Ich beende die Unterhaltung und freue mich, dass ich recht behalten habe und meinen zwei Tischdamen am nächsten Morgen brühwarm berichten kann: „Er steht einfach nicht auf mich. Ich habe es versucht. Totaler Reinfall!" Beide schauen drein wie traurige Hundewelpen, ein fast rührender Anblick und ich bin kurz geneigt, sie zu trösten. „Aber, aber, aber ...", Sabine ist fertig mit der Welt. Sie hatte wohl tatsächlich auf herzzerreißende Hollywood-Romantik gehofft. Damit ist dieses Kapitel erledigt, Frau Schnecke hat wieder ihre Ruhe!

Nächster Tag, Samstag – jawohl, die „Schleifer" hier gönnen einem wie angekündigt auch am Wochenende keine Ruhe – geht's ab zur Ambulanz. Trotz intensiver Versuche am Vortag – Drohungen inklusive –, einen zehnminütigen Ultraschall (für zehn Minuten mein Bett zu verlassen, ist blanker Hohn!) auf einen anderen Tag zu verschieben, bleibt alles wie von den herrischen Damen an der Kurrezeption eingeteilt. Blöde Funsen! Daher tapse ich völlig verquollen (es war nicht genug Zeit für „Entfaltung"!) und genervt um dreiviertelsieben zum Therapieraum. Als ich aufgerufen werde, erkenne ich sofort die Stimme meines Therapeuten: Fitness-Heimo! Das auch noch! *#outofbedlook*

ER (fröhlich): „Grias di!"

ICH (grantig): „Das ist kein guter Morgen, ich bin mitten in meiner Tiefschlafphase!"

ER (immer noch fröhlich): „Oje, das ist tatsächlich eine gemeine Zeit!"

ICH (immer noch grantig): „Das kannst du aber laut sagen."

ER (interessiert und unverständlicherweise immer noch fröhlich): „Wie vertreibst du dir das Wochenende? Fährst du nach Krems oder Zwettl?"

ICH (weniger grantig, jetzt neugierig): „Daran habe ich noch gar nicht gedacht. Aber wenn ich jetzt schon mal wach bin, könnte ich den Wochenend-Ausgang nützen und shoppen gehen. Gute Idee!"

ER (fröhlich wird zu enthusiastisch): „Die FUZO in Krems ist klasse zum Einkaufen. Ich wohne direkt dort."

ICH (mit meinen Gedanken schon bei der Shoppingtour): „Aha."

Begeistert berichte ich meinen Kurgenossinnen beim Frühstück von meinem Vorhaben, einen Abstecher nach Krems zu wagen und von meinem kurzen Plausch mit deren Lieblings-Kärntner. „Der hat mit dir geflirtet!" Sabine meint ein Licht am Ende des Tunnels zu erkennen und schöpft Hoffnung. „Hat er gar nicht!", winke ich ab. „Doh-hoch! Hat er", wirft Verräterin Monika nun ein. „Judas!", entgegne ich mit grimmigem Blick. Wir verabreden, gemeinsam mit meinem Schneckenmobil nach Krems zu tuckern.

Während rund um das Kurzentrum eine Nebelwolke unbeirrt die Depressionsrate in die Höhe treibt, gehen wir in Krems im prächtigen Sonnenschein spazieren und sind guter Dinge. Als wir uns gerade eine Auszeit in einem schicken Gastgarten gönnen und unerlaubterweise ein herrliches Stück Torte verzehren, allesamt bepackt mit jeder Menge Sackerl, unser Ausflug ins Einkaufsparadies ist von Erfolg gekrönt, rappelt mein Telefon und zeigt eine Facebook-Message an.

ER: „Und, bist du in Krems?"

ICH: „Ja."

ER: „Möchtest du zu mir kommen?"

WHAT??? Sein plötzliches Interesse ist irritierend. Ich gehe flink offline, denn nun muss ich mich mit meinen Begleiterinnen beratschlagen. Als der sieghafte Jubel von Sabine „JUHU! Ich habe es gewusst. Er steht auf dich" vorüber ist, drängt mich Monika beharrlich dazu, ein Date zu vereinbaren. Ich gebe nach. Ich verabrede mich mit Fitness-Heimo für neunzehn Uhr in Krems in seiner Wohnung. Jetzt heißt es Gas geben! Da man selbst am Wochenende keine einzige Mahlzeit im Kurbetrieb ausfallen lassen darf, hat dies zur Folge, dass ich die Strecke Moppelberg–Krems–Moppelberg an diesem Tag öfter, als mir lieb ist, zurücklege. Wir flitzen also von unserem Bummel retour!

Monika und Sabine erklären sich bereit, meine Bodyguards bei diesem abendlichen Abenteuer zu sein. Pünktlich um achtzehn Uhr sitzen wir drei also brav beim Abendmahl. Während ich komplett hibbelig (nur weil es aufregend ist, nicht wegen des Mannes) und super „aufgetusst" keinen Bissen runterbekomme, verschlingen die zwei Damen das Essen in Windeseile. Mein ungeduldiger Blick treibt sie an, um viertelsieben sitzen wir bereits im Auto! Ich rase ... Bestzeit: Fünfundvierzig Minuten, fünfzehn Sekunden – Ankunft in Krems. „Wir treffen uns pünktlich um einundzwanzig Uhr hier beim Auto!", mahnt Sabine eindringlich, bevor sie mich zu meiner Verabredung entlässt: „Sonst stehen wir vor verschlossenen Türen!" Noch so ein Punkt bei diesen Kuranstalten: Die machen tatsächlich ab zweiundzwanzig Uhr einen auf „Kleinmädchenpensionat" und alles dicht. Nichts geht mehr! Weder rein, noch raus. „Yes, Madame, ich hab verstanden! Aber so lange wird das gar nicht dauern".

Er lächelt, als er mir die Tür öffnet, und mein Blick geht sofort auf sein T-Shirt. Es ist lila und die Vorderseite zieren durchaus niedliche Pinguine. Würden sich nicht seine definierten Muskeln unter diesem Oberteil abzeichnen und seine blauen Augen mit der Shirtfarbe harmonieren, wäre dieses Outfit ein echter „Abturner" für einen Mann seines Alters. So jedoch wirkt das Shirt richtig sexy. Ups, Frau Schnecke riecht Lunte!

Fitness-Heimo kredenzt in seinen vier Wänden, die recht karg nur mit einem Bett und einem platzfressenden Fitnessvehikel möbliert sind, leckeren Weißwein aus der Wachau, allerdings in Sektgläsern (Stil war wohl ausverkauft?!), gibt sich in Folge leider mal wieder wortkarg und wenig offensiv. *#drjekillandmrhyde #malsodannso* Daher liegt die Gesprächsführung dieses Abends bei mir. Gekonnt entlocke ich ihm das eine oder andere Detail aus seinem Leben. Er wandelt seit knapp einem Jahr auf Solopfaden, die Liebe hat ihn von Kärnten ins Waldviertel verschlagen, doch leider hat es mit ihr, einer Polizistin, nicht sollen sein. Sie trennten sich „in Freundschaft" – vor einer Frau, die täglich Waffe und Schlagstock trägt, hätte ich auch Angst. *#vermeintlichertrennungsgrund* Sport ist ihm enorm wichtig. Darauf wäre ich ja nie und nimmer gekommen. Sowas aber auch! Grins! Und seine Eltern haben eine idyllische Almhütte. Hmmm, also auf den ersten Blick erfüllt er kaum Punkte meiner Traummann-Checkliste, aber ich will ihn ja auch nicht heiraten, daher passt es gut. Keinerlei Versuchung, mehr als höchstens (die Entscheidung ist noch offen) ein Sex-Abenteuer draus zu machen. Apropos: Der gute Mann kommt irgendwie nicht so richtig in die Gänge. Immer mal wieder riskiere ich einen Blick auf die Uhr und stelle mit Erschrecken fest, dass der anberaumte Zeitraum für dieses Treffen bald verstrichen ist. „Wer hat an der Uhr gedreht? Ist es wirklich schon so spät? Soll das heißen, ja ihr Leut', mit dem Heimo ist Schluss für heut'." Bevor das Kinderlied Realität wird, ergreife ich schlussendlich die Initiative und küsse dieses Mannsbild. Einfach so. Ich habe schließlich einiges auf mich genommen, um dieses Treffen zu ermöglichen, daher will ich auch das Maximum rausholen. Und sollte er mich ungeniert von sich schubsen, dann ergreife ich einfach die Flucht! Ist doch egal. Aber nach diesem Startschuss gibt's ohnehin kein Halten mehr, ich habe ungewollt den Heimo-Turbo-Button erwischt und wir landen im Bett. Endlich läuft es! Als wir komplett nackt aufeinander liegen – noch kein Beischlaf! – gibt mein Handy ein dezentes „Kling" von sich (mein Timer!). Heimo überhört es, während es in meinem Kopf rattert: „Nur noch fünfzehn Minuten!"

Jetzt ist der Moment gekommen ...

ICH (erwartungsvoll und überzeugt feststellend): „Kondom? Ich kann damit leider nicht dienen, ich dachte nämlich, dass ich sowas auf Kur nicht brauchen werde!"

ER (gerade raus): „Ich habe keines da!"

ICH (fragend): „Was jetzt?"

ER (feststellend): „Sex!"

ICH (hinweisend in „Dr. Sommer"-Manier): „Wenn wir jetzt miteinander schlafen, so ganz ohne Verhütung, dann laufen wir Gefahr, dass ich schwanger werde. Ich nehme keine Pille."

ER (bedeutungsschwanger): „Ich mag Kinder."

Wir blicken uns tief in die Augen, es folgt ein Kuss, der mich in einen tiefen Bann zieht. Und in diesem Moment trifft Frau Schnecke in vollem Bewusstsein der Konsequenzen eine Entscheidung mit ungeahnter Tragweite und hat hemmungslosen Sex ohne Schutz. Ich lasse mich fallen, bin betört von seiner furchtlosen Art, seinen starken Armen, die mich fest halten, seinen Lippen, die meinen Körper küssen, und als wir gemeinsam den Höhepunkt erreichen, fühlt es sich richtig an.

Ja, ja, schimpfen Sie nur - keine Verhütung (Ich habe die Pille vor Kur-Start abgesetzt, wozu mit Hormonen vollpumpen, wenn im Bett nichts läuft?) und damit das Risiko von bösen Krankheiten und einer etwaigen Schwangerschaft. Sie müssen vielleicht jetzt noch wissen, dass ich immer schon ein Baby wollte. Frau Mama Schnecke mit Baby-Schnecke klingt doch entzückend. Darauf möchte ich nicht verzichten. Für meinen Ex Daniel war die Thematik jedoch immer ein Reizthema: „Dafür haben wir noch ewig Zeit!" Doch im vergangen Jahr ist mir eins bewusst geworden: Das Alter, um ein Baby zu bekommen, ist genau JETZT (maximal plus drei Jahre) und ich habe mich informiert und ein wenig fantasiert. Sich in Österreich als Single-Frau einer künstlichen Befruchtung zu unterziehen, ist quasi unmöglich, darum habe ich mir Unterlagen einer Klinik in Kopenhagen schicken lassen. Der Deal steht: Wenn ich mit fünfunddreißig noch nicht schwanger bin, fliegt Viola mit mir nach Dänemark, wir ziehen das durch und ich gebäre neun Monate später emanzipiert einen blonden Samen-Spross aus Skandinavien.

Doch jetzt begegne ich hier einem Mann, der keine Furcht davor hat, mit mir ein Baby zu zeugen. Wink des Schicksals? Ich kenne diesen Mann nicht und es gibt tausend gute Gründe, die dagegen sprechen, aber ist das hier nicht Kismet? ... Ich bin im emotionalen Rausch gefangen, als plötzlich mein Handy „Gib mir alles, Baby!" spielt. (Neuer Klingelton - Wanda, eh klar!) Ich schiebe Heimo sanft von mir, eile nackt zum Telefon und hebe außer Atem ab. „Cinderella, es ist quasi Mitternacht. Die Kutsche wartet!", tönen Monika und Sabine aus dem Hörer. Schnell suche ich meine Sachen zusammen, ziehe meine Klamotten wieder über und mit einem kurzen Kuss und einen „Baba" lasse ich den verdutzten Heimo schweren Herzens zurück.

Viel, viel später im Bett rufe ich Viola an und berichte – den „unverhüteten" Teil lasse ich jedoch aus. Damit muss ich erstmal selbst klarkommen. „Unglaublich! Schneckchen! Nicht mal das Waldviertel ist vor dir sicher!" Meine beste Freundin ist amüsiert. „Es war doch nur Sex", spiele ich die Sache runter. „Woran deine Augen haften bleiben, zeigt dir, wonach deine Hormone suchen. Ähm ... ich meine deine Seele sucht. Denk mal darüber nach!" – und schon ist nur noch ein TUTUTU in der Leitung.

Ihre Frau Schnecke

#22

Ich habe mich entschieden. Und sage: „Vielleicht!"

Es ist alles so aufregend! Wir genießen die heimlichen Blicke am Gang und die wilde Knutscherei im Therapieraum. Fitness-Heimo und ich nützen jeden Moment alleine, um übereinander herzufallen. Monika und Sabine beobachten als Zaungäste unser Treiben und sind frohen Mutes: „Ein schönes Paar!" Doch wir müssen vorsichtig sein, denn eine Liaison zwischen Therapeut und Patientin schickt sich nicht. Nichtsdestotrotz sind wir mutig und einander zugeneigt, sodass sich mein Adonis an einem Abend sogar in mein Zimmer schmuggelt, wo wir akrobatisch gekonnt Sex auf meinem viel zu klein geratenen Einzelzimmerbett haben. Aber horizontal übereinander geht's problemlos! Ein Abstecher in die Dusche mit wildem Gefummel lässt uns fast auffliegen, doch ich kann gerade noch verhindern, dass wir aus Versehen und in der Trunkenheit der Emotionen das Alarmseil betätigen. Puh, Glück gehabt, denn andernfalls wären binnen weniger Sekunden die Krankenschwestern in meinem Zimmer gestanden und hätten uns – im „Adam- und Eva-Kostüm" – entlarvt.

So berauscht vergeht die Zeit wie im Flug und das Ende meiner Kur ist da. Und ja, verdammt, der Abschied fällt mir schwer. Mit einem „Man hört sich!" verabschieden sich Fitness-Heimo und ich am letzten Tag förmlich unter den gestrengen Augen der Rezeptionistinnen. Handshake – kein Kuss!

Now we have the salad! Ich weiß einfach nicht, was ich will! Vor meiner Abreise hatten Heimo und ich zwar eine „Wie geht's nun weiter?"-Unterhaltung – Fazit: Wir gehen in die Verlängerung –, doch ich konnte ihm kein klares Statement abluchsen, ob das jetzt „nur Sex bis zum Abwinken" oder doch die Anbahnung einer ernsthaften Beziehung zur Folge hat. „Warum braucht das zwischen uns einen Namen? Lass es uns einfach genießen!", war seine unverbindliche Antwort dazu. Als sich allerdings meine Periode auf den Tag genau einstellt (was durchaus ein Zufall ist, denn seit dem Absetzen der Pille spielt mein Zyklus Boogie-Woogie), kommentiert er das mit „Schade!"

Verflucht nochmal, das hat doch alles etwas zu bedeuten, oder? Und wie schräg ist das denn? Einerseits keine Angst davor zu haben, dass wir ein Kind zeugen und andererseits auf die Frage nach dem Wir nicht einfach mit „Ja!" zu antworten, paradox! Geduld ist bekanntlich was für Amateure, daher flippe ich profimäßig aus. Ich bin zu alt, um mich mit einem „vielleicht" abspeisen zu lassen, ich muss wissen, woran ich bin. Wenn unser „Treiben" so weitergeht, dann stellt sich die Frage: Steuern wir hier in Richtung „Alleinerziehende Mama mit Wochenend-Papa" oder wird's „We are family?" *#preisfrage*

„Hat er denn überhaupt den „Frau-Schnecke"-Check geschafft?", versucht Viola eine Entscheidungshilfe zu leisten. (In der Zwischenzeit habe ich meiner BFF gestanden, dass das Projekt „Baby" jederzeit „einschlagen" kann.) Mal überlegen: „Nein, hat er im Prinzip nicht! Auf der Pro-Seite stehen: sein Alter, sein Aussehen, seine Fähigkeiten als Liebhaber und seine Unerschrockenheit gegenüber der Familienplanung. Aber es gibt auch erhebliche Mankos! Das Wichtigste zuerst: sein Dialekt! Außerdem ist er eine arme Kirchenmaus, denn sein Job als Therapeut wirft keine Unmengen ab. Er hat auch einen schrägen Kleidungsstil und scheinbar ist er auch nicht gerade entschlussfreudig!", fasse ich zusammen. Viola muss herzhaft lachen: „Deine Mängelliste ist niedlich. Darf ich da mal reingrätschen? An den Dialekt kann man sich gewöhnen, das ist nicht weiter tragisch. Du hast gemeint, er will noch eine Fortbildung machen, stimmt's? Studieren – irgendwas im Medizinbereich, richtig? Das ist doch was! Und deiner Mutter kannst du das jedenfalls als abgespeckte Arzt-Variante verkaufen. Beim Kleidungsstil darfst du von mir aus aktiv eingreifen, wobei ein Mann mit seinem Körperbau ohnehin alles tragen kann! Und in der Beziehungsfrage lass ihm doch noch ein paar Wochen Zeit, es ist ja noch alles sehr frisch! Ich glaube, für ihn ist ohnehin alles klar. Er hätte nichts gegen ein Kind mit dir, ich deute das als klare Zustimmung. Also, nun frage ich dich mein liebes Schneckchen: Where is the problem?" Ich bin für einen Augenblick argumentationslos, doch dann schießt es mir ein: „Er liebt Sport. Ich hasse Sport." – „Kinderkacke! Du suchst ja förmlich nach doofen Ausreden, um nicht zugeben zu müssen, dass er genau richtig für dich ist! Schau mal, der perfekte Mann bringt dich zum Lachen, zum Schwitzen und um den Verstand. Hier hat Heimo doch hundert von hundert Punkten erreicht! Es stört dich schlichtweg nur, dass er nicht in aller Öffentlichkeit deine Hand hält und der ganzen Welt kund tut, dass ihr zusammen seid. Beiß dich da nicht fest und gib endlich zu, dass du über beide Ohren in ihn verliebt bist." – „Nö, bin ich nicht." Thema vertagt.

Die nächsten zwei Monate führen Fitness-Heimo und ich eine Wochenend-Liebelei ohne Titel. Jeden Samstag und Sonntag verbringen wir gemeinsam, innig und vertraut, wir haben jede Menge Spaß und sprechen sogar über Dinge, die wir in der „Zukunft" gemeinsam machen wollen. Immer mal wieder ergreife ich die Initiative und klopfe sanft bei ihm an, um eine Antwort auf den Beziehungsstatus zu bekommen, doch ich bleibe erfolglos, er lässt sich nicht festnageln. Ich würde mal meinen, wir laufen gerade unter „Es ist, wie es ist".

Plötzlich kommt unerwartet das große „BÄNGGG!" und Heimo erbittet sich eine Auszeit. „Ich melde mich in ein paar Tagen, Schnecke, okay? Bitte gib mir diese Zeit zum Nachdenken!" What the f***!? Ich bin am Boden zerstört. Das kann doch nicht sein Ernst sein? Es lief doch prima zwischen uns. Undefiniert, aber gut. Bekommt er kalte Füße? Gibt's eine andere?

Eine endlos lange Woche spannt er mich auf die Folter, dann kommt eine WhatsApp-Nachricht, die mir den Boden unter den Füßen wegzieht: „Schnecke, bitte sei nicht böse. Es ist besser, wenn wir uns nicht mehr sehen. Bitte ruf mich nicht an." Ich bin wie vom Blitz getroffen und über meinen Wangen ergießen sich Sturzbäche. Bitte lass diesen Alptraum enden! Anstatt mich an seine Bitte zu halten, rufe ich ihn verbotenerweise sofort an. Er hebt nicht ab. Ich rufe wieder an. Er drückt mich weg. Ich ruf wieder an. Die Wiederwahltaste glüht. Als es mir irgendwann zu blöd wird, tippe ich hastig eine Antwort: „OIDA! Wenn du nicht möchtest, dass eine alte Irre demnächst bei dir vor der Tür steht und das ganze Haus aufweckt, heb das scheiß Telefon ab!" Frau Schnecke ist traurig und zornig, alles zur gleichen Zeit, da darf schon mal der Prolo-Slang das Ruder übernehmen. Und siehe da, er hebt ab. *#angstverbreitenkannich*

ER (bedrückt): „Grias di."

ICH (ohne Begrüßung, böse und im Redeschwall): „Sag mal, geht's dir noch gut? Zuerst diese Auszeit aus dem Nichts raus, und dann machst du Schluss? So geht das nicht! Bitte sag mir, was los ist! Was habe ich falsch gemacht?"

ER (leise): „Eva, du hast gar nichts falsch gemacht. Es liegt an mir, nicht an dir."

ICH (entschlossen): „Spar dir bitte diese Floskel. Ich möchte den Grund wissen! Hast du eine andere. Also?"

ER (zögerlich): „Blödsinn. Ganz ehrlich? Ich denke, dass wir leider einfach nicht zusammenpassen. Unsere Lebensstile sind zu verschieden. Du arbeitest beim Fernsehen mit der High Society, bist einen gewissen Lebensstandard gewöhnt, hast genaue Vorstellungen, wie deine Zukunft auszusehen hat und hast hohe Erwartungen an alles und jeden. Ich bin anders aufgewachsen, einfacher, für mich ist es okay, so wie es kommt. Ich will unbedingt noch mein Studium schaffen, und das kann ich nur ohne jegliche Ablenkung."

ICH (herrisch): „Das ist doch alles Bullshit! Ich habe meinen Ex durch das Medizinstudium gepeitscht, dann schaffe ich das wohl auch mit dir. Ich bin keine Ablenkung. Ich bin ‚Support'. Deine Argumente sind haltlos. Und du tust ja gerade so, als wäre ich die Prinzessin auf der Erbse – dabei sehe ich mich eher als Zwilling von Fiona aus „Shrek" – und du der unwürdige Knecht! Ja, vielleicht bist du nicht der Prinz aus dem Bilderbuch, wobei optisch allemal, aber ich finde den Hofnarren ohnehin besser."

ER (schmunzelt, dann erklärend): „Wenn ich ein Ziel vor Augen habe, ist das so, als ob ich durch einen Tunnel fahre. Es geht nur geradeaus. Du würdest zu kurz kommen. Glaube mir."

ICH (verneinend): „Ein Tunnel hat viele Notausgänge und Nischen. Hast du das schon mal überlegt? Dort könnte ich doch auf dich warten!"

ER (nüchtern): „Eva, nein, bitte akzeptiere meine Entscheidung."

ICH (trotzig): „Du kannst nicht einfach die Geschichte meines Lebens öffnen, auf Seite dreihundertfünfzig springen, kurz reinlesen und meinen, mich zu kennen! Und dann machst du dich aus dem Staub!"

Am anderen Ende der Leitung bleibt es still. Ich bin in Rage und daher sage ich etwas, das ich schon kurze Zeit später bereue: „Aber ich mache es dir leicht. Es ist tatsächlich AUS. *Ich* beende das hier und jetzt! Tschüss." Und ich lege auf.

In kürzester Zeit ist mein Taschentuchvorrat erschöpft, meine Augen sind zugeschwollen und ich fühle mich mies. Das habe ich nun davon. Hals über Kopf habe ich mich in etwas Aussichtsloses hineingestürzt und prompt die Rechnung präsentiert bekommen. Schlimmer geht's nicht!

Doch es ist nie zu spät für einen Mädelsabend, daher berufe ich kurz vor Mitternacht noch den Circle of Trust ein. Ich liebe diese Frauen, denn sie sind zu jeder Tages- und Nachtzeit bereit, sich mit mir in die Trümmer meines Lebens zu setzen und „Schöne Sch****!" zu rufen. Iris tröstet mich: „Er hat dich nicht verdient." Emma analysiert: „Vielleicht hättest du das mit ihm persönlich besprechen sollen! Am Telefon diskutiert man sowas nicht." Susan drückt mich ganz fest, während Viola wiederum sichtlich verwundert bemerkt: „Wer Männer versteht, kann auch durch null teilen. Ich kann es mir nicht erklären. Sei nicht traurig Schnecke, am Ende wird immer alles gut. Und wenn es noch nicht gut ist, dann ist es noch nicht das Ende."

Momentan versuche ich also die Episode Fitness-Heimo zu verdrängen. Es fällt mir aber schwer. Denn mein Herz hat sich festgebissen und mein Kopf ist dagegen machtlos. In dieser Lethargie gefangen (im Job habe ich mich „krank" gemeldet), läutet es einige tränenreiche Tage später an meiner Wohnungstüre. Zuerst bin ich geneigt, gar nicht aufzumachen, aber dann öffne ich doch – blindlings und ohne Gucklock-Check. Frau Schnecke ist auf alles gefasst – weder die Eintreiber der GIS noch die

Zeugen Jehovas können die derzeitige Lage noch schlimmer machen. Ich bin schon ganz tief unten angelangt – Tiefensteigerung unmöglich. Zu meiner Überraschung steht direkt vor mir niemand geringerer als Mister „Wir passen nicht zusammen". In der einen Hand hält er ein Glas Nutella, in der anderen ein Gänseblümchen, beides streckt er mir entgegen.

Heimo (in seinem besten Hochdeutsch): „Schnecke, es tut mir so unendlich leid. Ich möchte mit dir zusammen sein! Ich habe einen Fehler gemacht. Ich liebe dich."

Ich stehe wort- und regungslos vor ihm. Was soll das jetzt?

Heimo (flehend): „Bitte Eva, sag was."

Ein Teil von mir ist überglücklich ihn zu sehen, will ihn an sich ziehen und ihn fest an sich drücken, ihm alles Gesagte verzeihen und einfach glücklich sein bis in alle Ewigkeit. Der andere Teil von mir jedoch ist wütend, verletzt und sagt laut: „Such dir ein Fitness-Häschen und werde glücklich. Wir sind durch." Ich setze gerade dazu an, ihm die Türe vor der Nase zuzuschlagen, als er auf mich zukommt und mich küsst. Wie gemein! Als er meinen Mund wieder freigibt, sagt er: „Ich bin doch auch nur ein Verrückter auf der Suche nach einer Verrückten, die mich völlig normal findet. Bitte sei du mein Lieblingsmensch!" Noch bevor ich etwas dazu sagen kann, geht alles ganz schnell und ich muss mich in der Sekunde übergeben. Mir ist speiübel. *#lebensmittelhusten*

Heimo (besorgt): „Alles okay? Du kannst mir auch anders sagen, dass du mich zum Kotzen findest!"

Zwei Wochen danach – Heimo und ich sind jetzt offiziell ein Paar, Beziehungsstatus: überglücklich – entführt mich mein fixer Freund (das klingt himmlisch) nach Kärnten auf die Almhütte seiner Eltern. Zwischen uns ist alles geklärt. Heimo gesteht leicht beschämt, tatsächlich einen kurzen Anfall von Torschlusspanik gehabt zu haben. Aus seiner kurzfristigen Verwirrung hat ihn seine Ex-Freundin befreit, zu der er ein kameradschaftliches Verhältnis pflegt. Sie hat ihm quasi den Kopf gewaschen und gemeint, er solle ein Mädchen wie mich in keinem Fall laufen lassen. Danke unbekannterweise! Ich bin schon sehr gespannt, die Ordnungshüterin kennenzulernen, ich stelle mir nämlich vor, dass sie Heimo mit Handschellen gefesselt und ihn an einen Verhörtisch gesetzt hat. Dann hat sie ihm seine Rechte verlesen und ihm ordentlich Druck gemacht, bis er schließlich sein Geständnis abgeliefert hat. Ich hätte es jedenfalls bestimmt so gemacht. Ich notiere: Handschellen besorgen. *#siehabendasrechtzuschweigen #ichhabeeineblühendefantasie*

Heimo und ich haben bereits Pläne geschmiedet: Er wird studieren, ich werde ihn dabei tatkräftig unterstützen. (Jede Art der Folter ist erlaubt!) Und wir Turteltauben können uns außerdem eine gemeinsame Zukunft vorstellen – mit allem Drum und Dran. Alles andere wird die Zeit weisen.

Von unserem Trip auf die Alm bin ich jedoch nur semi-begeistert, denn die Aussicht auf ein Wochenende als Selbstversorger rangiert in der Etepetete-Welt von Frau Schnecke auf der „Das muss nicht sein!"-Liste. An sowas muss ich mich noch gewöhnen. Noch dazu gibt's dort oben keinen Handyempfang und ich werde gezwungen, volle vier Tage ohne jegliche Kommunikation zur Außenwelt zuzutragen. Im Gepäck habe ich einen Schwangerschaftstest. Tun Sie nicht so überrascht! Seit dem Tag unserer Wiedervereinigung hält sich der Gedanke, dass es nun doch eingeschlagen haben könnte, bei mir hartnäckig. (Pst! Heimo habe ich diesbezüglich noch nicht eingeweiht, er glaubt an eine arge Magenverstimmung und hat mir jede Menge Coca-Cola und Zwieback eingepackt.) Bisher war ich schlichtweg zu feige zu testen, daher trage ich das Ding schon ein paar Tage mit mir herum.

Die Unterkunft entpuppt sich zu meiner positiven Überraschung als luxuriöse Almhüttenvariante. Meine Befürchtung, dass ich meine Notdurft auf einem Plumpsklo verrichten muss, ist damit passé. Ich kann den Schwangerschaftstest in Ruhe indoor in einem voll möblierten Bad machen.

Zwei Streifen – WIR SIND SCHWANGER! Na wumm, ich muss mich mal setzen! Ich hatte es geahnt, gehofft, aber jetzt, wo es bestätigt ist, wird mir ein wenig angst und bang. So gerne würde ich jetzt mit Viola telefonieren, doch mein Handy zeigt wie angekündigt: „Nur Notrufe möglich!" JESSAS, DAS IST EIN NOTRUF! Doch es hilft alles nichts, da muss ich jetzt alleine durch. Ich werde es dem Kindsvater heute sagen, einfach geraderaus. Doch zuvor muss ich mich abkühlen und eine Dusche nehmen, denn mein Herz schlägt wie blöd vor Aufregung. *#myheartisbeatinglikeajungledrum*

Gerade als ich der Duschkabine entsteige, steht Heimo vor mir, er wirkt nervös. Hat er den Test gesehen? Wo habe ich das Ding nochmal liegen lassen? „Brauchst du was?", frage ich mit Pokerface. Jetzt stehen wir einander gegenüber – ich nackt, er ein Nervenwrack. „Ich habe da was für dich", stammelt er und nimmt dabei eine Ringschatulle vom Juwelier (unverkennbar!) aus seiner Hosentasche und hält sie mir zittrig entgegen: „Möchtest du mich heiraten?"

Ein seltener Moment bei Frau Schnecke tritt ein: Ich bin sprachlos! Aber nur fast, denn ich erwidere: „Ich bin nackt!"

ER: „Ist das ein Problem?"

Kurze Denkpause!

ICH (zögerlich): „Ich glaube nicht."

ER (eindringlich): „Und?"

ICH (geständig): „Ich bin schwanger!"

ER (lächelnd): „Echt jetzt?"

EPILOG im Zeitraffer

Also … ich habe „Ja" gesagt und wir beide haben uns wie irre darüber gefreut, dass wir Eltern und Eheleute werden. Nein, wir haben nicht den idealen Lebensmoment abgewartet und dennoch war es genau richtig, einfach perfekt. Unser Sohn (quasi Heimo Junior) kam neun Monate später zur Welt. Zwei Jahre danach fand unsere super-fulminante, wahnsinnig-romantische Hochzeit (im Frau-Schnecke-Style – zu teuer, aber vom feinsten) statt, unsere Welten haben sich zu einem gemeinsamen Leben vereint. Jedes Teil des Puzzles passt. Nochmal drei Jahre zogen ins Land – mein Herzmann hat sein Studium mit Bravour abgeschlossen (ich habe immer an ihn geglaubt) und unsere Tochter wurde geboren (Family-Boarding completed). Uns geht's richtig gut! *#glückkannmanichtkaufen* Übrigens: Wir sind stolze Besitzer eines „Vogue"-Abos … abgeschlossen auf Lebenszeit.

All das ist nur passiert, weil ich, Frau Schnecke, aufgehört habe, ein Pflichtenheft für mein Leben zu befolgen. Ich habe einfach nur in den Tag hinein gelebt und auf mein Schicksal vertraut: ohne Rückfragen und Absicherungen. Go with the flow! Ich habe für mich erkannt, dass Respekt und Hingabe mehr zählen als verkitschte Filmaugenblicke. Dass sich wahre Liebe nicht darüber definiert, dass man bei seiner „Traummann"-Checkliste alle Häkchen setzt, sondern dass man einen Menschen findet, den man einfach so liebt, wie er ist: mit allen guten und schlechten Eigenschaften. Mit einer grässlichen Kuhfelljacke im Kleiderschrank, die demnächst in der Humana-Box landen wird, mit einer unermüdlichen

Begeisterung für Sport, die durch gar nichts getrübt werden kann, mit der Eigenheit, Nüsse, Chips und praktisch alles möglichst laut und knatschig zu kauen und der Angewohnheit, die dreckige Wäsche überall, nur nicht im Wäschekorb zu parken … und ja, man liebt diesen Menschen sogar mit einem grausamen Dialekt. Ich habe meine hochstilisierten Vorstellungen über Bord geworfen und fasste den Mut, Heimo ohne Bedenken und Erwartungen schlicht und einfach von ganzem Herzen zu lieben. *#garantiegibtsnie*

Und jetzt bleibt mir nur noch zu sagen:

HIER GIBT'S KEIN HAPPY END!

… denn das ist doch erst der Anfang!

Ihre Frau Schnecke

DANKE!

Danke an den **besten Ehemann** der Welt, der mich in jeder Sekunde so sein lässt, wie ich bin. *#ichliebedich*

Danke an **meine Eltern**, die mich bei all meinen verrückten Ideen immer tatkräftig unterstützen. *#ohneeuchgehtseinfachnicht*

Danke an **meine Mädels** für Eure Freundschaft! Richtige Frauen basteln aus den Scherben ihres Lebens eine Discokugel und tanzen! *#dassindwir #bff*

Ein großes Dankeschön an alle **Testleser** und **Lektorin Pamela Obermaier**. Danke für die konstruktive und herzliche Zusammenarbeit, die mir dabei geholfen hat, mein Manuskript in Buchform zu bringen. *#ihralleseidspitze*

Danke an **Jürgen** für die besten Fotos der Welt.
Danke an **Dominika** für das geilste Cover der Welt.
Danke an **Andi** für die coolste Webseite zum Buch.
Danke an **Alex** für das schneckige Schneckenlogo.
Danke an das **„Grand Ferdinand"** (Wien), dessen Hotelbett das Cover ziert! *#empfehlenswert*
Danke an **Lisa Wapp von MyMorawa** für den tollen Support!

Danke an alle, egal ob Familie oder Freunde, die mir Mut gemacht und immer an mich geglaubt haben. *#unbezahlbar*

Ich widme dieses Buch meiner Tochter Tilda: Tilda, ich habe dich unendlich lieb!

Last but not least! Danke an alle Postkartenspruch-Autoren! Ihre Weisheiten haben das Leben von Frau Schnecke und dieses Buch unendlich bereichert!

Hinweise:

Alles hat sich so oder so ähnlich zugetragen!
Auf jeden Fall ist es irgendjemandem passiert.

Zur besseren Verständlichkeit wurde der Kärntner-Dialekt eingedeutscht! ☺

Sollten Sie Tipp-, Grammatik- oder Rechtschreibfehler finden … Pech gehabt! ☺

Über die Autorin

Birgit "Schnecke" Moser-Kadlac wurde 1979 in Mödling (Niederösterreich) geboren und tauchte nach dem Abschluss ihres Betriebswirtschaftsstudiums in die von ihr heißgeliebte Medienwelt ab. Bis heute ist die TV-Allrounderin mit viel Herz für den österreichischen Privat-Fernsehsender PULS 4 tätig.

www.frauschnecke.at

www.facebook.com/frauschnecke.at/

Ich freue mich auf Ihre Buch-Bewertung!
Ihre Frau Schnecke

Über die Autorin

[illegible]

[illegible]

[illegible]

Bitte
beehren Sie
mich später.